W
M

Uli Wohlers

Die Spur der Schweine

Kriminalroman

Übersetzung ab S. 341

Uli Wohlers

Die Spur der Schweine

Kriminalroman

braumüller

Bibliografische Information der Deutschen Nationalbibliothek
Die Deutsche Nationalbibliothek verzeichnet diese Publikation in der
Deutschen Nationalbibliografie; detaillierte bibliografische Daten
sind im Internet über http://dnb.d-nb.de abrufbar.

Printed in Austria

1. Auflage 2011
© 2011 by Braumüller GmbH
Servitengasse 5, A-1090 Wien
www.braumueller.at

Coverillustration: Jakob Kohlmayer, illunet.com
Druck: Ferdinand Berger & Söhne Ges.m.b.H., A-3580 Horn
ISBN 978-3-99200-047-0

Das Signifikanteste am dänischen Humor ist,
dass man eigentlich nicht über ihn lachen kann.

Ludvig Gorm Paludan-Møller
Odense 1782

1

21. Dezember, 15 Uhr 20

Tissemyregård bei Nyvest

Starker Nordwestwind. Windstärke 5–6, in Böen Sturmstärke. Temperaturen um den Gefrierpunkt. Tendenz: fallend.

„Ich wollte schon immer einen Swimmingpool haben", flüsterte Stig. Das war das Erste, woran er dachte, als er den Toten in der Gülle treiben sah.

„Einen Swimmingpool", wiederholte er schon etwas lauter und sah sich dabei um. Der Ort konnte kaum düsterer sein. Der Dezemberwind blies vom Meer, offenbar aus Nordwest, und brachte Regen mit. Blaugrau standen Wolkenmassive im Westen. Man musste kein Meteorologe sein, um zu ahnen, dass sie Schnee bringen würden. Für das Protokoll sah Stig auf die Armbanduhr. Es war 15 Uhr 20, aber das dunkle Zifferblatt seiner alten Aquaracer von TAG Heuer war kaum noch zu erkennen.

Bald würde es dunkel sein. Stig fror. Sein Staubmantel wehte ihm wie ein nasser Feudel um den Körper, und sein edler Anzug war völlig durchnässt. Sogar seine Automatik, die schwer im Schulterhalfter über dem Herzen steckte, konnte er auf einmal spüren. Plötzlich war sie etwas Fremdes an seinem warmen Körper. Etwas, das immer kälter wurde, da er nicht mehr genug Energie erzeugen konnte, um das schwere Stück Stahl mit zu wärmen. Wenn er die automatische Waffe nicht so gut eingeölt hätte, würde sie an so einem Tag vielleicht sogar Rost ansetzen.

Stig fühlte sich nicht wohl in seiner Haut. Er kam sich vor wie eine Vogelscheuche, die sinnlos Sturm und Regen trotzte. Und das, obwohl er sich für seinen ersten Arbeitstag extra fein gemacht hatte. Eigentlich war er ein unauffälliger Typ. Mittelgroß, mit dichten blonden Haaren, nicht besonders athletisch gebaut. Seine Konfektionsgröße war bei *Kvickly* immer vorrätig, aber als Sonderangebot immer als Erstes ausverkauft. Normalerweise trug er im Dienst lässige Kleidungsstücke: Jeans, Kapuzensweatshirt und Turnschuhe. Er liebte eingetragene Kleidung. Es gefiel ihm, immer gleich auszusehen. Zweimal hatte er sich morgens den neuen Anzug vom Leib gerissen und war wieder in seine alten Klamotten geschlüpft. Als er sich dann gezwungen hatte, den Anzug anzubehalten, hatte er die Frühfähre nach Bornholm verpasst.

Stig atmete tief durch. Der Gestank war trotz Sturm und Kälte so stark, dass er, obwohl er sich schon eine halbe Stunde an diesem Ort aufhielt, immer noch damit zu tun hatte, seinen Mageninhalt dort zu belassen, wo er hingehörte. Er stand am Ufer des größten Güllesees, den er je gesehen hatte. Es war in der Dämmerung kaum möglich, das andere Ufer dieser Lagune aus Schweine-Urin zu erkennen. Stig schüttelte den Kopf, als ihm einfiel, dass *Lagune* tatsächlich der Fachbegriff für diese infernalische Kloake war. Am Horizont erblickte er ein paar tote Bäume. Jahrzehntelang hatten sie sich vor dem Wind geduckt, um schließlich an der Übersäuerung des Bodens einzugehen.

Dies war kein Platz, an dem man gerne verweilte, aber Stig wartete auf die Kriminaltechniker. Es würde keinen guten Eindruck machen, wenn er den Mann, der dort, mit einem dunklen Arbeitsanzug bekleidet, bäuchlings in der Gülle trieb, allein ließe. Auch wenn er bereits seit Stunden tot war, als die Kriminalpolizei verständigt wurde.

„Ich wollte schon immer einen Swimmingpool haben", schoss es dem jungen Kommissar wieder durch den Kopf. Es war ein Zitat aus einem alten Hollywoodfilm, gesprochen von einer Leiche. Die Filmleiche trieb genauso im Wasser wie der Tote in der Gülle. Stig sah gern alte Filme. Viele Tage seines Lebens hatte er auf dem Sofa vor dem Fernseher verbracht. Es waren nicht die schlechtesten gewesen. Dieser Schweinehof im Süden Bornholms verströmte allerdings nicht das Flair von morbidem Luxus. Der Güllesee lag neben einem fabrikähnlichen Riesenstall. Graue Silos ragten wie Türme empor.

Immerhin hatte der Mann hier viel mehr Platz als in einem Pool. Während Stig den Ort untersucht und die Techniker gerufen hatte, war der Tote schon ein ganzes Stück in der Gülle herumgekommen. Das mochte an den Böen liegen; die erschwerten auch Stig das Bleiben. Er dachte an Søbranda, die er heute Morgen vielleicht zum letzten Mal gesehen hatte. Sicher war es aus vielen Gründen besser, sie in Kopenhagen zu lassen, aber ohne den Hund fühlte er sich in dieser unwirklichen Szenerie noch verlorener. Er konnte nichts tun, als zu warten und immer nässer zu werden. Irgendwann gab er es auf, noch einen guten Eindruck machen zu wollen. Stattdessen dachte er darüber nach, was sich dieser Tote wohl gewünscht haben mochte. Immerhin war bald Weihnachten. Wie er so kurz vor dem Fest in den Exkremente-Pool dieses Schlachtvieh-Gulags geraten war, fragte sich

Stig lieber nicht. Es war einfach zu absurd. Noch kannte er die neuen Kollegen nicht, aber bestimmt fiele ihnen etwas zu diesem Todesfall ein. Sie kannten die Insel wie ihre Westentasche, während er trotz gelegentlicher Aufenthalte der Fremde war. Ob auch der Tote ein Fremder war? Wenn auf Bornholm ein Verbrechen passierte, hatte es meist etwas mit Fremden zu tun. Plötzlich hatte er Mitleid mit der Leiche. Aber immerhin bot sie ihm Gewissheit, nicht von einer Minute zur anderen um die Hälfte seiner Körpergröße geschrumpft zu sein. Zu groß waren diese Silos, zu unendlich der See und zu bedrohlich die Wolkenwand.

„Was hast du dir gewünscht, mein Freund? Und wer wünschte dich zum Teufel?", rief Stig in Richtung der dümpelnden Leiche. Die Furcht, die ihm den Rücken hoch gekrochen war, legte sich beim Reden ein wenig.

„Ich kann mir nicht vorstellen, dass du da selbst reingesprungen bist, um deinen Kraulstil zu perfektionieren. Also was war los?"

Stig trat ein paar Schritte vor, um den Toten besser im Blick zu behalten. Um den See herum waren Betonplatten verlegt. Auf ihnen hatte Stig weder Spuren noch sonst wie geartete Hinweise gefunden. Am Morgen hatte es geschneit, doch der Schnee war geschmolzen und hatte alle Spuren vernichtet. Stig rieb sich die Arme, ohne dass ihm davon wärmer wurde. Das Warten zerrte an seinen Nerven, und er konnte nicht verhindern, dass seine Gedanken mehr und mehr um die Frage kreisten, was hier geschehen war.

Manche Tatorte – falls es sich hier überhaupt um einen handelte – gaben einem auch ohne Spuren wichtige Hinweise. Stig hoffte auf irgendeine Intuition, die sich später durch Fakten erhärten würde, einen Anfangsverdacht, der sich aus der Szenerie ergab. Diesen ersten Eindruck konnte man oft nutzen und vertiefen. Außerdem schien es ihm vernünftiger, mit einem Toten zu reden, als einfach nur da zu stehen und zu beobachten, wie ihm der Mantel um die nassen Beine schlotterte und die Leiche in der Gülle trieb.

„Also?", brüllte er. „Sag was! Oder gib mir ein Zeichen!" Der Wind heulte über den Hügel. Sonst blieb alles still.

Aber was war das? Stig glaubte, seinen Namen zu hören. Hatte jemand seinen Namen gerufen? Oder kamen die Geräusche aus dem Stall, in dem sich Hunderte oder Tausende urinierende Schweine aufhielten? Bis jetzt war von den Tieren nichts zu hören gewesen.

Stig reckte den Kopf, da er die Leiche nicht mehr sehen konnte. Das konnte doch gar nicht sein! Entweder hatte er zu lange auf einen Punkt gestarrt oder die Leiche war hinter den Wellenkämmen verborgen.

Der Sturm heulte auf. Dicke Schneeflocken fielen. Jemand klopfte ihm auf die Schulter. Stig drehte sich erschrocken um.

„Papuga?", sagte die Leiche, offenbar erfreut, ihn gefunden zu haben. Plötzlich stand sie genau neben ihm am Rand des Güllesees.

Panisch riss Stig die Augen auf, sein Herz raste, und er öffnete den Mund zu einem tonlosen Schrei.

Die Leiche stand lächelnd vor ihm, hielt ihn sogar fest, während er langsam zusammensackte und beinahe in die Gülle gerutscht wäre.

„Mensch, Papuga, mach keinen Fehler!" Der Mann hielt ihn an den Oberarmen und war intelligent genug, die Situation zu verstehen. „Bei dem Wetter haben wir auf Bornholm alle das gleiche Gewand an, tot oder lebendig." Er wies auf die ferne Leiche und dann auf sich. Beide trugen exakt die gleichen dunkelblauen, einteiligen Arbeitsanzüge von Helly Hansen, und auch die anderen Männer, die mit Koffern und einem Generator vom Parkplatz kamen, waren identisch gekleidet.

„Bornholmer Tracht nennt man das", ergänzte der Mann.

„Ach ja?", stöhnte Stig.

„Ja", sagte der Mann. „Ich bin Thorben, der Kriminaltechniker. Es tut mir leid, wenn du jemand anderen erwartet hast."

„Nein, nein. Stig Tex Papuga", stellte sich Stig vor. Sie schüttelten einander die Hände.

„Mit wem hast du eigentlich geredet?" Thorben grinste spöttisch. „Ich meine, ich will dich ja nicht stören. Wir können auch wieder gehen." Das Wenige, das von dem Kriminaltechniker aus der Kapuze der Bornholmer Tracht hervorlugte, sah aus wie ein Mann um die vierzig. Gepflegte Bartstoppeln und ein weicher Mund waren zu erkennen.

Stig ignorierte die Frage und sah stattdessen zum Toten.

„Du kommst aus Kopenhagen, oder?", wollte Thorben wissen und lächelte spöttisch.

Stig blickte von der Leiche zum Kriminaltechniker. „Ja, aus Nørrebro", sagte er. „Aber selbst als dummer Kopenhagener ist mir klar, dass sich unser Mann dort nicht vor Schreck in die Hose gemacht hat. Vielleicht solltet ihr ihn mal rausfischen."

„Aye, aye, Käpt'n!", antwortete Thorben und zog die Braue über dem rechten Auge hoch. „Bist du sicher, dass du nicht aus Frederiksberg bist?"

Frederiksberg galt als der feinste Bezirk Kopenhagens, wenn nicht gar als snobistisch, auch wenn es eigentlich eine selbstständige Kommune darstellte, eine Enklave der bürgerlichen Wohlanständigkeit inmitten der hauptstädtischen Aufgeregtheiten. Nørrebro war erst in den letzten Jahren für die sogenannten besseren Schichten attraktiv geworden. Vorher war es dort schöner gewesen, dachte Stig. Tatsächlich stammte er aus Hellerup, einer noch feineren Gegend als Frederiksberg.

„Hast du vielleicht sogar schon eine Theorie, was sich hier zugetragen haben könnte?", fragte Thorben herablassend.

„Ich glaube, wir können mit Sicherheit ausschließen, dass hier ein Picknick geplant war. Einfach zu schlechtes Wetter." Stig blickte an Thorben vorbei.

„Na dann." Thorben kratzte sich am Kopf.

Stig wandte sich ab und sah einen Mann auf sich zukommen. Der Mann war groß, um die sechzig und trug einen blauen, kanadischen Parka mit künstlichem Fuchsfellbesatz über seiner Bornholmer Tracht. Die Kapuze hatte er nicht auf, wohl um sich besser umsehen zu können. Sein Haarkranz leuchtete weiß wie der Kragen eines

Ratsherrn. Er lächelte Stig zu, während geschmolzene Schneeflocken von seiner dicken Bifokalbrille tropften.

„Halløjsa! Ole Rasmussen", stellte er sich vor. „Du bist sicher Stig. Willkommen auf der Sonnenscheininsel."

„Danke!" Stig nahm Ole Rasmussens Hand und drückte sie heftig. Er hatte das Gefühl, den ersten sympathischen Menschen auf dieser Insel getroffen zu haben. Allein, dass er außer der Bornholmer Tracht noch etwas anderes trug, machte ihn zu etwas Besonderem. Mehr Glück konnte man mit seinem Vorgesetzten wohl nicht haben.

„Du hast dir aber einen schönen ersten Tag ausgesucht, Stig", sagte Ole Rasmussen. „Sieh zu, dass du ins Trockene kommst. Ich übernehme. Wir sehen uns dann morgen im Büro. Mehr Dienst ist nicht gesund."

Stig sah sich noch einmal um. Es war kaum zu glauben, dass er dieser Szenerie so leicht entfliehen konnte. Am Rand der Lagune flammten Scheinwerfer auf. Blitzlichter zuckten und machten die dicken Schneeflocken für Zehntelsekunden sichtbar.

„Oder hast du noch keine Bleibe?", fragte Ole Rasmussen fürsorglich. „Dann besorge ich dir natürlich ein Hotelzimmer."

„Nein, nein", sagte Stig schnell. „Ich habe sogar ein Haus gekauft." Dann fügte er zu seiner eigenen Verwunderung fast entschuldigend hinzu: „Meine Tante hat es mir besorgt."

„So, so. Du hast Familie hier. Das ist gut."

Langsam und so sicher, als würde der Fahrer das Areal kennen, kam der Leichenwagen rückwärts über den grauen Hof an den Güllesee heran. Grau war auch der Zinksarg, der hinten aus dem Wagen gezogen wurde, grau wie der Beton, die Wolken und die Gülle, die der Sturm weiter aufpeitschte.

„Hej-hej!" Ole Rasmussen wandte sich ab.

„Hej-hej", sagte Stig. „Und danke."

„Danke ist bloß ein armes Wort", murmelte Ole Rasmussen und wischte sich, während er weiter auf den Güllesee zuging, die aufgetauten Schneeflocken von seiner Glatze.

Stig fragte sich im Gehen, ob er wohl richtig gehört habe.

Der Volvo Amazon war so kalt, dass Stig den Choker ganz herausziehen musste, gute 15 Zentimeter. Aber einem Volvo machte die Kälte nichts aus. Leise sprang der B20-Motor an. Beim Ausparken fegten die Scheibenwischer quietschend den Neuschnee von der Frontscheibe. Stig fuhr den Feldweg entlang, bis er endlich wieder Asphalt unter den Reifen hatte. Der Dreck aus dem Profil spritzte laut gegen den Unterboden. Bevor er die Heizung aufdrehte und die Lüftung einschaltete, wartete er, bis der Motor genug Temperatur hatte.

Es herrschte kaum Verkehr. Nur selten kam ihm ein Wagen entgegen. Es machte Stig nichts aus, dass die Scheiben beschlagen waren und sich schnell wieder mit Neuschnee bedeckten. Die begrenzte Sicht half ihm sogar ein wenig dabei, sich im Schneegestöber zu orientieren. Es war so dunkel, dass die Scheinwerfer sich ausschließlich in den ankommenden Flocken festfraßen, genau wie Stigs Blick.

Langsam fuhr er Richtung Rønne. Obwohl er total durchnässt war, ließ er sich viel Zeit, um zum Hof seiner Tante zu kommen – nicht nur wegen der schwierigen Straßenverhältnisse. Seine Tante, Andersine Papuga, war die Schwester seines Vaters und hatte sich wie eine Mutter um ihn gekümmert, als sich seine Eltern nach Indien abgesetzt hatten. Trotzdem war sein Verhältnis zu ihr gespannt.

Zuerst verbrachten sie ein paar Jahre in British Columbia, wo Andersines Mann die Genetik der Bäume studierte. Gemeinsam zogen sie dann nach New Mexico und bauten dort eine Baumschule auf, bis Andersine mit einem Unbekannten verschwand. Erst nach einem Jahr, das Stig mit dem schweigsamen Mann und seinen Bäumen verbracht hatte, kam Andersine zurück, mittlerweile drogensüchtig. Andersine und Stig flogen daraufhin nach Dänemark, wo Andersine mehrere Drogenkliniken aufsuchte. Wieder genesen, unterrichtete sie den kleinen Stig in den Dingen des Lebens, die ihr wichtig erschienen. Dummerweise waren es gerade die, von denen Stig nichts wissen wollte. Am Ende landeten sie in Christiania, dem besetzten Hippie-Paradies im Norden Kopenhagens.

Das Leben dort war einfach. Man wurde von der Kopenhagener Kommune mit Geld unterstützt und konnte gleichzeitig alternativ sein. In kaum einem anderen Land war so etwas möglich. In New Mexico zum Beispiel wäre man bei dem Versuch, so zu leben, erschossen worden. Stig hingegen konnte damals sogar eine normale Schule besuchen. Doch all das gehörte der Vergangenheit an, insbesondere was Christiania betraf, das von der konservativen Regierung letztendlich geräumt worden war.

Eine der Buden von der Pusher Street, auf der offen mit Drogen gehandelt worden war, wurde inzwischen im Nationalmuseum ausgestellt.

Stig schaltete das Gebläse auf Stufe zwei. Endlich blies das schwedische Saunaaggregat warme Luft in den Fahrgastraum. Stig wurde es gleich ein bisschen wärmer und er gab Gas.

In den späten 70er-Jahren, lange vor dem musealen Ritterschlag, waren Andersine und Stig aus Christiania weggezogen. Stig, weil es ihm in Christiania zu frei zuging, und Andersine, weil es ihr längst nicht frei genug war. Bornholm war damals das nächstgelegene Paradies gewesen. Wie viele andere Christianitter brauchte Andersine inzwischen einen ganzen Bauernhof und mindestens ein bis zwei Hektar Land, damit sie einigermaßen ihre Mitmenschen ertragen konnte. Auf Bornholm waren Freaks in Schwärmen eingefallen und hatten nicht wenige bürgerliche Träumer nachgezogen. Nicht einmal in Paris war die Künstlerdichte pro Quadratkilometer so hoch wie auf Bornholm. In dieser Zeit wurde auf der Insel der Begriff *dummer Kopenhagener* geprägt. Er bezeichnete verträumte Romantiker, denen man alles andrehen konnte und die sich aus Sicht der Urbevölkerung mit völlig sinnlosen Tätigkeiten beschäftigten.

Tante Andersine hatte seitdem alles ausprobiert, was man im weitesten Sinne als kreativ bezeichnen konnte. Von der Batik war sie zum Töpfern, vom japanischen Gärtnern zum Filmen und Fotografieren, von Qigong zum Schamanismus gekommen, und mit zunehmendem Alter hatte sie die Hexerei für sich entdeckt.

Stig war damals ebenfalls nach Bornholm gegangen –
zur militärischen Grundausbildung. Eigentlich wollte er
beim Militär Karriere machen, er hatte sich dann aber
doch für die Polizei entschieden und war schließlich bei
der Kripo vom Hauptbahnhof in Kopenhagen gelandet.
Seine Tante hatte sich darüber furchtbar aufgeregt, aber
seit sie sich wieder beruhigt hatte, war er jeden Sommer
auf Besuch zu ihr nach Bornholm gekommen.

2

„Hölleninsel!", brummte Brian Kjellstrup und erschrak über sich selbst. Nicht, dass das ältere Ehepaar, das ihm gegenübersaß, auf ihn aufmerksam würde! Verstohlen schaute er zu ihnen hinüber, aber sie reagierten nicht. Offenbar hatten sie gleich nach dem Ablegen in Ystad, als er sich an ihren Tisch setzte, nach einem abweisenden Blick auf seine Ledermontur beschlossen, ihn zu ignorieren. Vielleicht nicht einmal wegen seiner Klamotten, sondern einfach nur, weil er jung war und Piercings hatte. „Verdammte, verschissene Drecksinsel!", zischte er und sah die beiden aggressiv an. Solche Leute passten nach Bornholm! Fett und sorglos. Genau wie seine Eltern und sein Bruder. Vor allem sein Bruder. Großer Hof, aber kein Job für Brian! Auch in Ystad hatte er keinen Job gefunden. Nicht einmal am Hafen, wo sie sonst jeden nahmen. Seine Freundin Marie würde begeistert sein, wenn er mit leeren Händen zurückkkam. Wieder einmal.

Die Fähre verlangsamte ihre Fahrt. Sie waren wohl schon in der Nähe von Rønne. Außer dicken Schneeflocken war allerdings nichts zu erkennen. Er fläzte sich in die speckigen Polster der schnellen Renommee-Fähre, die im Jahr genauso viel Energie benötigte wie die ganze Insel, und tat so, als dauerte es noch ewig, bis er wieder einen Fuß auf dieses verhasste Fleckchen Erde setzen musste. Er wünschte, die Fähre nähme wieder Fahrt auf und schöbe sich einfach weiter voran, ohne auf Land zu stoßen, weil Bornholm inzwischen verschwunden wäre – versunken oder von einem Meteoriten versenkt. Oder jemand hätte sich ein Herz gefasst und alles abgefackelt.

Brian richtete sich auf und grinste. Eigentlich gar kein schlechter Gedanke! Mit dem Hof seines Bruders müsste man anfangen …

Nach Hasle kam Stig an riesigen Windrädern vorbei, dann bog er in einen ausgefahrenen Feldweg ab und holperte, umweht von dicken Schneeflocken, den Berg hinauf, der so steil aussah, als endete er direkt im Himmel. Auf der Anhöhe führte der Weg durch struppiges, vertrocknetes Unkraut, das Andersine treffend ihren Urwald nannte. Ihr Haus bestand aus vier Gebäuden, die sich wie bei einer Burg um einen ehemals gepflasterten Hof gruppierten. Stig parkte den Volvo lieber vor dem Vierlingshof. Er traute nur den Wegen, die eindeutig in letzter Zeit befahren worden waren. Wer wusste schon, ob seine Tante nicht Fallgruben ausgehoben hatte.

Als er ausstieg, raschelte es verdächtig in den undurchdringlichen Unkrautwäldern, die Andersines Anwesen umgaben. Hungrige Nager, bereit einen Fremden anzugreifen.

„Ratten", murmelte Stig angeekelt. Bei seiner Tante hatten sie bestimmt genügend zu fressen. Im Schneegestöber holte er trockene Sachen aus seinem Kofferraum und zog sich diese schnell an, während es an vielen Stellen um ihn herum weiter raschelte. Endlich konnte er wieder in sein geliebtes Alltagskostüm schlüpfen. Stig warf den Kofferraumdeckel zu und ging durch die dunkle Einfahrt. Er nahm sich vor, nur so lange wie unbedingt nötig zu bleiben, und hoffte in kurzer Zeit auf dem neuesten Stand der Gerüchteküche zu sein. Vielleicht gab es ja sogar etwas, das den Fall betraf.

Ein Bewegungsmelder schaltete fahles Licht ein. Am Ende des rechten Hausflügels prangte das alte, getöpferte Christianitterschild, das Stig noch gut von früher kannte: *Andersine Papuga*. Früher hatte es an der selbst gebauten Hütte seiner Tante gehangen.

Stig ging die vier Stufen der Treppe hoch, öffnete mühsam die widerspenstige Tür und blickte in einen düsteren, vollgestopften Raum.

„Hej!", schrie er laut, um Andersine nicht durch sein plötzliches Erscheinen zu erschrecken. „Hej, Andersine! Hvordan går det?"

„Fint", tönte es aus der Tiefe des Raumes, der einem verlassenen Bergwerksstollen ähnlicher war als einer menschlichen Behausung. „Meget godt! Hej!" Stig musste seine Tante in einer entlegenen Ecke aufgescheucht haben. „Juhu", kreischte sie erfreut, als sie sich einen Weg durch das herumliegende Gerümpel bahnte. „Huch!", fügte sie noch hinzu. „Ich habe ja gar nichts an!"

Stig strebte, kleineren und größeren Hindernissen ausweichend, auf einen freien Stuhl in der Nähe der Westfenster zu – auf das einzige benutzbare Möbelstück der 200 Quadratmeter, die Tante Andersine bewohnte. Mit zwei Konvektionsöfen hatte sie die Räume auf eine tropische Temperatur gebracht. Etwas aus der Puste stand sie

nackt vor ihm. Stig hatte seine Tante so gut wie nie bekleidet angetroffen. Und er glaubte auch nicht, dass es einem
anderen Menschen – zumindest keinem Mann, egal welchen Alters – oft vergönnt war. Sie war immer nackt, wenn
Besuch kam. Stig war ihr Freikörperkult schon immer
peinlich gewesen. Bestimmt konnte sie die Bibel der dänischen Frauenbewegung – *Kvinde kend din krop* – längst
auswendig.

Aber noch schlimmer war ihr entsetzliches messiehaf-
tes Chaos in der Wohnung, das sie längst als Normalität
akzeptiert hatte. Tante Andersine war immer kurz davor,
Ordnung in ihrem Leben zu schaffen. Aber eben nur kurz
davor. Das bedeutete, dass sie alle Gegenstände, die sie
besaß – und das waren viele, und täglich wurden es
mehr –, auf dem Fußboden ausbreitete, um sie dann,
irgendwann einmal, wenn sie Zeit und ein System gefunden hatte, wieder auf wundersame Weise in Schränke,
Schubladen oder Garderoben einzuordnen. Bis dahin sah
es für den Nichteingeweihten so aus, als hätte ein SWAT-
Team die Wohnung erfolglos nach einem Mikrofilm
durchsucht. Der gesamte Hausstand inklusive vieler Vor-
räte und Wohlstandsmüll war auf dem Fußboden ausge-
breitet. Vergleichsweise ordentlich war lediglich ein riesiges, ungemachtes Bett, das an den Seiten sogar mit
Maschendraht verkleidet war, damit darunter nicht ständig fremde Katzen und andere Säugetiere niederkamen.

Im Winter sah es bei Andersine nur in den Innenräu-
men so aus. War aber erst der Frühling gekommen, öffnete
sie alle Türen ihrer vier Häuser, um sämtliche darin ent-
haltenen Gegenstände im Hof und hinter den Häusern

auszubreiten. Mindestens die Hälfte davon wurde dann bald von diversen Pflanzen überwuchert und zersetzt. Sicher war im letzten Herbst auch Essbares dabei gewesen, wenn Stig das Knistern im Unterholz richtig deutete.

„Komm, setz dich doch", rief Andersine fröhlich. Sie hatte sich tatsächlich etwas übergestreift und tanzte an den Herd, auf dem aus mehreren Töpfen Dampf aufstieg. „Willst du einen ayurvedischen Kräutertee? Oder etwas zu essen?" Stig verneinte kopfschüttelnd. „Olsen!", schrie Andersine gen Nachbarhaus. „Olsen! Essen!" Olsen kam nicht und Andersine ließ sich mit zwei handgeschnitzten Holztassen ungerührt auf einen mit verschiedenen Kleidungsstücken bedeckten Stuhl fallen.

Eine der Tassen bekam Stig, aber er tat nur so, als tränke er daraus, er versuchte vielmehr, die dreckige Tasse nicht mit den Lippen zu berühren.

Wie immer, wenn Andersine etwas anhatte, trug sie ihr T-Shirt verkehrt herum, da die Nähte sie kratzten. Zusätzlich hatte sie mit der Nagelschere ein paar Wellen in den Saum geschnitten.

„Willst du ein Bier?", fragte sie plötzlich und redete gleich weiter. „Gut siehst du aus", stellte sie fest, als sie ihr Bier öffnete, wohl wissend, dass Stig keines wollte.

Andersine war einmal eine Schönheit gewesen. Groß, blond, mit hoher Stirn. Eine immer lachende Walküre. Jetzt war sie alt, von Enttäuschung und Alkohol gezeichnet. Ihre mit Henna gefärbten Haare standen etwas vereinzelt auf ihrem hellen Schädel. Aber sie war immer noch eine Erscheinung.

„Du auch", log Stig. „Und sonst? Irgendwelche Skandale?"

Andersine schwieg.

Ein großer, schlanker Mann in Andersines Alter, vermutlich Olsen, tappte in die Wohnküche. Er hatte einen billigen Lederhut auf, dessen breite Krempe von Nieten durchlöchert war. Mit seinen Cowboystiefeln und seinem staksigen Gang wirkte er wie eine Giraffe in der Dämmerung. Er suchte etwas, stolperte über eine Obstkiste, fluchte und ging, ohne zu grüßen, wieder seines Weges. Das war also der Neue. Quer durch alle Konfessionen und sozialen Schichten pflegte Andersine Männer zu konsumieren wie andere Frauen Schuhe.

„Ach, ist es schön, dass wir wieder zusammen wohnen", flötete Andersine. „Das Haus, das ich für dich gekauft habe, wirst du lieben. Mit Blick aufs Meer. Und du musst nur mehr monatlich den Kredit abzahlen. Es war so billig, dass ich die Hälfte des Kaufpreises schon beim Verkauf der Möbel wieder eingenommen habe."

Stig wusste, dass seine Tante die Neigung hatte, Ruinen zu adoptieren, und sein Vertrauen in das Haus sank beträchtlich. Er ärgerte sich bereits, nicht Ole Rasmussens Vorschlag angenommen zu haben und in einem Hotel abgestiegen zu sein. Wie schön wäre es jetzt, in einer völlig unpersönlichen Atmosphäre zu duschen, sich danach in ein frisches Bett zu legen, fernzusehen und die Kälte und das Grau ebenso zu vergessen wie das Grauen, das auf den Gülleseen trieb. Vielleicht wurde sogar ein Film gesendet, den er noch nicht kannte, was allerdings unwahrscheinlich war. Andererseits hatte er kein Geld, er konnte also froh sein, in so einer Nacht überhaupt ein Dach über dem Kopf zu haben. Und alles war besser, als hier bei Andersine schlafen zu müssen.

Andersine hatte sich gerade einen vorbeischleichenden roten Kater geschnappt, schnurrte „Dukleinesüßekussemussedu" und drückte ihn an ihre Brüste. Das Tier, obwohl ein kapitaler Brocken, strampelte um sein Leben. „Ich liebe rote Katzen", erklärte Andersine und ließ das Tier los. Lautlos flüchtete es in die Dunkelheit.

Das stimmte. Andersine hatte immer rote Katzen gehabt, die einander so sehr glichen, als hätte es in ihrem Leben nur ein und dieselbe Katze gegeben.

Olsen betrat erneut die Küche. Auch dieses Mal stolperte er über die Obstkiste, er strauchelte und wäre fast gefallen. Er hielt inne und warf der Kiste einen hasserfüllten Blick zu. „For helvedes lort!", brüllte er mit tiefer Stimme und trat so heftig gegen die Kiste, dass sie gegen die Wand flog und zerbarst. Dann verschwand er so schnell, wie er gekommen war.

Andersine und Stig beobachteten das Schauspiel mit mäßigem Interesse.

„So sind die Männer", kommentierte Andersine nach einer Minute des Schweigens, in der man nur noch Olsens leiser werdende Schritte und den Sturm hörte.

Stig wunderte sich nicht über seine Tante, aber er fragte sich, warum sie ihm nicht helfen wolle, den Fall zu lösen. „Also erzähl schon!", versuchte er es noch einmal betont locker. „Was gibt es diesmal für Räuberpistolen? Was erzählt man sich so an den Bornholmer Lagerfeuern?"

„Woher soll ich das wissen?", heuchelte Andersine erstaunt. „Warum sollte ich mich für so etwas interessieren? Ich mische mich nirgendwo ein!"

„Nun tu doch nicht so!", sagte Stig. „Das ist doch eine verdammte Insel! Selbst wenn man nicht neugierig ist, erfährt hier doch jeder alles über jeden."

„Wie kommt es dann, dass du nichts weißt?", fragte Andersine schlau.

„Das ist unfair! Ich wohne ja erst seit ein paar Stunden hier und du schon seit Ewigkeiten. Also spuck es schon aus: Wo gibt es Eifersucht, wer will sich scheiden lassen, wer wurde bei einer Erbschaft nicht bedacht, wer hat wen wegen Sozialbetrug oder Schwarzarbeit angezeigt oder gar heimlich ein Feld gestohlen? Wer sind die Mondsüchtigen, Wiedergänger und Nachbarschaftsdenunzianten der Saison? Kläre mich über Schießereien, Alkoholfahrten, Faustkämpfe und Beischlafdiebstähle auf, ich will alles wissen!" Stig blickte seine Tante offen an.

„Ich weiß von nichts", antwortete sie. Ihre Mimik verriet Unwillen.

Stig begriff, dass seine Strategie gescheitert war. Hier würde er keine sachdienlichen Hinweise erhalten.

Beide schwiegen und lauschten wieder dem Sturm.

„Eigentlich passiert hier ja nie etwas, und dass der alte Knudsen nicht mehr ist, wird Bornholm zu einem schöneren Ort machen", brach Andersine schließlich das Schweigen. „Der ist genau da gelandet, wo er hingehört. Ich weiß sowieso nicht, wozu es überhaupt so viel Polizei auf der Insel gibt. Fünfzig Bedienstete – was für eine Geldverschwendung!"

Stig schnaufte abweisend. Er wollte nicht an seinen unrühmlichen Auftritt am Güllesee erinnert werden, und außerdem hatte er kein Interesse an der ständigen Diskussion über Sinn und Nutzen der Polizei. Er hatte keine Ahnung, woher Andersine so schnell etwas über das Ableben eines Inselbewohners erfahren haben konnte und dass es sich um einen gewissen Knudsen handelte. Welche Buschtrommeln wurden wohl wo geschlagen, um hier in Andersines Urwald vernommen zu werden, und warum konnte er diese Trommeln nicht nutzen? Normalerweise und wenn es ihn nicht interessierte, redete Andersine mehr über ihre Nachbarn, als ihm lieb war. Sie war eben nicht dumm. *Keine Informationen für die Ordnungsmacht* war wohl die Devise des Abends.

„Ja, ja", sagte er deswegen nur. „So ist das."

„Nein, so ist das nicht", widersprach Andersine. „Du brauchst nicht so geheimnisvoll zu tun. Ich habe oft einen Kollegen von dir zu Besuch. Oluf. Hast du ihn schon kennengelernt? Er weiß meinen selbst gemachten Obstwein sehr zu schätzen."

Jeden Herbst sammelte Andersine alles Obst, das sie finden konnte und das man ihr freiwillig brachte, verwandelte es in eine Flüssigkeit mit erheblichem Alkoholgehalt und füllte diese in unzähligen, riesigen Kanistern ab. Bis jetzt hatte Stig weder genug Mut noch Verzweiflung aufgebracht, um diesen undefinierbar moussierenden Hexentrank zu kosten.

„Wer ist das da eigentlich?", fragte Stig, um das Thema zu wechseln und wies auf die Schwarz-Weiß-Fotografie eines alten Mannes, die neben der runden Quarzuhr an der Wand hing. „Familie oder so? Vielleicht von Olsen?"

Andersine schüttelte den Kopf. „Ach, Quatsch! Das ist Tschang. Ein Großvater aus Tibet, den Olsen und ich adoptiert haben."

„Ihr habt einen Opa adoptiert?", wunderte sich Stig.

„Na und?", zischte Andersine. „Alle adoptieren kleine Kinder mit Kulleraugen. Wir adoptieren Großväter. So sind wir eben auf Bornholm! Lenk nicht von meiner Frage ab. Verdächtigt ihr schon jemanden?"

Stig ließ nicht zu, dass sie den Spieß umdrehte. „Lass uns mal schnell zu dem Haus fahren", sagte er. „Bestimmt muss ich dort noch den Ofen anfeuern, und ich hatte einen harten Tag."

Andersine stand auf und kämpfte sich ihren Weg zum Herd zurück. Mit einer Holzkelle rührte sie in einem brodelnden, bräunlichen Sud. „Willst du nicht etwas zu essen mitnehmen? Du weißt ja: Uden mad og drikke duer helten ikke! Ich kann es ja in eine Kotztüte tun." Eifrig begann Andersine, das Gebräu aus dem Topf in eine der auf dem Herd liegenden Tüten zu schöpfen. Bestimmt hatte sie die bei der letzten Fährfahrt eingesteckt. Als die Tüte voll war, leckte sie den Löffel gründlich ab. „Nej, hvor er det lækkert!", lobte sie ihre Kochkunst.

„Nein, lass nur", stöhnte Stig. Fast hätte sich ihm der durch den Güllegestank ohnehin schon geschwächte Magen umgedreht bei der Vorstellung, die braunen Klumpen aus einer Kotztüte zu essen. „Ich habe gerade keinen Hunger", murmelte er entschuldigend.

„Dann isst du es eben später!", insistierte Andersine und verschloss die Tüte kunstvoll mit einem Blumendraht.

Der Sturm trieb die Schneeflocken horizontal durch die Welt – so als wäre sie umgekippt. Die riesigen, pappigen Flocken bildeten, überall wo sie sich halten konnten, Schneewehen. Andersine und Stig rannten, so schnell es ging, durch den Schnee zu den Autos. Dann verfolgte Stig die trüben Rücklichter von Andersines altem Citroën Méhari. Durch die dichte Masse des seitlich treibenden Schnees konnte er sie kaum erkennen. Der Sturm war lauter als die Motorengeräusche seines B20.

Zehn Minuten später bogen sie in eine von Hecken umsäumte Einfahrt und hielten vor einem kleinen, dunklen Haus. Andersine sprang aus ihrem Auto und tanzte, wild gestikulierend, auf dem mit Feldsteinen gepflasterten Hof herum, ehe sie auf das Haus zuging.

Die Eingangstür quietschte, und im Haus schlug Stig der dumpfe Geruch von Patschuli entgegen.

Andersine schaltete einige trübe Beleuchtungskörper ein. „Na, habe ich zu viel versprochen? Ist das nicht ein Kleinod, ein Schloss? Stell dir vor: Das Haus ist 200 Jahre alt!"

Stig blickte in die düsteren Zimmer. Es war schlimmer, als er es sich vorgestellt hatte. „Und die Einrichtung? Das sind doch Perlen der Möbelkunst!", pries Andersine mit wilden Gesten das spärliche Interieur an. „Hier …", sie hatte es wohl selbst gemerkt und wies auf den alten Tisch, der mit Stühlen verschiedener Provenienzen umgeben war, „hier musst du, wenn du ein wenig verdient hast, schöne vietnamesische Korbmöbel aufstellen. Die gibt es manchmal bei *Kvickly* im Sonderangebot. Die sind unglaublich gemütlich. Ich sage dir Bescheid, wenn es wieder welche gibt. Oder noch besser: Ich kaufe sie gleich. Wie viele brauchen wir denn?"

Stig stöhnte. Sein ganzes Interesse richtete sich auf den Bekkasinenofen, die einzige Wärmequelle in dem maroden Gemäuer. Er ähnelte einem auf der Seite liegenden Ei und hatte eine aufliegende Feuertür wie bei einem Späneofen, der früher von Tischlern benutzt wurde. Ein Sofa und ein großer Fernseher, der mit einem Videorekorder ausgestattet und von Türmen von Videokassetten umgeben war, komplettierten die Einrichtung.

„Die Antenne ist abgefallen", sagte Andersine leichthin. „Aber zum Glück habe ich gerade eine ausgezeichnete Sammlung von Filmklassikern auf dem Schrottplatz gefunden."

Sorgenvoll betrachtete Stig das Arrangement und versuchte, ihm etwas Gutes abzugewinnen. Vielleicht würde ihm der Mangel an Fernsehempfang helfen, etwas mehr Sport zu treiben.

„Hallo", rief Andersine aus dem Schlafzimmer. Zögernd ging Stig über den knarrenden Holzfußboden zu ihr. Fröhlich zeigte sie auf die Wand. „Da kannst du im Frühling einen Durchbruch in den Garten machen! Stell dir vor ..."

Stig schüttelte den Kopf. Nein, er wollte sich nicht vorstellen, was passieren würde, wenn man mit dem Hammer gegen eine dieser Wände schlug. Schon gar nicht bei diesem Wetter. „Strom habe ich", stellte er fest. „Wie sieht es mit Trinkwasser aus?"

„Brunnenwasser!", sagte Andersine euphorisch und nahm ihn bei der Hand. Sie versuchte, ihn in Richtung Küche zu zerren, aber Stig machte sich los. „Brunnenwasser!", wiederholte Andersine. „Ich habe das Wasser testen lassen, weil es eigentlich verboten ist, Brunnenwasser zu trinken. Aber stell dir vor, es ist besser als das Wasser aus dem Wasserwerk! Du hast Glück! Weil das Haus so hoch auf dem Berg liegt, konnten die Bauern es noch nicht mit ihren Pestiziden und ihrer Gülle vergiften. Ist das nicht toll?"

„Ja, Andersine", sagte Stig. „Entschuldige bitte, aber ich bin unglaublich müde." Er schob Andersine unfreundlich zur Tür.

„Hej-hej!", rief sie fröhlich und ging in den kleinen Flur. „Morgen komme ich wieder und bringe dir ein paar Topfpflanzen mit. Dann bist du nicht mehr so allein. Und vergiss dein Essen nicht, das hast du nämlich im Auto stehen gelassen!"

„Hej-hej", sagte Stig. Dann schloss er die Tür, hörte das Aufheulen des kleinen Boxermotors und sah, wie die Lichter zwischen den Schneeflocken vom Hof verschwanden.

Als Erstes entfachte er ein Feuer in dem großen Ofen und legte die Klappe auf. Wenigstens für ausreichend Feuerholz, das ausschließlich aus wurmstichigen Möbelresten bestand, hatte seine Tante gesorgt. Es gab also doch etwas, das sie nicht gebrauchen konnte, überlegte Stig erleichtert. Dann verschloss er alle Türen, die vom Wohnzimmer weg führten, damit es schneller warm wurde. Seinen Koffer hatte er gleich beim Hereinkommen mitgenommen. Er entkleidete sich in der zunehmenden Wärme, zog sich einen langen Bademantel an und schaltete den riesigen Bang & Olufsen-Fernseher ein. Fürs Erste war also gesorgt: ein warmer Ofen, ein Schlafsack, ein Sofa mit reichlich muffigen Kissen und ein alter Film, der das Heulen des Sturmes übertönte.

Unter den Filmen, die er gerade geerbt hatte, fand er *Das Boot* und stopfte die Kassette in den Videorekorder. Nicht, dass ihn deutsche Kriegsfilme oder gar Nazifilme besonders interessierten. Aber diesen Film schätzte er als Vademekum für schwache Stunden, weil er das Konzept des Heldentums so überdeutlich vorführte. Die wichtigste Figur, der Kapitänleutnant, kam mit nur wenigen Sätzen aus. Stig konnte die markantesten auswendig. Er ließ sich auf dem Sofa nieder und versuchte, sich auf den Film zu konzentrieren.

Irgendwann stand er auf, weil er sich daran erinnerte, im Flur einen Besen gesehen zu haben. Er stellte den Ton lauter und begann im Schlafzimmer zu fegen.

„Die letzten Funksprüche: Vor Flieger getaucht, abgedrängt und Fühlung verloren. Vor Zerstörer getaucht. Wasserbomben. Die Burschen machen eben keine Fehler mehr!", stellte Stigs Held fest, während er sich unter das große Doppelbett bückte, um dicke Staubflocken zusammenzukehren.

„Hab'n die doch tatsächlich unser Sehrohr gesehen! Kaum zu glauben, bei dem Seegang! Jetzt wird's psychologisch, meine Herren!"

Stig fegte das Schlafzimmer und leerte die volle Kehrschaufel in den Ofen. Der Klang des Echolotes erfüllte den Raum und mischte sich mit dem Rauschen des Sturmes. Dann fielen Wasserbomben.

„Immer ruhig, Männer! Das war noch gar nichts! Nicht dumm, die Brüder!"

Stig fegte die kleine Küche aus.

„Die Angelegenheit scheint erledigt zu sein. Bei dreißig Meter rundhorchen! Auftauchen und anblasen!"

Bei der Edelstahlspüle, die von zwei alten Stalllampen beleuchtet war, gab sich Stig besondere Mühe. Es machte ihm Spaß, den blanken Stahl unter dem Dreck wieder zum Vorschein zu bringen.

„Kein Grund zur Aufregung! Uns kann die See nicht ersäufen – kein Schiff ist so seetüchtig wie unseres!", sagte der Kapitän ruhig. Doch dann brach die Hölle des Wasserbombenbombardements wieder los.

Stig sah durch das Küchenfenster in die undefinierbare Dunkelheit.

„Jetzt geht es los! Jetzt kommt die Abrechnung."

Kritisch betrachtete Stig sein Gesicht im halb blinden Badezimmerspiegel. Es schien schmaler als sonst zu sein. Er war blass, hatte Falten um Augen und Mund. Mit fünfzig, so hatte George Orwell geschrieben, hat man das Gesicht, das man verdient. Stig hatte zwar noch reichlich Zeit bis zu diesem Datum, trotzdem fragte er sich besorgt, was diese Zeit ihm bringen würde. Eigentlich gefielen ihm nur seine blaugrauen Augen. Schneeweiß war es um die Retina. Er war also gesund.

„Nun, die wollen es aber genau wissen! Ruhig, Männer, ruhig. Nicht schlecht, Herr Specht!", kommentierte der Kapitän lakonisch den Horror. *„Meldung! Ich will eine anständige Meldung!"*

Stig fegte das Wohnzimmer. Wenn schon Dreck herumlag, sollte es wenigstens sein eigener Dreck sein.

„Wer viel schmeißt, hat bald nichts mehr!", sprach der Kapitän zu den schlimmsten Detonationen.

Stig kochte Tee.

„Verdammt noch mal! Drehen Sie nicht durch! Ekelhaft! Schamlos!"

Stig legte sich erschöpft auf das Sofa. Nach der Teilreinigung des Hauses ging es ihm etwas besser, obwohl er sich jetzt selbst dreckig fühlte.

„Raus aus'm Trichter und ab nach Hause! Wenn's klappt, gibt's 'ne halbe Flasche Bier für jeden."

Stig goss Tee in einen Keramikbecher, der unzweifelhaft das Erzeugnis eines langwierigen kreativen Prozesses war. Er wog schwer, und man konnte kaum erkennen, wie viel man eingegossen hatte.

„Wissen Sie, wo die sind? Im Kasino und feiern unsere Versenkung! Not yet, Kamerad. Not yet!"

Die Coolness dieses Helden erschien Stig als absolut erstrebenswert. Niemals würde sich der Kapitänleutnant zum Beispiel von einer Leiche erschrecken lassen, die plötzlich neben ihm stand. Stig hasste sich für seine Schwäche. Er war eben ein Städter. Es war dunkel, der Wind heulte, und sein neues Zuhause war ihm vollkommen fremd: die vielen düsteren Zimmer und Stallungen in den Nebengebäuden, die unbekannten Geräusche, der Dreck und die Ärmlichkeit. Auch die Geschichte des Hauses war ihm nicht vertraut. Nicht, dass er sich sonderliche Gedanken über das Haus machte. Es war nur ein Beispiel dafür, dass ihn alles Mögliche daran hinderte, ein

Mann zu sein, der auch in bedrohlichen Situationen überlegt und korrekt reagierte. Der U-Boot-Krieg war ja schließlich nur eine Metapher für das unerschrockene Erleben der Gegenwart in jeder Zehntelsekunde, eine Art westlicher Zen-Buddhismus. Eine Metapher für das Ausschalten der Vergangenheit und der Zukunft, die für Angst und Unglück verantwortlich waren.

Der Film führte vor, wie dieses Ausschalten funktionierte: Zuerst musste man sich in ein U-Boot des Zweiten Weltkrieges versetzen, das gerade tauchte und mit Wasserbomben angegriffen wurde. Dann hing es davon ab, woran man in diesem Moment dachte. Dachte man daran, wie viele U-Boote, vor allem seit Aufkommen des Radars, von Wasserbomben getroffen worden und unter Verlust aller Besatzungsmitglieder unter Wasser geblieben waren, würden sich Panik und Verzweiflung breitmachen. So blieb man in der Vergangenheit verhaftet. Dachte man aber an die Zukunft und stellte man sich vor, was man tun würde, wenn man das Bombardement überlebte und der Krieg vorbei wäre, wäre die Gegenwart, in der man mit Bomben beschmissen wurde, umso unerträglicher. Sie wäre eine unglaubliche Zumutung, und Panik wäre die Folge.

Heldentum und Glück schienen genau dazwischen zu liegen. Vergangenheit und Zukunft mussten ausgeblendet werden. Man denkt nichts, registriert fallende Bomben, die man offenbar überlebt, und schaltet die Wahrnehmung ab. Man akzeptiert, was die Gegenwart bringt. Sei es eine Bombe, eine Leiche, ein unbekanntes Haus im Sturm. Nur dann fallen einem noch Sprüche ein, mit denen man seine Untergebenen beruhigen kann. *Nicht schlecht, Herr Specht, wer viel schmeißt, hat bald nichts mehr!*

Stig hatte Angst, im Dienst zunehmend hysterischer zu werden. Das konnte und wollte er sich als Mann nicht leisten und schon gar nicht in seinem Beruf. Ein Polizist musste es jederzeit mit einem gewalttätigen Kriminellen aufnehmen können, der zudem noch von ihm in die Enge getrieben wurde. Selbst das feigste Tier ging, in die Enge getrieben, zum Angriff über. Und Kriminelle, zumindest solche, die ihren Beruf gelernt hatten – aus irgendeinem Grund wurden sie immer seltener –, beschäftigten sich zuerst mit dem Worst-Case-Szenario. Das war mit Abstand das Wichtigste. Erst dann brachte man ihnen bei, genau wie Soldaten und Polizisten, den Höflichkeitsabstand zwischen Personen zu überwinden, der gerade in den nördlichen Ländern besonders groß war, und allen Respekt vor der Unversehrtheit des Gegenübers zu verlieren. Jemandem brutal ins Gesicht zu schlagen, ohne dabei den geringsten Skrupel zu empfinden. Zu töten.

Es ging nicht an, dass er so leicht die Nerven verlor. Schon in der ersten Sekunde hatte er sich vor den anderen an der Lagune lächerlich gemacht, und Typen wie diesen Thorben kannte er nur zu gut. Stig war sich ganz sicher, dass dieser den Kollegen mit sarkastischem Lächeln als Erstes erzählen würde, der Neue aus Kopenhagen hätte doch allen Ernstes geglaubt, einer Leiche gegenüberzustehen, die eben noch in der Gülle geschwommen war.

Als der Film zu Ende war und der Ofen den niedrigen Raum angenehm erwärmt hatte, ging Stig in das winzige

Bad. Es hatte, wie viele Bäder in Dänemark, türkis gestrichene Wände. Die Bauern glaubten nämlich, dass Fliegen die Farbe Türkis mieden. Stig selbst gefiel nichts an diesem Bad. Er beschloss, den hässlichen Raum so selten wie möglich zu betreten.

Kein anderer Däne, dachte Stig, während er im ganzen Haus nach einem Fenster suchte, das sich öffnen ließ, würde heute noch in so einem Haus leben wollen. Das hatte sich im letzten Jahrzehnt geändert. Der heutige Lebensstandard maß eine Wohnung auch daran, ob genügend Steckdosen vorhanden waren. Wenn er an seine erste Wohnung in Vesterbro dachte, konnte er nur lachen. Sie hatte nicht einmal ein eigenes Klo gehabt. Das war im Treppenhaus gewesen, und zwar für das ganze verdammte Haus. Erst in den späten Achtzigern traf man dann auf einmal seinen eigenen Zahnarzt wieder, der sich in dem hip gewordenen Viertel ein Loft ausgebaut hatte.

In einem Anfall von Sehnsucht fragte sich Stig, wie es Søbranda in dieser Ruine wohl gefallen würde, und gleichzeitig versuchte er sich einzureden, dass ihm vollkommen egal war, wo und wie er wohnte. Der Hund hingegen war ihm nie egal gewesen, und er vermisste ihn. Wenn er ehrlich war, vermisste er aber nicht nur Søbranda, sondern auch Mette. Seit seiner Trennung überkam ihn abends regelmäßig eine schwere Katerstimmung.

Stig hasste es, wenn Filme zu Ende waren. Besonders jetzt, allein in dieser Ruine, während sich die Kollegen im Kommissariat wahrscheinlich schon über ihn kaputtlachten. Zudem waren ihm Videos und DVDs immer noch suspekt. Stets überkam ihn ein Gefühl von Schalheit, wenn er diese Konserven einlegte, während ihm Fernsehen eher wie ein Live-Event vorkam, vielleicht, weil es wie eine imaginäre Gruppenrezeption war, wie im Kino. Zu wissen, dass sich Millionen Menschen zugleich den Mist anschauten, der gesendet wurde, ließ einen weniger einsam sein. Er hasste die Atomisierung und Individualisierung der Gesellschaft. Schließlich war er ein Kind der Zeit, da Gruppen und Gemeinschaften einen hohen Wert besaßen. Wer würde denn heute noch für die Allgemeinheit zu einem Meeting oder gar auf die Straße gehen?

Stig inspizierte das Schlafzimmer. Es war kalt, und dem Doppelbett misstraute er. Lieber packte er, nachdem er sich gewaschen und die Zähne geputzt hatte, seinen Schlafsack aus und rekelte sich im Dunkeln auf das Sofa im Wohnzimmer. Der Sturm dröhnte, und das Haus war erfüllt von Geräuschen. Es schien zu ächzen, zu jammern und zu stöhnen – wie ein alter Mensch, dem man plötzlich Aktivität abverlangte. Draußen war alles weiß, und die Schneeflocken tobten wie zusätzliche Vorhänge um die Fenster.

Stig dachte noch einmal über den Fall nach. Wenn es denn überhaupt einer war. Auf dieser Insel passierte doch so gut wie nie etwas. Zumindest warb Bornholm mit dieser Behauptung um Neubürger, um die zunehmende Landflucht auszugleichen. Die soziale Kontrolle in einem Wohlfahrtsstaat wie Dänemark war ohnehin groß und auf einer überschaubaren Insel umso mehr. Da musste man bloß ein bisschen zu viel trinken, Kinder haben oder sich von der Freundin trennen, und schon stand die Kommune parat, bot einem eine Entziehungskur an, Geld für neue

Kleidung und alle erdenkliche Hilfe. Wenn sie könnte, würde sie einem sogar eine neue Freundin besorgen. Auf Bornholm mit seinen circa 30 mal 60 Kilometern kannte man sich zumindest vom Hörensagen. Und was wie weite Felder mit vereinzelten Höfen aussah, war keineswegs ohne sozialen Zusammenhang. Gerade weil das Land dünn besiedelt war, erinnerte sich mancher noch jahrelang an eine unbekannte Person, die ohne Grund über die Felder spaziert war.

Aus kriminalistischer Sicht verachtete Stig das Land. Er dachte an die Stelle in einem Conan-Doyle-Roman, als Holmes und Watson im Zug saßen und wegen einer Ermittlung aufs Land fuhren. Watson wurde mit jedem Eisenbahnkilometer aufgeräumter, während Sherlock Holmes nur schweigsam und nachdenklich auf die vorbeiziehende Landschaft blickte. Als Watson seinen Freund schließlich fragte, was mit ihm los sei, gab Holmes an, das Land mache ihm Angst. In der Stadt könnten Nachbarn zumindest die Schreie von Opfern hören. Auf dem Land hingegen könnte so ziemlich alles passieren, ohne dass es Zeugen gäbe. Jahrelang.

Auf England bezogen hatte der fiktive Detektiv sicher recht. Aber Gewalt und Missbrauch, so bildete sich Stig zumindest ein, waren in Dänemark nicht so verbreitet wie in vielen anderen Ländern. Das Recht, ein Individuum zu sein, räumte man schon kleinen Kindern ein, während sie in anderen Kulturen bis zum Erwachsenenalter als schlichter Besitz galten. Auch glaubte Stig, dass Dänen tendenziell glücklichere Menschen waren als andere. Man brachte ihnen nämlich von Anfang an bei, dass sie grundsätzlich in Ordnung waren. Was durchaus auch Nachteile hatte. Sie waren zu zufrieden. Ein Volk, das nicht um Perfektionismus bemüht war. Seine Devise lautete: Det er godt nok. Anderen war nie etwas gut genug, und die wurden dann eben Exportweltmeister.

Dieser Mann, der verkehrt herum in der Lagune gelegen hatte und jetzt wohl auf dem Rücken im Kühlfach lag und bereits obduziert wurde, war vermutlich schlicht und ergreifend betrunken, er hatte die Orientierung verloren, war in die Gülle gefallen und ertrunken. Wahrscheinlich war er schon mehr tot als lebendig gewesen, bevor er das dreckige Nass erreicht hatte. Auch ein Infarkt oder eine Thrombose waren nicht auszuschließen. Nichts, weswegen man sich über die Maßen beunruhigen musste. Trotzdem. Irgendetwas stimmte nicht. Irgendetwas war gespenstisch an der Sache. Vielleicht die Szenerie. Dieses architektonische Arrangement, in dem alles viel zu groß war. Das schien etwas zu sein, das nichts mehr mit Landwirtschaft zu tun hatte. Eher mit Schwerindustrie, die es in Dänemark eigentlich nicht in dieser Form gab. Das war nicht mehr Bornholm – das war Babylon!

3

22. Dezember, 8 Uhr 30
Lundshøj bei Rutsker
Starker Nordwestwind. Windstärke 5–6, in Böen Sturmstärke. Schnee-
oder Regenschauer. Temperaturen um den Gefrierpunkt.

Stig erwachte in vollkommener Dunkelheit. Befand er sich
in einem U-Boot? Ein immer wiederkehrendes Schnarren
versetzte ihn in Panik. Alarm. Kein Licht. Blind rannte er
durch einen eisernen Tunnel, stieß überall an. Endlich riss
er die Augen auf. Er lag auf dem Sofa in einem alten, verwahrlosten Bauernhof, es war hell, und das Schnarren
hörte nicht auf. Stig durchwühlte die Taschen seiner auf
dem Boden liegenden Kleidung. Endlich fand er sein
Mobiltelefon und hob ab.

„Stig Tex Papuga", meldete er sich mit heiserer Stimme.

„Ja, hier ist Ole von der Kriminalpolizei in Rønne. Ich
wollte nur fragen, ob du heute ins Büro kommen magst?"

„Selbstverständlich!", antwortete Stig schnell. Er sah auf
seine Aquaracer, die er wie immer am Arm behalten hatte.

„Fantastisk flot!", sagte Ole Rasmussen. „Ich freue
mich. Wir sehen uns."

„Ja, ja", antwortete Stig. „Wir sehen uns. Hej-hej!"

Es hatte wohl die ganze Nacht geschneit und es schneite
immer noch, als Stig den ersten Gang einlegte. Er hatte
den Volvo sorgsam vom Schnee befreit und die Scheibe
mit Enteiserspray bearbeitet. Der Motor lief schon seit ein

paar Minuten, die Scheibe war innen nicht mehr beschlagen, und die Intervallschaltung ließ die schmalen Wischer über die Frontscheibe gleiten. Der Himmel war voller Schnee, aber auf dem Hof blieb er nicht liegen. Die kahlen Bäume reckten ihre nassen, grauen Zweige hoch, und der Schnee lag nur in den Ritzen zwischen den Feldsteinen. Der Wind trieb ihn weiter. Anderswo mussten sich enorme Wehen gebildet haben – es sei denn, der Sturm pustete den Schnee um die ganze Welt. So sah es jedenfalls aus. Am besten zurück ins Meer, hoffte Stig. In Kopenhagen hatte er neue Winterreifen gekauft, und es drängte ihn, sie endlich unter Extrembedingungen auszuprobieren. Er ließ die Kupplung vorsichtig kommen und zockelte vom Hof. Dann bog er zum Meer hin in den Fuglesangsvej ein. Das würde ein Spaß werden!

Stig gab Gas, schaltete mit dem langen, glänzenden Ganghebel, der Motor brummte sonor. Die ersten Schneewehen durchfuhr er mit Bravour. Feiner Schneestaub kräuselte sich in der Luft. Wie Puder legten sich die Flocken auf den Asphalt und fügten sich geheimnisvoll mal zu breiten, mal zu schmalen Spuren. Manchmal auch zu sehr breiten.

Erschrocken schaltete Stig zurück und musste immer mehr Gas geben, als er seinem noch kalten Motor zumuten wollte, um eine endlose Schneespur zu durchfahren. Wie ein Motorboot schlingerte der Volvo durch den Schnee. Es war schwer einzuschätzen, wie breit die Schneewehen waren. Die Scheibenwischer quietschten, Stig konnte nicht gut sehen und den Verlauf der Straße nur ungenau einschätzen. In der weißen Landschaft orientierte er sich an den weißen und roten Stäben, die man im Herbst extra zu diesem Zweck überall auf Bornholm entlang der Straße aufgestellt hatte. Eine sinnvolle Maßnahme, dachte Stig mit zunehmender Panik. Im Schneegestöber waren diese Stäbe allerdings schwer auszumachen. Man sah kaum etwas anderes als Weiß. Bewegtes Weiß oder statisches Weiß. Stig schaltete noch einmal zurück, fuhr die niedrigen Gänge mit Vollgas und mahlte sich wild schlingernd durch das ewige Weiß. Bis er die Kontrolle über den Wagen verlor und auf einmal mit einem heftigen Ruck festsaß. Da halfen kein Geschaukel und kein Vollgas.

Bei laufendem Motor kletterte Stig aus dem Wagen und hangelte sich durch den Tiefschnee an der Karosserie zum Heck. Das rechte Hinterrad drehte völlig frei. Stig zog eine Decke vom Rücksitz und drapierte sie unter das Hinterrad, doch sie rutschte einfach durch, ohne dass sich der Wagen auch nur einen Millimeter von der Stelle bewegte.

Stig stellte den Motor ab und holte einen Klappspaten aus dem Kofferraum. Er kämpfte sich durch den Schneesturm auf die andere Seite des Wagens, rutschte ab und versank bis zum Hals im Neuschnee neben der Straße. Offenbar war er in einem unsichtbaren Graben gelandet. Um ihn herum tat sich nach allen Himmelsrichtungen eine weiße Wüstenlandschaft auf, die einem nicht die Spur einer Ahnung vom Straßenverlauf geben konnte – wären da nicht die Stäbe gewesen. Mal rot, mal weiß. Aber die Abstände dazwischen waren weit und verlangten einem eine Menge Fantasie ab, wenn man die Windungen des Asphaltes unter den Schneemassen erahnen wollte. Vor allem, wenn man die Straße noch nie gesehen hatte.

Stig geriet in Panik. Er kämpfte sich aus dem Schnee heraus, fluchte, buddelte wie wild an der Wehe, in der sein Wagen steckte, und kam immer mehr ins Schwitzen. Nach einer Weile richtete er sich keuchend auf und blickte sich um. Waren denn keine Räumfahrzeuge unterwegs? Und was, wenn doch? Sein Wagen hatte ein weißes Dach. Vielleicht würde man ihn übersehen und über den Haufen fahren. Auf jeden Fall war klar, dass er viel zu spät ins Büro kommen und auch sein zweiter Tag schlecht beginnen würde. Det var ikke godt nok, sondern es war einfach nur brutale Scheiße! Sein Wagen, stellte er schließlich fest, war mit dem Bodenblech auf die Schneewehe gerutscht. Da half kein Buddeln. Völlig durchnässt gab er nach einigen weiteren Versuchen auf, er kletterte auf den Beifahrersitz und trat dabei auf die Kotztüte mit Andersines Essen. Langsam verbreitete sich der braune Sud im Fußraum. „Scheiße!", brüllte Stig. „Scheiße! Scheiße! Scheiße!" Seine Schreie wurden vom Schnee gedämpft.

Verdammt noch mal! Drehen Sie nicht durch! Ekelhaft! Schamlos!

Stig versuchte an den Kapitänleutnant zu denken, schloss die Augen und atmete tief durch. Als er die Augen wieder öffnete, stöhnte er resignierend und holte sein Handy aus der Tasche.

„Andersine", sagte er, nachdem er die fröhliche Stimme am anderen Ende vernommen hatte, und stöhnte noch mal.

„Du sitzt im Schnee fest?", erriet sie. „Ich schicke Olsen. Der hat Vierradantrieb." Dann legte sie einfach auf.

Bestimmt kannten sie und dieser seltsame Olsen die Schneewehe, in der ich feststeckte, dachte Stig. Das war auch so eine Sache. Warum hatte ihn keiner gewarnt? Damit er nicht das Gefühl bekam, man müsse ihn als dummen Kopenhagener wie ein Kleinkind vor den Unbilden des Winters retten? Nun ja, er hatte es auch so geschafft, den dummen Kopenhagener rauszukehren. Warum war er bloß nicht mit dem Bus in die Stadt gefahren? Da unten hatten sie bestimmt jede Menge Dienstfahrzeuge. Aber sein Volvo Amazon war nun einmal ein Stück Heimat, ein Stück Sicherheit. Bestimmt gab es keinen anderen Wagen mit einer so schmalen Frontscheibe. Stig sagte immer, dass man einen Amazon auch nackt fahren könne. Die Scheibe begann erst knapp unter dem Hals. Alles, was man vom Fahrer sehen konnte, war der Kopf. Eigentlich ein perfekter Wagen für Andersine, dachte Stig und musste plötzlich kichern. Andersine würde zum Nacktfahren sicher das Papamobil des Papstes bevorzugen, damit ihre Reize gebührend bewundert werden konnten.

Stig kletterte aus dem Wagen und versank im Schnee. Zum Glück war er nicht nackt. Er suchte sich eine Stelle, an der er stehen und notfalls seinen Wagen beschützen konnte. Und um Olsen – falls er denn überhaupt kam – zu zeigen, dass er nicht wie ein Städter im Warmen saß und Radio hörte, während er auf den Abschleppdienst wartete.

Olsens roter Toyota Pick-up kam geisterhaft rückwärts aus dem Schneesturm auf Stig zu. Wortlos und ohne einen Blick auf Stig zu werfen, stieg Olsen aus und befestigte ein Stahlseil am Heck seines Trucks und an der Anhängerkupplung des Volvos. Dann stieg er wieder ein und fuhr sofort los.

„Halt! Halt!", brüllte Stig, der zugeschaut und auf ein Zeichen gewartet hatte. Aber beide Wagen fuhren ohne ihn den Berg hinauf. Olsen merkte nicht, dass er wild gestikulierend hinterherrannte.

„Halt an, Olsen, du verdammter Idiot! Ich bin doch hier!", brüllte Stig hysterisch.

Aber Olsen fuhr unbeirrt durch den Schneesturm den Berg hinauf, und der Volvo schlingerte hinter ihm her. Traurig und unbeseelt. Gleich würde er bestimmt im Graben landen oder aufs Dach rollen, und der verdammte Olsen würde seinen herrlichen Amazon über den Asphalt schlurfen lassen, wie ein kleiner Junge, der seinen Teddy achtlos hinter sich her zog.

„Nein! Halt! Du verdammter Idiot! Warte!" Stig rannte hinter Olsens Wagen her, so schnell er konnte. Er wusste nicht mehr, ob er vor Schmerz in den Lungen oder vor Verzweiflung heulte. Alles, was er wusste, war, dass er brüllend und heulend durch den Schneesturm einen Berg hinaufrannte, seinem Volvo hinterher, dessen Rücklichter und Warnblinkanlage sich immer weiter entfernten.

Oben auf der geräumten Straße holte Stig die beiden Wagen endlich ein. Er rannte an ihnen vorbei und stellte sich mit erhobenen Armen vor Olsens Windschutzscheibe.

Olsen bremste, nahm seinen Lederhut ab und drehte die Scheibe herunter. Sein langes graues Haar fiel ihm ins Gesicht. „Was machst du denn hier?", fragte er nach einer Weile verwundert. „Ich dachte, du sitzt da hinten drin." Er wies mit dem Daumen hinter sich.

„Ja, zur Hölle. Das dachte ich auch!", keuchte Stig.

Olsen kratzte sich ausgiebig am Kopf und schaute durch das Seitenfenster über Stig hinweg in den Himmel. Dann setzte er den speckigen Lederhut wieder auf und zog ihn tief ins Gesicht. „Es ist sowieso zu früh für Schnee!", bemerkte er lakonisch.

Stig machte eine wegwerfende Handbewegung und rannte nach hinten, um seinen Wagen zu befreien. „Ja, natürlich. Zu früh für Schnee! Ganz klarer Fall! Dass ich darauf nicht selbst gekommen bin! Trotzdem vielen Dank und alles Gute. God jul!"

Stig warf die Trosse auf Olsens Ladefläche, und Olsen fuhr kommentarlos davon. Stig inspizierte seinen Wagen an den Seiten. Fast wären ihm die Tränen gekommen, als er feststellte, dass alles in Ordnung war. Dann stieg er ein, wendete und fuhr, von größeren Schneewehen unbehelligt, den breiten Haslevej nach Rønne. Zweimal begegnete er Räumfahrzeugen, und einmal sah er einen Laster, der Salz abwarf. Er war wieder in der Zivilisation und wunderte sich darüber, wie verdammt schmal der Grad zwischen langweiliger Stadtödnis und schrecklicher, unüberwindlicher Wildnis war. Einer Wildnis, für die der Mensch einfach zu klein und zu schwach war.

Im Zahrtmannsvej, gegenüber von *Fridolf & Bidstrup*, dem Handwerkercenter, und direkt neben der Inneren Mission leuchtete ein kleines grünes Neonschild durch den Schnee. Es wirkte beruhigend auf Stig. Es war an einen langen und langweiligen, eingeschossigen Plattenbau montiert. Auf dem Schild stand kurz und knapp das Wort, das für Stig sein Leben bedeutete: POLITI.

Zwölf Polizisten hatten dort ihren Arbeitsplatz – der Polizeidirektor, neun Streifenpolizisten und zwei Kriminalbeamte. Einer davon war Stig.

„Halløjsa", begrüßte Ole Rasmussen ihn fröhlich, als er das Büro betrat. „Setz dich schon mal hin, dann kriegst du auch gleich einen Stuhl!"

„Hej", sagte Stig knapp.

Ole Rasmussen musterte ihn freundlich von oben bis unten. „Sag mal, ich hatte wirklich gehofft, du hättest seit gestern Zeit gefunden, dir etwas Trockenes anzuziehen, Stig. Ganz ehrlich, bei dem Wetter holt man sich leicht eine Erkältung."

„Danke für den freundlichen Ratschlag", murmelte Stig und klemmte sich hinter den freien Schreibtisch. Das Schlimmste war, dass Ole Rasmussen recht hatte. Ja, er war tatsächlich genauso nass wie vor circa 18 Stunden, als sie einander das letzte Mal gesehen hatten.

„Du nimmst doch genug Vitamin C?", fragte Ole Rasmussen leichthin und betrachtete Stig väterlich durch seine Bifokalbrille. „Hoffentlich! Wer mit vierzig nicht mindestens ein Gramm Vitamin C am Tag nimmt, ist wirklich dumm!"

„So dumm wie ein Kopenhagener, was?", fragte Stig wütend. „Habt ihr hier eine Dusche, einen Trockenraum, einen Bademantel?"

„Nimm meinen", sagte Ole Rasmussen versöhnlich. „Den Gang runter, die letzte Tür links. So ein langer blauer."

Als Stig kurz darauf, in den blauen Bademantel gehüllt und mit einem großen Pott Kaffee in der Hand, ins Büro zurückkehrte, sah die Welt schon um einiges rosiger aus. Er verteilte seine Kleidung auf den Heizkörpern und sah sich an seinem neuen Arbeitsplatz um. Angenehmerweise gab es außer einer Weihnachtskarte auf Ole Rasmussens Schreibtisch sonst nichts, das auf diese angeblich so besinnliche Zeit hingewiesen hätte. Das war schon mal ein gutes Zeichen.

„Willst du die Kollegen jetzt gleich kennenlernen oder sollen wir bis zum Dienstagstreffen damit warten?", fragte Ole Rasmussen treuherzig.

Die Dienstagstreffen waren eine feste Einrichtung in allen staatlichen und auch in vielen nicht staatlichen Betrieben. Dann saß man bei Kaffee und Kuchen zwanglos beisammen, sprach über seine Gefühle und alles andere, was bei der Arbeit außen vor blieb.

„Also von mir aus kann ich gerne bis zum Dienstagstreffen warten. Wenn ich deinen Bademantel trage, könnten die uns später womöglich verwechseln!", sagte Stig. „Außerdem reicht es mir für den Moment vollauf, dich kennenzulernen." Eigentlich war ihm sogar das schon zu viel, aber da sie eben nicht bei einem Dienstagstreffen saßen, gab es für Stig keinen Grund, das zuzugeben.

„Auch wieder wahr", brummte Ole Rasmussen und zündete seine krumme Pfeife an. „In diesem Büro ist das Rauchen nicht nur erlaubt, sondern sogar obligatorisch. Es stört dich doch wohl nicht?", fragte er durch den Qualm, über einen Bericht gebeugt. Offenbar war er nicht scharf darauf, eine Antwort zu hören. „Du, das ist spannend hier!", fügte er schnell hinzu. „Der Bericht von Thorben, dem Pathologen. Demnach handelt es sich bei dem Mann um Børge Knudsen, 63, verheiratet, ein Sohn und eine Tochter. Er war schon tot, als man ihn in die Lagune legte. Und rate mal, woran er gestorben ist!"

Stig hatte das Rauchen schon lange aufgegeben. Die einzige Ausnahme stellten Zigarillos dar, und auch danach griff er nur, wenn er angestrengt nachdenken musste. Und dann und wann eine Zigarre am Feierabend. Wenn er keine hatte, rauchte er eben nicht. Er fragte sich, wann er zuletzt einem Pfeifenraucher begegnet war.

„Vielleicht eine Alkoholvergiftung, ein Herzinfarkt oder eine Thrombose?"

„Ja, ja. Gut, gut. Alles häufige Todesursachen. Aber so war es nicht. So war es diesmal nicht."

„Woran hat der gute Mann denn gelitten?"

„Woher soll ich das wissen? Das ist hier nicht vermerkt." Ole Rasmussen drehte sich verwundert um und blies Rauch aus.

„Ich meine, was ist die Todesursache?"

„Ach so! Gülle."

„Gülle?"

„Ja, Gülle."

„Also doch. Tod durch Gülle." Stig wurde langsam nervös.

„Ja. Gülle. Sowohl im Magen als auch in der Lunge. Daran ist Børge gestorben."

„Warum sagst du dann, dass er schon tot war, als man ihn in die Gülle legte, wenn er an Gülle gestorben ist? Das macht doch überhaupt keinen Sinn!"

„Nein. Da hast du recht. Das macht keinen Sinn." Ole Rasmussen nickte freundlich, rauchte und schwieg.

„Na und?", hakte Stig nach und fragte sich, ob Ole Rasmussen ihn inzwischen vielleicht vergessen oder zumindest erfolgreich verdrängt hatte.

„Man hat ihm mit Gewalt Gülle eingeflößt. Daran ist er gestorben", sagte Ole Rasmussen mehr zu sich selbst als zu Stig. „Erst dann hat man ihn in die Lagune gelegt. So viel Gülle, wie Børge in seinem Körper hatte, kann man nicht von allein aufnehmen. Das hätte für drei gereicht. Außerdem scheint die Gülle aus einem anderen Lagerbehälter zu stammen. Vielleicht sogar von einem Ökohof."

Verwundert pfiff Stig durch die Zähne. Seine Ahnung hatte ihn also doch nicht getrügt. Es war etwas Dunkles an dem Ort gewesen. Etwas Dunkles, wovon sie noch keine Ahnung hatten. „Schwedentrunk", sagte er.

„Schwedentrunk?", fragte Ole Rasmussen und richtete sich auf.

„Ja. Schwedentrunk. Weißt du etwa nicht, was das ist?"

Ole Rasmussen schüttelte den Kopf und gab etwas in seinen Computer ein. „Ich kenne nur Schwedenkräuter."

„Das hätte ich mir denken können", murmelte Stig und sprach dann lauter und mit leicht anklagendem Ton weiter. „Willst du mir etwa erzählen, dass auf einer Insel, auf der man massakriert wird, wenn man jemanden als Reserveschweden bezeichnet, nicht weiß, was ein Schwedentrunk ist?"

„Wir haben hier doch gar nichts gegen Schweden", brummte Ole Rasmussen beleidigt.

„Und weswegen habt ihr dann die Fähren, die fast ausschließlich mit Schweden verkehren, ausgerechnet nach Männern benannt, die irgendwelche Schweden umgebracht haben? Die letzte und teuerste sogar nach einem besonders heimtückischen Mörder, der eine schwedische Geisel von hinten erschossen hat, Villum Clausen!"

„Na ja ... So eine Tradition. Ist ja auch schon lange her. Sehr lange. Nicht wahr? Ja, so ist das!", brummte Ole Rasmussen, zog an seiner Pfeife und sah auf den Bildschirm.

Stig stellte sich neben ihn und las den Text aus Wikipedia laut vor: „Der Schwedentrunk war eine während des Dreißigjährigen Krieges häufig angewandte Foltermethode, bei der den Opfern Jauche oder Wasser über einen Trichter direkt in den Mund eingeführt wurde."

„Unangenehm", sagte Ole Rasmussen und schüttelte den Kopf. „Ungemütlich!"

„Durch die Jauche", las Stig weiter vor und fügte hinzu: „oder die Gülle, wie in unserem Fall, blähte sich der Bauch des Opfers stark auf. Auch zersetzte die stark säurehaltige Jauche die Magenschleimhaut des Opfers. Die eigentliche Folter bestand jedoch darin, dass der Bauch des Opfers mit Brettern zusammengepresst wurde oder die Folterer auf dem Bauch des Opfers herumsprangen und trampelten."

„Sehr ungemütlich", murmelte Ole Rasmussen. „Äußerst ungemütlich."

Auch Stig schüttelte angewidert den Kopf, las aber weiter vor: „Marodeure versuchten damit Wertgegenstände, Nahrungsmittel oder Ähnliches von der Zivilbevölkerung, meist Bauern, zu erpressen. Die Erfindung dieser

Methode … Da haben wir es!", rief Stig aus. „Die Erfindung dieser Methode geht angeblich auf Söldner des schwedischen Heeres zurück – daher der Name –, wurde aber auch von der Soldateska anderer Truppen angewandt."

„Da haben wir es", sagte Ole Rasmussen triumphierend. „Marodeure haben wir auf Bornholm nicht, zumindest nicht, seit ich hier arbeite. Das müsste ich wissen. Auch im Computer haben wir keine gespeichert." Er legte die Pfeife auf den Schreibtisch und schüttelte entschlossen den Kopf.

„Widerlich", murmelte Stig. Das mit dem Eintrichtern hatte er gewusst, aber dass dann auch noch Bretter auf den Bauch gelegt wurden und darauf herumgesprungen wurde, hatte sich zum Glück seiner Kenntnis entzogen.

„Das haben sie mit Børge ja auch nicht getan", sagte Ole Rasmussen, als könnte er Gedanken lesen.

„Trotzdem", sagte Stig. „Jemand hat ihn umgebracht."

„Jedenfalls, wenn wir dem Bericht hier trauen. Ein Selbstmord ist wohl ausgeschlossen. Abschiedsbrief und …"

„Das ist doch auch total widersinnig!", ereiferte sich Stig. „Selbstmord durch Gülle!"

„Ja. Das können wir definitiv ausschließen. Wie sollte er auch nach der Tat noch in die Lagune gekommen sein? Außerdem fehlt jedes Motiv. Soweit ich weiß, war Børge bei der Inneren Mission, und deren Mitgliedern ist Selbstmord strengstens verboten. Aus religiösen Gründen." Ole Rasmussen nahm die Weihnachtskarte an sich und begann sie selbstvergessen in winzige Schnipsel zu reißen.

„Ergibt sich aus dem vorläufigen Obduktionsbericht noch etwas Signifikantes?", fragte Stig in bewusst professionellem Jargon. Er hoffte dadurch etwas System in die Ermittlungen zu bringen.

Bekümmert blickte Ole Rasmussen auf die vielen Seiten des Gutachtens und sagte: „Bei Mord sind solche Berichte unheimlich ausführlich. Da wird noch das Schwarze unterm Nagel bestimmt und die Ablagerungen im Bauchnabel oder an Stellen, von denen du noch weniger wissen willst." Lustlos blätterte er durch die Seiten. „Hier zum Beispiel: ‚Milchpartikel in einigen Poren der Kopfhaut.' Was sollen wir mit solchen Informationen anfangen?" Ole Rasmussen schob die Schnipsel der Weihnachtskarte mit der rechten Hand von der Schreibtischplatte in die linke und ließ sie dann zufrieden in den Papierkorb rieseln.

„Milchpartikel?", wunderte sich Stig. „Wie kommt denn Milch auf Børges Kopf?"

„Vielleicht hat er wütend mit dem Löffel in sein Müsli geschlagen, weil ihn etwas in den Fünfuhrnachrichten gestört hat. Was weiß ich? Oder Milchschorf. Vielleicht haben wir das ja alle. Ich jedenfalls habe meine Poren lange nicht mehr mit dem Mikroskop untersuchen lassen." Resigniert klatschte Ole Rasmussen den Bericht auf den Schreibtisch.

„Haben wir denn sonst etwas über den Mann in den Akten?", fragte Stig, nachdem beide eine Weile auf das umfangreiche Gutachten gestarrt hatten, ohne darin zu lesen.

Ole Rasmussen verzog das Gesicht, als sei es ihm unangenehm, im Privatleben anderer Leute herumzuwühlen. „Schlimm", sagte er dann. „Ein Mord – und das bei uns! Äußerst ungemütlich. Wirklich."

„Gibt es etwas über ihn?", hakte Stig nach. Er konnte nicht verstehen, warum Ole Rasmussen nichts in den Computer eingab.

Doch der rauchte nur und sagte dann nach einer Weile: „Das Einzige, woran ich mich noch erinnere, ist, dass eine deutsche Touristin ihn im letzten Spätsommer angezeigt hat."

„Warum?" Stig horchte auf. „Wo ist die Akte?"

Ole Rasmussen winkte ab. „Dazu brauche ich keine Akte", sagte er. „Ich erinnere mich ganz genau. Es war Spätsommer. Sonst hätte es ja auch keine Pfifferlinge gegeben!"

„Pfifferlinge?"

„Natürlich. Sammelst du etwa keine Pfifferlinge? Die sind wirklich gut!"

„Ja, aber ich esse sie höchstens mal im Restaurant. Ich bin doch nicht lebensmüde und sammle Pilze! Wo ich herkomme, gibt es höchstens Schimmelpilze. Auf dem Käse oder an der Wand. Oder Psilocybin. Ein Stoff mehr, mit dem sich die Leute eine Dröhnung verpassen. Aber was hat das alles mit dem Mord zu tun?"

Ole Rasmussen kratzte sich am Kinn und überlegte. „Soweit ich weiß, hat Børge ihr den Korb mit Pfifferlingen aus der Hand gerissen. Mit Recht, es war ja sein Wald."

„Sag doch einfach mal, was passiert ist!", forderte Stig. „Sonst müsste ich beim nächsten Dienstagstreffen einbringen, dass du immer um den heißen Brei herumredest!"

„Wieso denn das?" Ole Rasmussen war irritiert. „Der Fall war ganz klar – beziehungsweise kein Fall, sondern einfach ein Kommunikationsfehler. Die Frau war im Wald, hatte Pfifferlinge gesammelt und sich nichts Böses dabei gedacht. Sie hatte richtig Glück gehabt, denn sie hatte eine Menge Pfifferlinge gefunden."

„Und die waren in ihrem Korb?", fragte Stig.

Ole Rasmussen nickte träumerisch. „Dann hat sie Børge getroffen. Und der konnte kein Deutsch. Ich kann auch kein Deutsch. Aber ich habe ja auch keinen Hund. Er hat ihr den Korb aus der Hand gerissen."

„Einfach so? Muss ja ein reizender Zeitgenosse gewesen sein." Stig konnte es nicht fassen.

„Na ja. Jedenfalls konnte die Frau nicht wissen, dass der Wald ihm gehörte. Auch wenn er nicht eingezäunt war und nirgendwo ein Schild stand. Jedenfalls hat er ihr dabei den Arm gebrochen."

„Moment mal! Er hat einer deutschen Urlauberin den Arm gebrochen, weil sie ein paar Pfifferlinge gesammelt hat?"

„Ich weiß auch nicht, was er um diese Zeit da zu suchen hatte", sagte Ole Rasmussen ausweichend. „Das wundert mich am meisten. Die Sache ist aber, glaube ich, wegen Geringfügigkeit eingestellt worden. Aber die Frau und auch ihre Familie waren ziemlich wütend."

„Meinst du?", sagte Stig bissig. „Bestimmt kommen sie im nächsten Urlaub wieder nach Bornholm."

„Glaubst du?" Hoffnungsvoll hob Ole Rasmussen den Kopf.

„Und wenn sie nicht gestorben sind, dann leben sie noch heute. Was man von Børge Knudsen nicht gerade behaupten kann, denn der ist tot und außerdem ein brutales Arschloch."

„Du hast ihn also schon vorher gekannt?"

„Zum Glück nicht, aber diese Pfifferlingsgeschichte sagt ja nun wirklich alles!"

„Na ja, es war sein Wald und …", begann Ole Rasmussen.

„Das mag ja sein." Stig schnitt ihm das Wort ab. „Aber glaubt hier jemand ernsthaft, dass diese deutsche Urlauberin und ihre Familie zu Weihnachten zurückgekommen sind, um Børge für seine Grobheit zu bestrafen?"

„Das habe ich ja nicht behauptet", verteidigte sich Ole Rasmussen. „Ich habe nur darüber nachgedacht, wo Børge uns bereits aufgefallen ist. Und das war es." Hilflos sah er sich im Büro um, als wäre er allein.

Stig überlegte, wie er sich verhalten würde, wenn er sich in die Enge getrieben fühlte. Normalerweise würde er aggressiv werden. Ole Rasmussen machte es eindeutig besser.

„Bauer und Urlauber", fügte Ole Rasmussen nur für sich hinzu und schaute aus dem Fenster. „Da treffen Welten aufeinander."

Stig sagte nichts.

„Die Bauern haben einen eigenartigen Zusammenhalt gebildet", fuhr Ole Rasmussen nach einer Weile fort. „Sie fühlen sich in der Defensive. Obwohl das nicht stimmt. Denn sie gestalten einen erheblichen Teil der Welt und verdienen gutes Geld damit."

„Stimmt", sagte Stig. „Früher waren wir für die nur Leibeigene."

„Ist doch so", verteidigte sich Ole Rasmussen. Offenbar wusste er nicht recht, was er von Stigs Bemerkung halten sollte. „Die Bauern bekommen Steuergelder für Produktionsmethoden, die die Umwelt belasten. Und dann muss der Staat noch Steuergelder hinterherschießen, um die entstandenen Schäden zu reparieren!"

„Wenn es gut läuft", pflichtete Stig bei. „Wenn es schlecht läuft, bleibt der Kram liegen."

„Genauso ist das", sagte Ole Rasmussen philosophisch. „Es sind doch immer die Reichen, die das Geld haben."

„Hm, ja …", sagte Stig und befürchtete, dass Ole Rasmussen mit dieser tiefschürfenden Erkenntnis das Gespräch beenden wolle. Stig schwieg eine Weile und nahm dann einen neuen Anlauf, das Ganze wieder in, wie er meinte, professionelle Bahnen zu leiten. „Lass uns doch mal überlegen, wer sonst noch ein Motiv haben könnte." Er holte ein paar Bogen Papier aus seiner Schreibtischschublade und breitete sie auf dem Schreibtisch aus.

Ole Rasmussen gab währenddessen etwas in seinen Computer ein und wartete einen Moment. Dann las er vom Bildschirm ab: „Loretta Knudsen, geborene Nielsen, 57 Jahre alt. Zwei Kinder."

„Wenn das kein Motiv ist", sagte Stig. „Steht da auch etwas über die Kinder?"

„Hans Knudsen, 27, wohnt seit fünf Jahren in Tsingtao, in China."

Stig machte eine wegwerfende Handbewegung.

„Lotte Knudsen", fuhr Ole Rasmussen fort. „23. Mit einem R. G. Sheldrake verheiratet und seit ebenfalls fünf Jahren im Ausland ansässig, in Washington D.C."

„Tja, wenn die Kinder erst flügge sind, verlassen sie das Haus. Diese hier, obwohl es vermutlich reichlich zu erben gibt." Stig hatte die Namen auf einen Zettel geschrieben.

„Man könnte sich fragen, warum beide Kinder gleichzeitig vor fünf Jahren ausgewandert sind", gab Ole Rasmussen zu bedenken.

Es klopfte. Eine junge Beamtin trat ins Büro. Sie war etwas außer Atem, und Stig fragte sich, ob ein Notfall eingetreten war.

„Pernille. Das ist Stig", stellte Ole Rasmussen die beiden vor. „Und umgekehrt."

„Angenehm." Stig lächelte die junge, uniformierte Frau an. Unter ihrer Dienstmütze war eine Dauerwelle zu erkennen. Sie war Stig sofort sympathisch, da sie keinerlei Notiz von seinem Bademantel nahm.

„Ja. Sehr angenehm." Pernille lächelte und fuhr dann nervös fort: „Der Smørrebrød-Wagen ist gerade gekommen. Wir sollten uns beeilen, sonst fährt er nämlich das nächste Mal erst zur Inneren Mission, und dann bleiben für uns nur noch die Kartoffelbrote übrig."

Ole Rasmussen erhob sich mit einer Geschwindigkeit, die Stig ihm nicht zugetraut hätte, und die beiden verließen im Laufschritt das Büro.

4

Stig schaute irritiert auf die völlig nutzlosen Zettel, auf denen lediglich die Namen von Knudsens Kindern prangten. Was mochte der Grund für ihre Auswanderung gewesen sein? Ein kapitaler Streit? Was auch immer dahintersteckte – für den Fall war es höchstwahrscheinlich vollkommen belanglos. Plötzlich wurde Stig ärgerlich. Er saß hier herum, während die anderen Smørrebrød aßen. Ausgerechnet Smørrebrød! Wer ernährte sich heute noch so? Schon George Grosz hatte während seines Exils auf Bornholm die Beobachtung gemacht, dass die Dänen im Allgemeinen fettleibige Menschen waren. Das mochte an der Mayonnaise liegen. Und bei Smørrebrød wurde an Mayonnaise sicher nicht gespart. Im Grunde war es seit George Grosz' Zeiten gänzlich aus der Mode gekommen. Stig glaubte fest daran, dass das Aussterben des Smørrebrøds in den letzten 40 Jahren für die erhebliche Verbesserung der Volksgesundheit verantwortlich war. Stattdessen stürzte man sich heutzutage auf ausländische Genüsse aller Art, egal ob aus Italien, Ägypten, der Türkei oder dem Irak. Oder eben aus China oder Amerika, dachte Stig. Außer Würstchen aß doch kein junger Mensch noch irgendetwas Dänisches. Ein traditionelles Gericht wie Biksemad kam den jungen Leuten wesentlich exotischer vor als beispielsweise Alu Gobhi. Bloß hier, hinter dem kleinen grünen POLITI-Schild, regierte noch das dick mit Mayonnaise beschmierte Smørrebrød, bevor es zur Inneren Mission und dann zum Baumarkt *Fridolf & Bidstrup* weiterwanderte – oder umgekehrt.

Als Ole Rasmussen, sich den Mund wischend, zurückkam, hatte Stig seine inzwischen getrockneten Sachen an und ging im Büro auf und ab. Ole Rasmussen hatte das Smørrebrød anscheinend zu geistigen Hochleistungen stimuliert. „Also", er rieb sich die Hände, „lass uns den Dollar in der Mordgeschichte suchen!"

„Das dürfte nicht so schwer sein", sagte Stig.

„Im Gegenteil", brummte Ole Rasmussen. „Das ist so schwer, dass ich die Untersuchungen über die wirtschaftlichen Verflechtungen gerade an einen externen Revisor abgegeben habe. Wer weiß, ob Børge Knudsen außer Schulden überhaupt etwas besessen hat, und dann gibt es auch kein Motiv für die Erben."

„Und was spricht dagegen, einmal mit seiner Witwe zu sprechen, bevor die Ergebnisse des Revisors da sind?"

„Kannst es wohl gar nicht abwarten, dich draußen wieder nass zu machen, was?", witzelte Ole Rasmussen. Er griff nach dem Telefon und wählte eine Nummer. „Sie ist nicht da", sagte er, nachdem er eine Weile in den Hörer gehorcht hatte.

„Also flüchtig", stellte Stig fest.

„Man sollte nicht alles gleich so negativ sehen", wiegelte Ole Rasmussen ab. „Für mich ist sie ganz einfach nicht da."

„Und was sollen wir deiner Meinung nach jetzt machen?", fragte Stig gereizt.

Ole Rasmussen erhob sich. „Ich gehe sie suchen", sagte er entschlossen.

„Soll ich mitkommen?"

„Nein", sagte Ole Rasmussen entschieden. „Ich habe gehört, dass du vor großen Gülleflächen zu Ohnmachtsanfällen neigst. Du klapperst die Reisebüros und Fährgesellschaften ab. Falls ich Frau Knudsen wirklich nicht antreffe."

„Dann druck mir bitte noch ein Foto von ihr aus", sagte Stig betont professionell. Also hatte dieser Thorben tatsächlich über ihn gelästert. Vielleicht war das mit den Dienstagstreffen gar keine schlechte Idee. Wenn das nichts half, konnte er ihm notfalls immer noch irgendwo alleine auflauern und ihm so richtig eine verpassen.

„Wir können nur auf das Foto aus dem zentralen Melderegister zurückgreifen", sagte Ole Rasmussen. Er setzte sich sofort an seinen geliebten Computer, gab etwas ein, und sogleich schob sich ein schwarzgraues Blatt Papier aus dem Drucker.

Gemeinsam gingen sie auf den Flur. Ole Rasmussen zog seinen Parka über und Stig seinen Staubmantel. Sorgsam verstaute er das Foto von Loretta Knudsen in der Innentasche.

„Ich komme mit", sagte Stig kurz entschlossen, als sie aus dem Gebäude traten. „Die Reisebüros können warten."

„Wenn du unbedingt willst", brummte Ole Rasmussen und zog die Schultern zusammen, als sei ihm plötzlich kalt.

Der dicke Mann verlangsamte seine Fahrt und das VW LT 35 Wohnmobil mit Hochdach glitt am *Brugsen*-Markt und der Tankstelle vorbei. Durch das Fenster der Beifahrerseite blickte er mit wild klopfendem Herzen auf ein großes Haus. *Dansk Design og Antik* stand darauf, und davor flatterte auf der Straße der Dannebrog. Ein Zeichen dafür, dass der Laden geöffnet war. Offenbar war die ehemalige Schule von Nylars jetzt ein Geschäft. Und Nylars hieß jetzt Nyvest. Aber egal. Er mochte das Dorf nicht, ganz egal wie es hieß. Und was die Schule anging, so hatte er eigentlich gehofft, dass sie endlich abgerissen worden war. So viel Angst und Schrecken behauste dieses Gebäude, dass bis in das tiefste Gemäuer alles davon durchdrungen sein musste, bis ins Gebälk und in den Boden. Aber anscheinend konnten Fluch, Schrecken und Grauen ein Haus nicht zerstören, sein Fundament nicht zersetzen, das Gebälk nicht lockern und die Fugen zwischen den Ziegeln nicht auflösen, damit es sich mit einem letzten Seufzer auf den faulligen Grund legte und in der Erde versank. Die alte Schule von Nylars stand da wie immer, ja sie schien sogar fester denn je den Schneeflocken und dem Wind zu trotzen.

Der Dicke wendete sich angeekelt ab. Ein weiterer Beweis dafür, dass es keine Gerechtigkeit gab. Sein großer Wagen hatte sich bei diesen Gedanken schon weit unter Tempo 60 verlangsamt. Erschrocken schaltete er in den dritten Gang zurück und trieb den Sechszylinder-Dieselmotor durch heftiges Niedertreten des Gaspedals an. Hinter ihm hatte sich eine Schlange gebildet, und er wollte auf keinen Fall, dass man sich an seinen Wagen erinnerte.

Ole Rasmussen lenkte den Dienstwagen vorsichtig über die nassen Straßen, auf denen kein Schnee mehr lag. Der Dienstwagen war ein Peugeot 407. Stig dachte darüber nach, warum es in Dänemark fast nur noch französische Autos gab. Lag es daran, dass die Dänen nicht aus ihren Fehlern gelernt hatten und es immer noch mit Napoleon hielten? Oder machten die französischen Firmen eine so gute Werbung und Preispolitik? Er würde sich jedenfalls nicht so bald von seinem Volvo Amazon trennen. Schon gar nicht für so ein Dünnblechauto, bei dem die Kunststoffbeschichtung dicker war als das Metall.

Nachdem sie von der gut asphaltierten Landstraße zum Hof abgebogen waren, fuhr Ole Rasmussen für Stigs Geschmack viel zu schnell. Er mochte sich nicht ausmalen, was passieren würde, wenn ihnen ein Auto entgegenkäme. Aber Ole Rasmussen riskierte lieber einen Unfall, als in der weichen und von schmelzendem Schnee bedeckten Grasnarbe stecken zu bleiben. Endlich fuhren sie auf den Innenhof und stiegen aus. Es war ein großer Innenhof, viel größer als bei Stig oder Andersine. Und er bestand ausschließlich aus glatten, runden Feldsteinen. Vorsichtig setzte Stig die Füße auf dieses unkrautfreie Kunstwerk.

„Wie machen die das?", fragte er. „Ich habe auch einen Innenhof. Wenn ich die drei Steine, die aus dem Unkraut und dem bisschen Schnee, der in den Ritzen liegen geblieben ist, hervorschauen, richtig interpretiere."

„Gift", sagte Ole Rasmussen knapp.

Sie gingen auf das Wohnhaus zu. In dem gigantischen Arrangement von Gebäuden war das Wohnhaus der Knudsens zweifelsfrei das älteste. Aber sein Charme war gebrochen. Irgendwann in den 60er-Jahren hatte man es brutal renoviert. Riesige Fenster, eine Eternitverkleidung sowie ein graues Eternitdach hatten das Haus in eine Kaserne verwandelt.

Stig suchte die Klingel neben der Tür, die aus dickem braunem Glas bestand. „Klopfen und aufmachen", sagte Ole Rasmussen. „Hier hat keiner eine Klingel, und die Türen sind immer offen."

Stig hatte früher genug Zeit auf Bornholm verbracht, um das selber zu wissen. Umso ärgerlicher klopfte er mit dem Zeigefinger an das Glas. Dann öffnete er die Tür.

„Frau Knudsen!", rief Ole Rasmussen laut, nachdem sie eingetreten waren.

Niemand antwortete.

Vorsichtig tappten sie durch das schmucklose Wohnzimmer, das eine alte Sofagruppe mit einem speckigen ledernen Lehnstuhl zierte. An der Wand hingen eine Holztafel mit einem christlichen Erbauungsspruch und ein Kalender der kuwaitischen Erdölgesellschaft *Q8*.

„Frau Knudsen!", rief Ole Rasmussen noch einmal.

Sie gingen in die Küche. Die gräuliche Resopaleinrichtung musste wohl aus der Zeit der letzten Renovierung stammen. Jemand hatte mit ein paar Aufklebern und Plastikblumen versucht, die Atmosphäre ein wenig freundlicher zu machen. Das war jedoch nicht gelungen. Stig kam es so vor, als wäre auch das Wohnhaus eigentlich als Stall geplant gewesen, nur, dass man statt der Koben ein paar Möbel und Einrichtungsgegenstände aufgestellt hatte.

Als Stig sich weiter im Haus umsehen wollte, räusperte sich Ole Rasmussen vernehmlich. „Sie ist nicht hier. Wir gehen!", sagte er bestimmt. „Wir haben keinen Hausdurchsuchungsbefehl."

„Na und?", sagte Stig. „Was, wenn sie hier irgendwo tot oder sterbend liegt?"

Ole Rasmussen zündete seine Pfeife an. Das Nikotin besserte seine Laune. „Du hast zu viel Fantasie", sagte er. Trotzdem folgte er Stig, der im Schnelldurchlauf das große Wohnhaus inspizierte.

Sie gingen durch ein sparsam möbliertes Esszimmer. Im Schlafzimmer stand ein altes Ehebett, das mit seinen hohen geschnitzten Kopf- und Fußenden eher wie eine Familiengruft denn wie ein Ort der Erholung oder der Freude wirkte.

Als sie wenig später den Feldweg wieder zur Straße entlangfuhren, kam ihnen ein gepflegter Wagen entgegen. Zum Glück fuhr der junge Fahrer nicht so schnell wie Ole Rasmussen, als sie den Hügel heraufgekommen waren. Beide Fahrzeuge konnten rechtzeitig halten. Ole Rasmussen stieg aus, der Fahrer ließ die Scheibe herunter.

„Kriminalpolizei Rønne, Kriminalbetjent Rasmussen", stellte Ole Rasmussen sich vor. „Darf ich fragen, wohin du willst?"

„Klar", sagte der junge Mann. „Ich bin von der Danske Bank. Wir sind die Kreditgeber von Herrn Knudsen. Solange die Besitzverhältnisse nicht geklärt sind, wollen wir hier unser lebendes und totes Kapital sichern. Automatische Fütterung und Reinigung organisieren, heißt das. Ich kann Frau Knudsen nicht erreichen."

„Gut", sagte Ole Rasmussen. Er stieg wieder ein und fuhr scharf an. Auf der Landstraße waren sie das einzige Auto. Ruhig glitten sie auf der gut asphaltierten Straße dahin.

„Hast du eigentlich das Gefühl, dass Bornholm sich in den letzten Jahren verändert hat?", fragte Stig, nachdem sie ein paar Kilometer Richtung Rønne gefahren waren.

Ole Rasmussen verzog ein wenig das Gesicht. „Alles verändert sich", sagte er.

Schweigend fuhren sie weiter.

„Auf jeden Fall steigt die Kriminalität", fügte Ole Rasmussen ungerührt hinzu.

„Natürlich", sagte Stig. „Aber auch auf Bornholm?"

„Hier ist es eher die Kleinkriminalität. Einbrüche, Diebstahl, Zollvergehen und so. Aber drüben vergeht doch kaum noch ein Tag ohne Schießerei. Das war früher nicht so."

„Das stimmt", sagte Stig und fragte sich, ob er sich je daran gewöhnen würde, an einem Ort zu wohnen, wo das dänische Festland inklusive Kopenhagen als *drüben* bezeichnet wurde.

„Gerade gestern wurde eine Kaserne ausgeraubt. Jetzt fehlen dreihundert Sturmgewehre, Panzerfäuste und reichlich Munition." Ole Rasmussen zwinkerte Stig zu. „Zwei Wachen hatten geschlafen …"

„Und der Dritte hat mitgemacht", ergänzte Stig.

„Musste er wohl. Man hat ihm die ganze Zeit eine Pistole ans Ohr gehalten."

„Nein", sagte die junge, blonde Angestellte von Bornholms Trafikken, nachdem Stig sich ausgewiesen hatte. „Wir haben keine Knudsen auf der Passagierliste. Nicht gestern, nicht heute und nicht morgen. Darf ich jetzt die anderen Kunden bedienen?"

Ole Rasmussen hatte Stig an der Polizeiwache abgesetzt und war selbst zur Danske Bank gefahren. An der Tankstelle am Hafen hatte Stig erst den Inhalt der Kotztüte vom Sisalteppich seines Autos entfernt, ehe er auf den Parkplatz der Fährgesellschaft gefahren war.

„Warum so unfreundlich?", sagte Stig gereizt.

Wegen der Weihnachtstage gab es einen ziemlichen Ansturm auf die drei schicken Damen, die hinter Glas an ihren Schaltern saßen und die Passagiere nach Nummernfolge bedienten. Auch Stig hatte lange gewartet, und jetzt wollte er ausnahmsweise mal etwas davon haben.

„Ich bin nicht unfreundlich, Herr Kommissar Papuga. Ich möchte nur weiter bedienen. Vielleicht haben es einige Passagiere ja eilig."

„Mein Name ist übrigens Stig."

„Ich weiß. Das stand auf ihrer Karte. Stig Tex Papuga."

„Tex klingt ein bisschen komisch, nicht wahr?", räumte Stig ein. „Mein Vater war wohl ein großer Westernfan. Und wie heißt du?"

„Vibeke Klint. Darf ich jetzt weiter bedienen?"

Stig hatte wieder einmal das Gefühl, dass alle Frauen sofort merkten, wie einsam er war. Offenbar wirkte das abschreckend auf das weibliche Geschlecht. Er hatte, was dieses Phänomen betraf, schon oft die Gelegenheit gehabt, sich darüber Gedanken zu machen.

Bei Vibeke schien noch hinzuzukommen, dass sie sich mit der Arbeit der Polizei nicht identifizieren konnte. Vielleicht stammte sie sogar aus dem kleinen Städtchen Hasle, das unweit seiner neuen Behausung an der Westküste lag. Dieser traditionsreiche Ort war zu Zeiten, als es auf Bornholm noch eine Eisenbahn gab, nicht an die Linie angeschlossen gewesen. Seine Einwohner galten als ungebildet und ausgesprochen lax in Bezug auf Recht und Gesetz. Unlängst, hatte Andersine berichtet, war dort ein junger Mann mit einem Kilo Amphetaminen gefasst worden; der wollte sich mit der fadenscheinigen Ausrede aus der Affäre ziehen, er habe geglaubt, dass es sich um Haschisch handelte. Auch die Aufrührer Jens Kofoed, Paul Anker und Villum Clausen entstammten diesem bemerkenswerten Hafenstädtchen. Heutzutage, dachte Stig, würden sie wahrscheinlich eher dealen oder eine Heavy-Metal-Band gründen, als einen Aufstand gegen die Schweden anzuzetteln. Vielleicht würden sie aber auch zusammen ein Tattoo-Studio betreiben.

„Moment, Vibeke. Ich habe da noch eine Idee", hakte er nach.

Die junge Frau verdrehte die Augen.

„Hast du vielleicht eine Loretta Nielsen auf der Passagierliste?"

Resolut tippte Vibeke den neuen Namen ein. „Ja", sagte sie. „Rønne-Køge mit der gestrigen Nachtfähre. Keine Kabine."

„Danke dir, Vibeke. Hej-hej!"

„Dafür nicht", sagte sie erleichtert. „Hej-hej!" Sie drückte auf den Klingelknopf, der eine Nummer aufleuchten ließ und darunter die Nummer ihres Schalters.

Stig trat zurück. Er hatte schon sein Handy in der Hand, aber dann überlegte er es sich anders. Sollte Ole Rasmussen doch ruhig ein bisschen ungestört herumfragen. Wer wusste, wozu es gut war. Da Stig keine Lust hatte, einen neuen Parkplatz zu suchen, ging er zu Fuß den Berg hoch zum Reisebüro am Torvet.

Ein riesiger Tannenbaum, behängt mit Lichterketten, verströmte eine beunruhigende Atmosphäre. Beunruhigend für Menschen, die, wie Stig, zu dieser Zeit völlig allein waren und selbst als abgefeimteste Agnostiker unter festlichen Handlungsdruck gebracht wurden. All die bevorstehenden Weihnachtstage mit Julenisse und Risengrød, und was da noch alles anlag, wollten überstanden sein. Wie so oft dachte Stig an Søbranda. Der eigenwillige Hund würde den Weihnachtstagen einen Gutteil der Zwangsbesinnlichkeit nehmen – ganz im Gegensatz zu Mette.

Auch im Reisebüro wurde nach Nummernfolge bedient, und Stig wartete geduldig, bis er an der Reihe war. Unter den Plakaten von Palmen aus Sri Lanka und anderen tropischen Ländern, in denen einem die Eltern abhandenkommen konnten, versuchte er ein bisschen Sonne zu tanken. Der Schnee schmolz bereits. Olsen hatte wohl recht gehabt. Das Meer war noch zu warm für Dauerfrost, aber der Himmel war wieder dunkelblau-grau. Als er endlich einem sichtlich gestressten Mann gegenübersaß und ihm das Foto von Loretta Knudsen zeigte, konnte der sich tatsächlich erinnern.

„Ja. Aber nur, weil es so komisch war. Sie fragte, ob es Pauschalreisen gäbe, bei denen man mit einem Sportwagen nach Paris fahren könnte."

„Sehr seltsam. Mit einem Sportwagen nach Paris ...", wiederholte Stig langsam.

„Wenn ich dir damit geholfen habe ..." Der Mann erhob sich leicht.

Das ist wohl das Zeichen dafür, dass die Audienz beendet ist, dachte Stig und enttäuschte den Mann durch eine weitere Frage. „Was hat sie dann schließlich gebucht?"

Der Mann setzte sich wieder. „Nichts", sagte er knapp.

„Und sonst wollte sie nichts weiter wissen?"

„Sie fragte nach Flugreisen in diverse europäische und auch außereuropäische Städte, aber da sie sofort wegwollte, war ihr alles viel zu teuer. Über Weihnachten gibt es keine Billigreisen. Das sollte sich eigentlich herumgesprochen haben. Ich habe ihr schließlich einen Prospekt von *Eurolines* mitgegeben."

„Kannst du dich daran erinnern, nach welchen Städten sie gefragt hat?"

„Ich bin mir nicht sicher. Aber ich glaube, ein einfacher Flug nach Brüssel war ihre erste Wahl."

„Brüssel? Gut, danke. Und wie war ihre Stimmung? Natürlich nur, falls du es registriert hast. Gestern war hier ja sicher genauso viel los wie heute", sagte Stig freundlich.

„Allerdings. Aber ja. Sie machte einen fröhlichen Eindruck, wenn ich das mal so sagen darf. Es war irgendwie merkwürdig, dass diese Frau, die so trist gekleidet war, diese graue, schlecht frisierte Frau ausgesprochen fröhlich zu sein schien."

„Danke", sagte Stig und stand auf. „Du hast mir sehr geholfen. Wenn ich mal einen Inselkoller kriege und hier ganz schnell wegmuss, komme ich wieder."

Neben dem Reisebüro war ein Schnellimbiss und bot Stig Zuflucht vor dem eisigen Wind. Er bestellte sich einen Hotdog, da die Frokostzeit schon längst vorüber war.

Nachdem eine minderjährige Schönheit ihn gefragt hatte, was er drauf haben wollte, und er mit „Alles" geantwortet hatte, sprach sie plötzlich deutsch mit ihm. Stig war verwundert. Ob es wohl daran lag, dass die Inselbewohner nie Hotdogs aßen? Oder wirkte er tatsächlich so fremd? Das Mädchen hatte ausgezeichnete Deutschkenntnisse und litt im Sommer bestimmt nicht unter Jobmangel. Jedenfalls machte Stig ihr die Freude, auch deutsch zu reden, aber sie würdigte ihn trotzdem keines Blickes. Stig hatte in der Schule so spielend Deutsch gelernt, dass er den heimlichen Verdacht hegte, seine Mutter könnte eine Deutsche gewesen sein. Andersine wollte ihm das jedoch nicht bestätigen. Sie hatte nur gesagt, seine Mutter sei enorm süß gewesen.

Stig versuchte den Hotdog so zu essen, dass möglichst wenig Zwiebeln auf den Fußboden fielen. Die Verkäuferin kümmerte sich nicht mehr um ihn, und er überlegte, wohin Loretta Knudsen wohl gefahren war. Hatte sie noch Kontakt zu ihren Kindern? Führten die Ermittlungen nach China oder Amerika?

5

„Halløjsa", rief Ole Rasmussen und schaute von seiner Tastatur zu Stig auf. „Setz dich schon mal hin, dann kriegst du auch gleich einen Stuhl." Er legte die Pfeife auf den Schreibtisch und lehnte sich zurück.

Unbeeindruckt vom speziellen Humor des Kollegen blieb Stig mitten im Büro stehen. „Ich habe mal einen Bericht in einer schwedischen Zeitung gelesen …", begann er.

„Du sprichst Schwedisch?", unterbrach Ole Rasmussen ihn pikiert.

„Nun, es ist ja nun wahrlich kein Kunststück, Schwedisch zumindest lesen zu können", verteidigte sich Stig irritiert.

Ole Rasmussen griff nach der Pfeife, entzündete sie wieder und blickte sinnierend den Rauchwolken hinterher. „Auch ich habe unlängst einen interessanten Bericht gelesen, allerdings in einer der führenden dänischen Zeitungen", sagte er, sog an der Pfeife und fuhr in einer kräftigen Rauchwolke fort: „Der Artikel war von 1934."

„Interessant", sagte Stig und setzte sich auf die Kante eines Schreibtisches.

„Ein Wissenschaftler", dozierte Ole Rasmussen mit wichtiger Miene, „konnte in diesem Bericht exakt beweisen, dass die gesamte Weltbevölkerung der damaligen Zeit ohne Schwierigkeiten auf Bornholm Platz gefunden hätte. Komplett!" Er machte eine Pause und sog erneut an der Pfeife. „Das war natürlich damals." Er sah Stig geradezu herausfordernd an. „Und es wäre nicht viel Platz für etwas anderes geblieben. Aber immerhin! Die gesamte Weltbevölkerung der damaligen Zeit!"

„Verstehe", sagte Stig resigniert und versuchte sich nicht vorzustellen, wie alle Völker der Erde dicht gedrängt zwischen Hammershus und Dueodde standen, jeder nur mit so viel Platz, wie die Füße benötigten. Ein verstörendes Bild. „Erstaunlich", sagte er schließlich. „Heute ist das wohl nicht mehr möglich." Damit wollte er das klaustrophobische Bild wieder verscheuchen.

„Nein", gab Ole Rasmussen ihm recht. „Heute sicher nicht mehr." Er zündete seine Pfeife an, die während dieser komplizierten Gedankengänge erloschen war. „Die Überbevölkerung ist ja heute ein großes Problem", fügte er nachdenklich hinzu.

„Sicher", sagte Stig.

Dann schwiegen beide. Ole Rasmussen rauchte. Stig dachte an Søbranda. Wie viel schöner wäre es doch, mit ihr durch die Gegend zu laufen, als den ganzen Tag mit diesem Großmeister des Humors zusammen zu sein. Sie spielte so gerne im Schnee.

„Wolltest du nicht etwas von einem Bericht erzählen?", erinnerte ihn Ole Rasmussen nach ein paar tiefen Lungenzügen. „Ein Bericht, den du in einer schwedischen Zeitung gelesen hast, wenn ich dich richtig verstanden habe."

„Ja." Stig holte tief Luft. „Darin wurde eine durch Umfragen in ganz Europa bestätigte These aufgestellt: Der Mikrozensus hat eindeutig belegt, dass sich von allen europäischen Männern die dänischen für die mit Abstand amüsantesten Männer Europas halten."

„Aha", sagte Ole Rasmussen kühl. „Das ist allerdings interessant."

„Das fiel mir bei deiner Bemerkung ein, als ich eben ins Büro kam, und ich wollte es einmal zu bedenken geben. Ist doch wirklich aufschlussreich, nicht wahr?" Stig machte es sich in seinem Stuhl bequem.

Beide schwiegen.

„Ja", sagte Ole Rasmussen nach einer Weile. „So ist das wohl."

„Ja", sagte auch Stig nach einer Weile. „Ja, ja. Erstaunlich, nicht wahr? Ganz erstaunlich."

Ole Rasmussen legte die Pfeife auf den Schreibtisch und räusperte sich vernehmlich.

„Was meine umfangreichen telefonischen Recherchen in der Nachbarschaft und auch unsere Hausdurchsuchung des knudsenschen Anwesens ergeben haben, ist Folgendes …", begann Ole Rasmussen nach einer Weile. „Loretta Knudsen hat mit ihrer Hochzeit nicht gerade das große Los gezogen. Freudlos und verlassen, kann ich nur sagen. Da hilft es auch nichts, dass die Familie vermutlich im Besitz von mehreren Millionen ist. Die Leute von der Bank freuen sich schon darauf, dass die Kredite platzen und sie den ganzen Kram übernehmen können. Auf Loretta Knudsens Namen ist übrigens ein Auto angemeldet, aber ich habe es nicht gefunden. Es handelt sich um einen über 20 Jahre alten Opel Corsa Steffi. Farbe Elfenbein."

„Der steht wahrscheinlich freudlos und verlassen auf dem Parkplatz am Hafen", sagte Stig und berichtete vom Ergebnis seiner Ermittlungen.

„Oh, oh. Das wird kompliziert." Ole Rasmussen machte ein Gesicht, als hätte er Magenschmerzen. „Wir müssen mit ihr reden, aber wir können ihr doch schlecht Interpol auf den Hals hetzen."

„Immerhin ist sie bis jetzt unsere einzige Verdächtige …", begann Stig.

„Was redest du da?", unterbrach ihn Ole Rasmussen. „Liest du denn gar keine dänischen Zeitungen? Weißt du nicht, wie kontrovers die Massentierhaltung und vor allem die Güllefrage diskutiert wird?"

„Natürlich", verteidigte sich Stig. „Aber ist Gülle ein Mordmotiv?"

Ole Rasmussen nahm die Pfeife zwischen die Hände, als wollte er sich an ihrem Kopf die Hände wärmen. Er stützte die Arme auf die Knie und fixierte Stig. „In Dänemark leben ungefähr fünf Millionen Menschen, aber mindestens 25 Millionen Schweine. Lass uns also hoffen, dass sie nie herausfinden, dass sie in der Überzahl sind!"

Stig schüttelte verwundert den Kopf. „Das ist doch ein Zitat aus dem Zentropa-Film *Der Richter*!"

„Wenn du meinst", brummte Ole Rasmussen. „Aber es ist die Wahrheit. Und was das Schlimme ist: Es werden immer mehr. Nicht etwa Dänen, sondern Schweine. Überall im Baltikum stützt die EU Neubauten von Riesen-Ställen und Gülle-Lagunen. Da wird ein Schweinegeld verdient! Die konservative Regierung findet das natürlich gut, da es ihre Wählergruppen begünstigt. Auf der anderen Seite weiß niemand, wohin mit der Gülle. Die landet am Ende in der Ostsee."

„Und die ist kurz vorm Umkippen", sagte Stig.

„Ja. Vor einigen Jahren durften Menschen mit Immunkrankheiten mitten im Sommer nicht mehr ins Wasser. Selbst einige Hunde, die das ansonsten unbedenkliche Wasser getrunken hatten, sind gestorben."

„Hunde? Also, wirklich! Und was heißt das konkret?"

„Konkret heißt das, dass es eine Menge Leute gibt, denen jemand wie Børge Knudsen nicht gerade angenehm ist. Zum Beispiel hat er seinen Nachbarn weismachen wollen, als ihre Brunnen durch Nitrat – sein Nitrat – kontaminiert waren, dass sie ihm eigentlich dankbar sein müssten, weil er ihnen kostenlos Salz liefere." Ole Rasmussen konnte seine Empörung nicht verhehlen. „Außerdem gibt es jede Menge arbeitslose und somit sehr aktive Umweltfreunde, die zu vielem fähig wären …"

„Richtig, die Todesursache spricht ja Bände", sagte Stig.

„Das müssen wir alles überprüfen. Dazu sitzen uns auch die Presse, der Staatsanwalt und der Innenminister im Nacken. Letztere wünschen, dass wir einen Fall wie diesen schnell und vor allem unspektakulär lösen und zu den Akten legen."

„Ach, die Presse", sagte Stig abschätzig. „Die plustert sich doch nur auf, wenn ein Minderjähriger muslimischer Abstammung eine minderjährige Dänin vergewaltigt."

„Das glaubst du", höhnte Ole Rasmussen. „Denen geht es nicht so sehr um Politik als um Auflage. Und unser

Mord hat ein erhebliches Auflagenpotenzial. Lass uns hoffen, dass wir mit Loretta Knudsen die Täterin haben. Das wäre für alle Beteiligten das Beste."

„Nur nicht für sie, schätze ich", fügte Stig hinzu. In diesem Fall fiel es ihm leicht, sich mit dem Täter beziehungsweise der Täterin zu identifizieren – so, wie er es auf der Polizeischule gelernt hatte.

„Wir müssen sie finden, bevor man uns hier Feuer unterm Hintern macht", resümierte Ole Rasmussen. „Was genau hat der Angestellte des Reisebüros gesagt?"

„Etwas Merkwürdiges. Das habe ich dir noch gar nicht erzählt. Loretta Knudsen hat sich nach Pauschalreisen erkundigt, bei denen sie mit dem Sportwagen nach Paris fahren könnte."

„In der Tat merkwürdig", sagte Ole Rasmussen und zündete seine Pfeife abermals an. „Nach Paris mit einem Sportwagen." Er dachte nach und rauchte.

Stig sah aus dem Fenster. Langsam begann es zu dämmern. Dabei war es den ganzen Tag lang eigentlich nicht richtig hell geworden. Die Winter auf dem Land würden furchtbar werden. Stig überlegte, ob er sich nicht lieber so eine Lichttherapielampe kaufen sollte, um keine Depressionen zu bekommen. Ob es wohl hülfe, wenn man sie auf den Fernseher stellte? Bestimmt würde es in dieser Nacht wieder frieren. Ganz anders als in Paris. Frankreich. Wärme … Irgendetwas regte sich in ihm. Eine vage Erinnerung. Was war es doch gleich? Irgendetwas mit einem Sportwagen und Paris … Stig versuchte, eine Assoziationskette in Gang zu setzen.

Auch in Ole Rasmussen ging etwas Großes vor. Träumerisch gab er seiner Pfeife so viel Zunder, dass er teilweise im Nebel verschwand. Dann stand er langsam auf, ließ die Hände schwingen und gab einen Summton von sich. Suggestiv starrte er Stig an und summte. Seine Miene wurde immer fröhlicher, und er summte eine Melodie. Dann nahm er die Pfeife aus dem Mund und begann rau zu singen:

„At the age of thirty-seven …"

Da fiel auch bei Stig der Groschen. Er stand ebenfalls auf, und beide Männer begannen im Chor mehr schlecht als recht zu singen und dabei durch das Büro zu tanzen:

„… she realised she'd never ride
through Paris in a sports car
with the warm wind in her hair"

Sie klatschten in die Hände, und Stig sang die nächste Strophe allein:

„She could clean the house for hours
or rearrange the flowers
or run naked through the shady street
screaming all the way"

„Na, das bestimmt nicht", lachte Ole Rasmussen und ließ sich wieder auf dem durchgesessenen Schreibtischstuhl nieder, auf dem er anscheinend den Hauptteil der letzten

Jahre verbracht hatte. „Auch Loretta ist eine Jüngerin der Inneren Mission und würde niemals nackt durch die Straßen rennen, schon gar nicht schreiend. Auch wenn sie in ihren frühen Jahren vielleicht mal eine Platte von *Dr. Hook & the Medicine Show* hatte."

„Oder von Marianne Faithfull. *The Ballad of Lucy Jordan*." Stig schüttelte den Kopf. „Und was machen wir jetzt mit unserer bahnbrechenden Erkenntnis?"

„Na, was schon?", sagte Ole Rasmussen und tippte etwas in seinen Computer ein. „Wir klammern uns an das Bisschen, was wir haben!"

„Okay. Wenn die Ballade wahr werden soll, mit immerhin 57 statt 37, was würde Loretta Knudsen deiner Meinung nach tun?", fragte Stig.

„Sie mietet sich irgendwo ein Cabrio und fährt dann nach Paris. Nur wo? Das ist die Frage."

„Wir wissen, dass sie eigentlich sparsam ist, unsere gute Loretta, denn sie hat die billigste Überfahrt ohne Kabine gewählt und einen Prospekt von *Eurolines* mitgenommen. Sie wird auch weiter sparsam sein, glaube ich."

„Davon gehe ich aus", sagte Ole Rasmussen. „Wir wissen natürlich nicht, ob es in ihrem Haus eine Menge Schwarzgeld gab, aber ich glaube nicht, dass sie mehr als eine gewöhnliche Kreditkarte hat."

„Ja", sagte Stig verächtlich. „Das konnte Børge wohl nicht verhindern, wenn er ihr den Einkauf fürs Alltägliche überließ, was mit Sicherheit der Fall war."

„Ich würde sagen: Brüssel", sagte Ole Rasmussen wie in Trance. „Sie fährt mit dem Europabus nach Brüssel und mietet sich dort ein Cabrio der unteren Preisklasse."

„Gut möglich", sagte Stig und dachte dabei an die beiden Weltkriege, in denen Deutschlands Truppen ohne Kriegserklärung durch Belgien gezogen waren. „Brüssel. Sie hat sich tatsächlich für Flugreisen nach Brüssel interessiert. Der deutsche Weg nach Paris."

„Ich weiß nicht, was du mit dieser abwertenden und chauvinistischen Bemerkung ausdrücken willst", sagte Ole Rasmussen und wies mit dem Mundstück der Pfeife auf Stig. „Ich muss nämlich sagen, dass alle Deutschen, die ich bisher kennengelernt habe, wirklich nette Leute waren."

Nicht, dass Ole Rasmussen etwa Deutsche kannte oder jemals viel von Deutschland gesehen hatte. Als er noch eine Familie hatte, irgendwann in den Siebzigern, war er einmal wegen einer Panne in Göttingen gestrandet und hatte sich auf dem dortigen FKK-Campingplatz eingemietet. Da er nicht wusste, was FKK bedeutete, hatte sich die Vorstellung in seinem Kopf manifestiert, dass die Deutschen ungewöhnlich lockere Menschen waren, die sich, sobald es nur ein bisschen warm wurde, sofort nackt auszogen. Da er damals selbst viel von Nacktheit hielt, war er mit seiner Familie sogar noch ein paar Tage länger als unbedingt nötig in Göttingen geblieben, um mit sympathischen Deutschen zusammen nackt zu sein.

„Was soll das denn?", protestierte Stig. „Wenn du hier jetzt von Rassismus anfangen willst, sollten wir lieber mal über dein Verhältnis zu den Schweden reden. Ich habe nichts gegen Deutsche. Ich spreche sogar Deutsch!"

Ole Rasmussen warf Stig einen verächtlichen Blick zu. „Französisch für die Herrschaften, Englisch für die Dienstboten und Deutsch für die Hunde. Ich brauche kein Deutsch. Ich habe keinen Hund. Außerdem war es verboten, Deutsch zu sprechen, als ich jung war." Ole Rasmussen entzündete erneut seine Pfeife.

Ein zweiter Besuch in Deutschland, diesmal in der damaligen DDR, hatte ihm ein ganz anderes Deutschlandbild vermittelt. Wegen des langen Vollbartes, den er damals trug, hatte ihn eine Horde Kinder verfolgt, die unbedingt seinen Bart hatte berühren wollen. Ob es wohl daran lag, dass er eine gewisse Ähnlichkeit mit Karl Marx hatte, konnte er aber nicht in Erfahrung bringen, da die Kinder von Volkspolizisten mit vorgehaltenen Maschinenpistolen verscheucht worden waren. Aber das tat jetzt nichts zur Sache. Sie mussten mit dem Fall weiterkommen.

„Lass uns lieber überlegen, was wir jetzt tun sollen", sagte er.

Aber Stig sagte nichts, und so hing Ole Rasmussen noch ein wenig seinen Gedanken nach. Insgeheim waren ihm die Deutschen unheimlich. Jahrzehntelang hatten sie sich zum Beispiel einen Dreck für Windenergie interessiert. Kaum hatten sie aber begonnen, selbst Windkraftwerke zu bauen, hatten ihre Anlagen die dänischen Kraftwerke vom Markt gefegt, die vorher marktführend gewesen waren. Die dänischen Windkrafträder waren eben nur noch godt nok. Ole Rasmussen qualmte heftig und tippte wütend auf seine Tastatur ein.

„Pass auf!", sagte er laut. „Während Frau Knudsen im Europabus sitzt, fliegt einer von uns nach Brüssel und erwartet sie dort. Eine Liste mit Autovermietungen in der Nähe des Busterminals kommt gerade aus dem Drucker. Du oder ich?" Erregt stand Ole Rasmussen auf.

„Das kannst du doch nicht ernst meinen!" Stig war völlig perplex. „Nur aufgrund unseres munteren Gedankenspiels soll einer von uns nach Brüssel fliegen? Meinst du nicht, dass wir hier was Besseres zu tun haben?"

„Was heißt denn hier: nur? Leidest du etwa auch unter dem heutzutage so sehr verbreiteten Einbruch des Selbstvertrauens? Wir haben eine Spur, also verfolgen wir sie. Das erwartet man von uns. Auch wenn ich vielleicht nicht der beste Detektiv bin, weiß ich doch, wie meine Bornholmer ticken."

„Und ich bin ja nur der aus Kopenhagen", schnaubte Stig.

„Nun hör doch bloß mal damit auf!" Ole Rasmussen winkte ab. „Ich bin doch selbst aus Kopenhagen. Die erste Zeit habe ich Blockdienst gemacht. Da bin ich immer mit Alma, meinem alten Boot, hergesegelt. Her ging es viel schneller, weil der Wind meistens aus Nordwest wehte. Zurück musste ich viel kreuzen."

„Nur schade, dass du nicht auch nach Brüssel kreuzen kannst, was?", knurrte Stig resigniert. Ihm wurde immer klarer, dass er mit seiner Versetzung in dieses Kommissariat wohl wieder einen Volltreffer gelandet hatte.

Ole Rasmussens Telefon klingelte. Er nahm den Hörer ab und lächelte Stig dabei an.

„Kriminalpolizei Rønne", sagte er freundlich. „Kriminalbetjent Rasmussen am Apparat."

„Na endlich!", schnaubte ein älterer Mann. Ole Rasmussen hatte das Telefon laut gestellt.

„Was kann ich für dich tun?"

„Weiß ich doch nicht, du Milchbubi! Wo bin ich überhaupt gelandet? Die leiten einen ständig weiter." Der Anrufer machte aus seiner Verärgerung keinen Hehl.

Ole Rasmussen sah sich hilflos um und dann auf das Display des Telefons.

„Hier spricht Kriminalbetjent Ole Rasmussen von der Kriminalpolizei Bornholm. Wenn du mir jetzt deinen Namen und dein Anliegen nennst, kann das immer noch ein schönes Gespräch werden, schätze ich."

„Sven-Aage aus Gudhjem", sagte der Mann unwirsch. „Ich habe gehört, dass Bauer Knudsen was zugestoßen ist. War doch ein Unfall, oder?"

„Bist du mit Knudsen verwandt, Sven-Aage?", fragte Ole Rasmussen.

„Was geht dich das an, du Knecht?", brüllte der Mann und legte auf.

Ole Rasmussen notierte den Namen und die Telefonnummer vom Display auf die Rückseite seiner Visitenkarte. Dann schüttelte er sich wie ein nasser Hund.

„Es reicht", sagte er und sammelte die frischen Seiten ein, die sein Drucker ausspuckte. „Ich sollte mal wieder ein paar Tage raus aus dem Büro. Ich werde Frau Knudsen befragen. Für eine Verhaftung durch andere europäische Polizeien reichen unsere Verdachtsmomente noch nicht aus. Außerdem will ich mir lieber nicht vorstellen, wie die mit ihr umgehen, wenn wir sie zur Fahndung ausschreiben. Und falls sie mit der Sache gar nichts zu tun hat, verderben die ihr womöglich den ganzen Spaß an der Reise und traumatisieren sie für den Rest ihres Lebens. Du schaust dir inzwischen mal diesen Mitbürger an." Er gab

Stig die Visitenkarte mit der Telefonnummer von Sven-Aage.

„Aha!" Stig fühlte sich überrumpelt und sah auf die Telefonnummer. Dann drehte er die Karte um. Es war Ole Rasmussens Visitenkarte mit Mobiltelefonnummer und allem, was dazu gehörte.

Wie um sich zu rechtfertigen, sagte Ole Rasmussen: „Dann kommen ja auch die Feiertage."

Daran erinnert zu werden, konnte Stigs Laune nicht bessern.

„Bleib schön trocken und ruh dich aus", sagte Ole Rasmussen, während er einhändig einen Flug buchte. „Und wenn du Lust hast, schnüffel ein bisschen inkognito herum, verstehst du? Es ist nämlich ein Vorteil, dass du hier neu bist. Falls Thorben oder deine Tante nicht schon dafür gesorgt haben, dass dich jeder kennt. Das ist nämlich eine Insel."

Ole Rasmussen packte seinen Laptop zusammen, der immer neben dem Bürocomputer stand.

„Wenn du deine Bornholmer angeblich so gut kennst, kennst du dann vielleicht auch Loretta Knudsen?", fragte Stig, dem die plötzliche Aktivität des sonst so behäbigen Kollegen immer suspekter wurde.

Ole Rasmussen zog die Stirn in Falten. „Möglicherweise. Vielleicht kenne ich sie noch aus der Zeit, als ich nicht bei der Bornholmer Volkstanzgruppe mitgemacht habe", sagte er nachdenklich.

„Das ergibt doch keinen Sinn!", schimpfte Stig. „Wie kannst du sie kennen, wenn du da *nicht* mitgemacht hast?

Und soll das etwa heißen, dass du da jetzt mitmachst und sie nicht?"

„Nicht direkt. Aus Gründen, die ich hier nicht näher erläutern will, war ich bei diversen Treffen anwesend", sagte Ole Rasmussen.

Stig blickte seinen Vorgesetzten kopfschüttelnd an. „Jetzt habe ich aber ein paar Fragen an dich! Was hat es mit dem Volkstanz auf sich? War meine Tante Andersine Papuga dabei? Wie war Loretta Knudsen? Oder hieß sie damals noch Nielsen? Hat sie dich so beeindruckt, dass du sie nach all den Jahren unbedingt wiedersehen willst?"

Ole Rasmussen antwortete nicht. Angestrengt schaute er auf den Bildschirm und schwieg hartnäckig.

„Keine Antwort ist auch eine Antwort", sagte Stig schließlich.

„Ich will ja nur mit ihr reden", sagte Ole Rasmussen, und es klang wie eine Entschuldigung. „Das mit dem Volkstanz ist eine andere Geschichte." Dann wechselte er abrupt das Thema. „Es ist seltsam, dass Børge Knudsen sich nicht gewehrt hat, als ihm die Gülle eingeflößt wurde. Er hatte kaum Alkohol getrunken und stand auch sonst nicht unter Drogen. Er muss dem Täter vertraut haben." Ole Rasmussen schüttelte den Kopf, stand auf und zog seinen Parka an. „Halte hier die Stellung. Ich bin quasi schon in Brüssel."

„Willst du nicht wenigstens nach Hause und einen Koffer packen?", fragte Stig verwundert. „Ich kann dich zum Flughafen fahren, wenn du denn unbedingt meinst, dass es eine gute Idee ist, deinen Posten hier zu verlassen."

„Höre ich da eine gewisse Verbitterung?" Ole Rasmussen zog lachend eine Zahnbürste mit Schutzkappe und eine blaue Tabakdose aus der Tasche. „Gepackt habe ich schon, ein würdiger Vertreter für mich ist trocken und einsatzbereit, und verabschieden können wir uns auch hier. Hav det godt! Hej-hej!"

„Hej-hej! Og fortsat god dag", sagte Stig kopfschüttelnd.

An der Tür drehte Ole Rasmussen sich noch einmal um. „Danke, dir auch!"

„Selv tak! God arbejdslyst!"

Ole Rasmussen verschwand mindestens genauso schnell wie noch vor wenigen Stunden, als es darum ging, das leckerste Smørrebrød zu ergattern. Stig konnte immer noch nicht fassen, dass Ole Rasmussen einfach so verreiste. Aber er war jetzt definitiv allein im Büro und fühlte sich plötzlich furchtbar müde. *„Die Angelegenheit scheint erledigt zu sein"*, hätte der Kapitänleutnant jetzt gesagt. *„Bei dreißig Meter rundhorchen! Auftauchen und anblasen!"* Probeweise nahm er auf Ole Rasmussens abgewetztem Schreibtischstuhl Platz, schaukelte ein wenig hin und her und schlief prompt ein.

Loretta Knudsen sah vom Fensterplatz des Europabusses aus in der Abenddämmerung auf mitteldeutsche Rübenfelder, durch die sich die Autobahn zog. Der Anblick erinnerte sie unangenehm an zu Hause. Doch abgesehen davon hatte sie sich seit fast 40 Jahren nicht mehr so gut gefühlt. Daran konnten auch die umgepflügten Rübenfelder nichts ändern. Sie war frei. Frei von ewigen, sich immer wiederholenden Anschuldigungen. Frei von Sorgen um die schwankenden Schweinepreise. Frei von Silage und, vor allem, frei von Gülle. Der Gestank war ihr so vertraut, dass sie nicht beurteilen konnte, ob er ihr immer noch anhaftete. Was allerdings zu vermuten war. Bei dem Gedanken ekelte sie sich vor sich selbst.

Der Reisebus hielt für eine kleine Pause auf einer Raststätte. Loretta war froh, ein wenig auf und ab gehen zu können, und sie freute sich unbändig darauf, einfach etwas bestellen zu können. Mehr als eine Tasse Kaffee wollte sie gar nicht, aber nicht einmal die hätte Børge ihr erlaubt. Sie freute sich auf die vielen Menschen in der Raststätte, die hellen Lichter der Weihnachtsdekoration und die vielen überflüssigen Dinge, die es hier zu kaufen gab.

Sie besah sich ausgiebig im Spiegel der Toilette. „Wie du immer glotzt", sagte sie zu sich selbst. „Wie eine kranke Kuh. Mit deinen großen, blöden Augen!" Wäre sie mit Børge zusammen auf dieser Reise, hätte er sie vermutlich gezwungen, sich draußen ins Gebüsch zu hocken, um die 50 Cent für die *SANIFAIR*-Toilette zu sparen. „Bäh", machte sie und streckte sich die Zunge heraus. Loretta war groß gewachsen und hatte langes weißes Haar. Wenn sie sich genau betrachtete, musste sie zugeben, dass sie ein wenig stark gebaut war, mit weit ausladendem Gesäß und kaum Taille. Unangenehmer als das war ihr jedoch ihre Neigung krumm zu gehen und dass sie insgesamt ein wenig steif war. Das hatte sie nun von 40 Jahren endloser Schinderei. Trotzdem kam sie nicht umhin, sich beinahe schön zu finden. Sie lachte ihre großen Augen an und zog die Mundwinkel zur Übung zu einem Grinsen hoch.

Nicht so schlecht für ihr Alter! Aber das Allerbeste war, dass sie jetzt frei war! So frei, wie man nur sein konnte. Und bis auf ihren kaputten Rücken und ihr Rheuma, das sie sich in all den feuchten, kalten Jahren zugezogen hatte, war sie noch gesund. Dieses Gefühl von Freiheit hatte sie sofort und anstelle jeglicher Trauer empfunden, als ihr Mann – sie hatte nicht einmal Lust, seinen Namen zu denken – plötzlich in der Gülle getrieben war. In dem Sinnbild und Traum seines Lebens – in einer Lagune voller Urin. Wie hatten die Nachbarn sie für diese Lagune gehasst! Für den riesigen, immer beleuchteten Stall und für die Kaltschnäuzigkeit, mit der ihr Betreiber jegliche Bedenken beiseite gewischt hatte. Für ihn hatte es immer nur Freunde und Feinde gegeben. Die Großbauern und die konservative Regierung waren die Guten gewesen. Der Rest Dreck.

Als Loretta ihn dann in seiner Lagune hatte treiben sehen, hatten sich Berge von Warums vor ihr aufgetürmt. Warum hatte sie ihn je geliebt? Warum hatte sie bis zu diesem Ereignis gewartet? Warum war sie nicht nach dem ersten unannehmbaren Streit mit ihm – und der lag Jahrzehnte zurück – fortgegangen? Auf jedes Warum folgte eine billige Ausrede. Er war immer der Junge von nebenan geblieben. Zunächst war er ihr sogar freigiebig vorgekommen. In der Zeit, als keiner etwas zu essen gehabt hatte, hatte er sie und ihre Familie gut versorgt. In seiner Familie schienen stets Milch und Honig geflossen zu sein. Ja, Børge hatte sich sogar zur Überraschung aller – außer seinem Freund Palle Madsen, der ebenfalls reich gewesen war – in der allerschlechtesten Zeit ein neues Moped gekauft und war mit ihr hinten drauf durch die Gegend gefahren. Damals hatte er sie ernst genommen und ihr zugehört, obwohl sie noch fast ein Kind gewesen war. Erst später hatte sie herausgefunden, dass sie die Einzige gewesen war, die sich je freiwillig mit ihm abgegeben hatte.

Noch am Tag ihrer Volljährigkeit hatten sie geheiratet. Ihre Eltern waren natürlich begeistert gewesen. Und seine Eltern? Die hatten sich längst an sie gewöhnt und gefürchtet, dass er keine andere fände. Aber es hatte ohnehin keine Alternative gegeben, da sie bei der Trauung bereits schwanger gewesen war. Was für Børge bedeutet hatte, dass sie weniger interessant gewesen war als sein alter, grauer Ferguson-Traktor. Sie war nur noch eine Arbeitsmaschine gewesen, die funktionieren und so wenig wie möglich hatte verbrauchen sollen. Sein Geiz war immer schlimmer geworden und zum Schluss der pure Wahnsinn gewesen. Es ging soweit, dass er beim Gehen nicht mehr ordentlich aufgetreten war, weil er Schuhsohle hatte sparen wollen. Je reicher er geworden war, desto schlimmer war auch sein Geiz geworden. Vor einigen Jahren hatte ein Nachbar nicht umhingekonnt, sie zu einem Straßenfest einzuladen. Nur 15 Menschen hatten an der kilometerlangen Straße gewohnt, und sie waren eben zwei davon gewesen. Die reichsten, aber auch mit Abstand die schäbigsten. Børge hatte ein Hemd aus den 70er-Jahren getragen, das schon damals das billigste bei Kvickly gewesen war. Da man sein Grillgut selbst hatte mitbringen müssen, hatten die anderen Steaks gegessen und sie hingegen nur billige, bleiche Würste – und selbst davon hatten sie nicht genug gehabt, um satt zu werden.

Vielleicht, überlegte Loretta, hatte sie Børge nicht verlassen, weil sie sich zu sehr geschämt hatte. Und natürlich hatten erst die Kinder aus dem Schlimmsten raus sein müssen. Mit ihnen hatte er so einen schrecklichen Streit gehabt, dass sie gleichzeitig das Haus verlassen und sich nie wieder gemeldet hatten.

Børges Reichtum – denn trotz allen Gejammers über Futterpreise, Absatz und EU-Förderung war sein Reichtum beständig gewachsen – war das Armseligste von allem gewesen. Je mehr Geld er gehabt hatte, desto mehr hatte er sich mit seinen diversen Konten und Anlagen beschäftigt. Simpelste Kursschwankungen hatten sie in bitterste Lebenskrisen gestürzt, aus denen nur harte und verbissene Arbeit geholfen hatte. Und natürlich die Kirche. Jeden Sonntag. Es war Zeit, zum Bus zurückzugehen. Loretta merkte, dass sie vor Hass zu zittern begonnen hatte.

„Ole", rief Pernille fröhlich und klopfte Stig von hinten auf die Schulter. „Ich habe dir einen Kaffee gebracht."

„Danke", sagte Stig mit gespielt tiefer Stimme. „Und ich habe inzwischen eine Frischzellenkur gemacht und bin um Jahrzehnte jünger geworden." Mit einem Ruck schwenkte er den Schreibtischstuhl herum.

Pernille kreischte auf und konnte die Kaffeetasse nur mit Mühe festhalten. „Du bist es", japste sie.

„Ja. Aber erzähle es bitte niemandem weiter. Ich soll noch eine Weile geheim bleiben. Kann ich mich darauf verlassen?"

„Gewiss", sagte Pernille und schickte sich zum Gehen an. Dann fiel ihr der Kaffee ein.

„Willst du?", fragte sie und hielt ihm zögernd die Tasse hin.

„Ja, gerne." Stig nahm die Tasse und bedankte sich.

„Auch schwarz?"

„Schwarz und bitter, wie mein Schicksal", gab Stig zurück. „Wie kommt es eigentlich, dass du als Frau hier Kaffee servierst? Wäre das nicht ein Thema fürs Dienstagstreffen?"

„Bloß nicht", sagte Pernille. „Tue ich normalerweise auch gar nicht. Das ist nur was zwischen Ole und mir."

„Kennt ihr euch eigentlich gut, wenn ich das mal fragen darf?"

Pernille blickte nachdenklich an die Decke. „Wer kennt ihn schon gut?", antwortete sie ausweichend. „Wir sehen uns nur hier, wenn du das meinst."

„Wo wohnt er eigentlich?", fragte Stig.

„Irgendwo im Nordskov von Rønne", sagte Pernille. „Mit Blick aufs Meer. Aber was er außerhalb der Dienstzeit tut, weiß ich nicht. Er hat jedenfalls keine Familie."

„Und nun ermittelt er in Brüssel", sagte Stig bekümmert. „Ich weiß gar nicht, ob ich das überhaupt erwähnen sollte."

„Mach dir keine Sorgen", tröstete ihn Pernille. „Ole Rasmussen weiß im Allgemeinen ganz genau, was er tut. Und wenn er meint, nach Brüssel zu müssen, hat das sicher einen Grund."

„Na ja", sagte Stig milde. „Es ist ja auch Weihnachten."

„Ich fürchte, er mag Weihnachten nicht so gerne", sagte Pernille. „Ich weiß aber nicht, warum. Außerdem hat er beim Frokost erwähnt, dass sich Besuch bei ihm angekündigt hat."

Stig dachte an die zerrissene Weihnachtskarte.

„Es klang nicht so, als ob er sich darüber freut", ergänzte Pernille.

„Ach so", sagte Stig. Ihm fiel noch etwas ein. „Kannst du mir einen Gefallen tun?"

„Klar", sagte Pernille. „Was denn?"

Stig schrieb die Telefonnummer und den Namen von Sven-Aage auf ein Post-it und gab ihn der Kollegin. „Kannst du damit die Adresse finden?"

Pernille blickte kurz auf den Zettel. „Nicht nötig", sagte sie und gab Stig den Zettel zurück.

Stig sah sie verwundert an.

„Das ist die Nummer vom Altersheim in Gudhjem. Sportsvænget 17."

„Na dann." Stig schrieb alles schnell auf und schlürfte verwundert seinen Kaffee. „Nochmals danke. Das ist ja toll."

„Ach, dafür nicht", sagte Pernille. „Selv tak."

Stigs Mobiltelefon klingelte. „Die Arbeit ruft", sagte Stig und hoffte, dass Pernille den Unterschied zwischen Büroanschluss und Privatgerät nicht bemerkte.

„Verstehe." Pernille verschwand und zog die Tür fest hinter sich zu.

„Stig Tex Papuga", meldete Stig sich wie immer, wenn sich der Anrufer am Display nicht zu erkennen gab.

„Ach!", kreischte es übersteuernd in sein Ohr. „Glaubst du, dass ich deinen lächerlichen Namen nicht mehr kenne? Den werde ich sicher nie vergessen. Den könnte ich höchstens verdrängen! Aber so viele Therapiestunden kann kein Mensch bezahlen. Oder soll ich dir vielleicht die Rechnung schicken? Schließlich bist ja du auch an allem schuld."

Es war Mette. Stig wunderte sich. Nachdem er von ihr wochenlang mit Geschrei und Geschimpfe konfrontiert worden war, hatte er sein altes Handy, ohne es auszuschalten, in einem *Netto*-Supermarkt in den Abfalleimer geworfen. Da hatte es zwischen Bananenschalen und alten Zellophantüten noch weiter schrille Töne von sich gegeben, während er in aller Ruhe eingekauft hatte. Die anderen Kunden hatten ihn wie einen Außerirdischen angestarrt. Später hatte er sich ein neues Mobiltelefon und eine neue Nummer besorgt. Das war das letzte Mal, dass er mit Mette Kontakt gehabt hatte, und nun rief sie plötzlich wieder an.

„Sag doch auch endlich mal was, du Arschloch! Aber nein, der Herr ist sich zu fein dafür. Alles muss ich selber machen, wie immer in all den Jahren. Ach, ich habe die Nase so voll von all dieser Scheiße! Warum bist du bloß so ein verdammter Drecksack? Du interessierst dich nur für dich selbst! Du bist so verdammt selbstgefällig! Du hast nur dich selbst im Kopf und junge Hühner vielleicht noch, du elender, nerviger Lügner!"

Stig war froh, dass Pernille davon nichts mitbekam.

„Was soll ich denn wohl deiner Meinung nach sagen?", brachte er schließlich hervor.

„Na, vielleicht fragst du mich mal, wie es mir geht. Aber das interessiert dich ja nicht. Du denkst ja, ich bin wahnsinnig. Du denkst: Lass die Alte mal reden, die hört auch wieder auf. Hauptsache, der feine Herr hat seine

Ruhe. Aber eines sage ich dir: Es kommen auch andere Zeiten. Du sollst deine verdammte Ruhe nicht haben, egal wo du dich versteckst, du Arschloch! Du wirst das alles noch mal bitter bereuen, das schwöre ich dir!"

„Ich …", setzte Stig an.

„Ja! Ich, ich, ich, ich, ich! Das ist alles, was du denkst!"

Der Lautsprecher des Mobiltelefons klirrte von Mettes Geschrei. Mit schmerzhaft verzogenem Gesicht hielt Stig das Handy von seinem Ohr weg.

„Immer nur du! Aber nein, das sage ich dir, es ist dir noch nicht gelungen, mich völlig verrückt zu machen. Ich habe mich beworben. Ja, auch ich kann arbeiten, und es gibt Menschen, die mich schätzen. Da staunst du, was? Mein Therapeut hat mir heute gerade wieder bestätigt, dass ich ein liebenswerter Mensch bin. Warum hast du mich denn nicht als solchen behandelt? Zu fein, der Herr, was? Ich hasse dich! Und das sage ich dir, ich mache dich fertig, du verdammter, egozentrischer Scheißkerl! Und dann wollen wir mal sehen du … du … du … Mistkerl!"

Mette hatte aufgelegt. Vielleicht waren ihr keine weiteren Schimpfwörter mehr eingefallen. Irgendwie hatte es aber auch so geklungen, als hätte sie am Ende des Gespräches angefangen zu weinen.

Bekümmert steckte Stig das Mobiltelefon in seine Anzugtasche. Plötzlich fiel ihm ein, dass er vergessen hatte, Pernille nach Bornholmer Volkstanzgruppen zu befragen. Vermutlich war sie aber sowieso zu jung, um darüber etwas zu wissen.

6

Mette hatte also seine neue Nummer. Das bedeutete, dass
der Stress, dem er geglaubt hatte, entfliehen zu können,
mit unverminderter Härte weitergehen würde. Stig seufzte
tief und überlegte, ob er auch das neue Mobiltelefon weg-
werfen sollte. Aber das war keine Lösung. Er musste
dienstlich zu erreichen sein, und außerdem wusste Mette,
wo er arbeitete. Sie konnte ihn immer stellen; und wenn
sie auf der Wache anrief, würde sie womöglich noch größeren Schaden anrichten.

Mysteriös an der ganzen Sache war und blieb für Stig,
woher Mettes unglaubliche Wut stammte. So sehr er auch
darüber nachdachte, er wurde das Gefühl nicht los, als
hätte jemand eine Rochade mit ihm gemacht, wie bei
einem Schachspiel, und er, der standhafte, ruhige Turm,
war plötzlich zum umkämpften König geworden. Mettes
Wut war ohne erkennbaren Grund über ihn hereingebro-
chen. Dabei hatte er Mette eigentlich mehr oder minder
geliebt. Vielleicht war sie nicht mehr die Liebe seines
Lebens. Vielmehr hatte er sich auf ein ruhiges Leben mit
ihr eingestellt. Und dann war sie plötzlich und nachhaltig
ausgeflippt. Die einzige Schuld, die er – wenn überhaupt –
auf sich geladen hatte, bestand vielleicht darin, dass er
unaufmerksam geworden war. Aber wie konnte daraus so

ein Wahnsinn erwachsen, und vor allem, wo sollte das alles noch hinführen?

Nur zu gut kannte er die Eskalationen, in die ein solches Beziehungsverhalten münden konnte. Das war ja auch ein Grund für seine Flucht aus der Hauptstadt gewesen. Wenn er mit einer besonders brutalen oder unverständlichen Tat konfrontiert wurde, war sein erster Gedanke immer, dass sich nur ehemals Verliebte solche Grausamkeiten antun könnten. So gesehen hatte Ole Rasmussen natürlich recht, wenn er Børge Knudsens Frau als Mörderin verdächtigte. Zumal man keine Spuren der Gegenwehr an der Leiche des Bauern entdeckt hatte. Zumindest bis jetzt noch nicht. Das Ergebnis einer genaueren Obduktion stand noch aus.

Stig nahm sich jedenfalls vor, weiterhin für Deeskalation im Dauerstreit mit Mette zu sorgen, auch wenn er sich vollkommen ungerecht behandelt fühlte. Irgendwann würde er Søbranda zu sich holen. Darauf würde es hinauslaufen. Dann wäre das Thema durch, hoffte er. Bis dahin würde er einfach die Ruhe bewahren.

Um sich abzulenken, nahm er den Zettel mit der Adresse des Altersheimes vom Schreibtisch. Ole Rasmussen erwartete bestimmt, dass er den alten Mann verhörte. Aber für einen Besuch im Altersheim war es heute wohl zu spät. Unschlüssig blickte Stig auf den Schreibtisch und entdeckte eine Seite aus dem Drucker, die er noch gar nicht bemerkt hatte.

Lieber Stig. Ich habe keine Ahnung, wen du verhören könntest. Denke über den Fall nach, sei erreichbar, und ansonsten noch einmal herzlich willkommen und schöne

Weihnachtstage, stand da in Helvetica 16 Punkt. Stig las die Zeilen mit einer Mischung aus Wut und Rührung. Traute ihm der Kerl etwa nichts zu, oder war er tatsächlich so verdammt entspannt, wie er tat? Vielleicht war bei ihm aber auch einfach nur eine Schraube locker. Stig stand auf und verließ das Gebäude.

Stig lenkte den Volvo nur ein paar hundert Meter in das Almindings Runddel und fuhr dort zur Shell-Tankstelle. Eigentlich hatte er noch genug Benzin im Tank, aber er wollte etwas Normales tun. Konsumieren. Das hieß, lebendig sein.

„Die meisten Menschen", zitierte Stig, die Zapfpistole in der Hand, Ibsen, „sterben, ohne je gelebt zu haben." Er atmete tief durch. „Zum Glück bemerken sie es nicht", fügte er dann noch hinzu.

Als der Tank voll war, hievte Stig vier Blöcke mit in Plastik eingeschweißten Holzbriketts, die es gerade im Sonderangebot für 100 Kronen gab, in den Kofferraum. An der Kasse hatte er dann zusätzlich noch eine Flasche Cola und eine Tüte Chips in den Armen. So sah wohl ein schöner Abend auf dem Lande aus, dachte er: ein voller Tank, Feuerung für den Ofen, Chips und Cola. Jämmerlicher konnte es nicht sein. Dabei hatte er in seiner Ruine nicht einmal Fernsehempfang. Er würde sich also, immerhin im Warmen, auf das Sofa legen und ein paar Videos ansehen. Vorher wollte er aber noch etwas schaffen. Irgendjemand musste schließlich die Arbeit machen, wenn dieser komische Rasmussen einfach nach Belgien verschwand. Es war bestimmt nicht *godt nok*, einen Mord oder auch nur einen Mordverdacht einfach auf sich beruhen zu lassen. Das Mindeste war, dass er weiter seine Tante, die für gewöhnlich bestens informiert war, auszuhorchen versuchte.

Als er den Haslevej so weit entlanggefahren war, dass er den Wagen beschleunigen durfte, tauchte er in eine völlige Schwärze ein, wie er sie noch nie erlebt hatte. Das spärliche Licht seiner H4-Scheinwerfer stocherte nur in der vollkommenen Dunkelheit herum und ließ diese dadurch noch undurchdringlicher und unbarmherziger erscheinen. Mit der Dunkelheit ging ein nachhaltiges Gefühl von Einsamkeit und Hoffnungslosigkeit einher, dass Stig mehrfach trocken schluckte. Diese totale Dunkelheit auf dem Lande schien den Tod zu antizipieren. Völlig aufgehen in Finsternis. So könnte das Ende sein. Stig dimmte die Tachobeleuchtung ab und schaltete dann probeweise kurz die Scheinwerfer aus. Im Nichts der Finsternis hatte er das Gefühl, durchs All zu fliegen, und sein Zwerchfell begann zu kribbeln. „Kannst du mich hören, Major Tom", flüsterte er. Dann schaltete er das Licht wieder ein. Er war kurz davor, zu weinen. War das das Ende? Er war einsam, verlassen und erfolglos. Hatte er nicht gelebt? Diese verfluchte Dunkelheit! Verlassen, einsam, erfolglos. Dunkel. Die Erinnerung an ihn würde so schnell verblassen wie die Anzeige eines gerade abgefahrenen Zuges.

Drehen Sie nicht durch! Ekelhaft! Schamlos!

Er war Polizist, verdammt. Er hatte einen Fall zu lösen. Und vielleicht hatte Mette sogar recht, wenn sie sagte, dass er egozentrisch sein konnte. Was war denn seine eigene

Schwäche und Hysterie im Vergleich zu einem Toten, der bäuchlings in Gülle trieb? Er selbst konnte immerhin noch atmen, auch wenn er wenig davon spürte.

Vereinzelt tauchten wieder Lichter auf. Das war Hasle. Stig fuhr die Ortsumfahrung entlang. Hinter Hasle hielt er auf einem geräumten Parkplatz an der Straße, er stieg aus und schloss das Auto ab. Er wollte nicht noch einmal im Schnee feststecken. Dann machte er sich auf den Weg durch den Schnee, den Berg hinauf und zum Hof seiner Tante.

Langsam stapfte er durch den Schnee. Er versuchte mit den Kräften hauszuhalten und nicht zu stark ins Schwitzen zu geraten. Die Flügel der Windkrafträder am Berg schaufelten hörbar durch die Luft. In der Dunkelheit erinnerten sie an schnaufende Riesen. Nur langsam kam der Hof näher, es war verdammt steil, und es war verdammt schwer, durch den tiefen Schnee zu stapfen.

Auf sein Klopfen reagierte niemand, aber alle Zimmer des Hauses waren erleuchtet, und so riss Stig einfach die Tür auf. Andersine saß nackt auf dem Klo, das mit offener Tür genau neben dem Eingang lag.

„Juhu, Stig, mein Schatz", rief Andersine, hob die Arme und wackelte fröhlich mit den Brüsten. „Du kommst gerade richtig. Ich habe uns Essen gemacht."

Stig ging schnell an der Klotür vorbei und kämpfte sich durch die herumliegenden Gegenstände. Im Kontrast zu draußen und zu der erschreckenden Dunkelheit mutete ihn die Atmosphäre von Andersines Wohnräumen beinahe heimelig an.

„Hach – ich bin ja ganz nackend", kreischte Andersine und spazierte stolz zwischen ihren Habseligkeiten hindurch zum Herd, wo sie mit einem Holzlöffel in einem brodelnden, braunen Sud zu rühren begann. „Liebling, du kommst doch hoffentlich auch zu unserem Antiweihnachten", rief sie euphorisch. Sie unternahm keinerlei Anstalten, sich anzuziehen.

„Antiweihnachten …" Stig sah an ihr vorbei. „Braucht man das? Ist nicht das normale Weihnachten schon schlimm genug?"

„Sei nicht immer so griesgrämig! Ach ja. Du bist ja ein Mann." Sie musterte Stig von oben bis unten, wohl um sich zu vergewissern. Vielleicht wollte sie ihn aber auch dazu bringen, sich ebenfalls zu entkleiden. „Männer sind vom Mars und Frauen von der Venus. Zwei völlig verschiedene Rassen."

„Apropos Männer. Kennst du eigentlich meinen Kollegen Ole Rasmussen?", fragte Stig beiläufig.

Andersine rührte etwas schneller. „Möglicherweise", sagte sie knapp und ohne Stig anzusehen.

„Hast du mal in der Bornholmer Volkstanzgruppe mitgemacht?", fragte Stig unschuldig.

„Ole Rasmussen, Volkstanzgruppe … pyt med det! Alles alte Geschichten. Ich will nichts davon wissen", antwortete Andersine ungehalten.

Stig fragte sich, was ihre heftige Reaktion zu bedeuten hatte und warum Andersine über diese Volkstanzgruppe genauso die Auskunft verweigerte wie Ole Rasmussen. War die Volkstanzgruppe vielleicht in Wirklichkeit eine Protestbewegung, ähnlich der Sangesbewegungen während der deutschen Okkupation? Und wenn dem so war, wogegen hatte sie protestiert? Volkstanzgruppe – das war auf jeden Fall eine perfekte Tarnung für eine radikale Untergrundorganisation.

„Wir reden hier über das Hier und Jetzt und mein Antiweihnachten, nicht über irgendwelche gefühlskalten Holzklötze von der Polizei wie deinen neuen Freund Ole Rasmussen", riss Andersine Stig aus seinen Gedanken.

Stig schwieg und wunderte sich. Die Geschichte Bornholms in den 60er- und 70er-Jahren des vorigen Jahrhunderts offenbarte dem kundigen Ethnologen bestimmt eine Menge Überraschungen. In den dunklen Trollwäldern und zwischen den schroffen, grauen Felsen mochte es zu den seltsamsten Riten und Gebräuchen gekommen sein, die sich vielleicht sogar dem Bewusstsein der damals durch psychogene Drogen sedierten Protagonisten entzogen. Leider gäbe Andersine ihm wohl auch in dieser Nacht keine Auskunft darüber. Er verzichtete darauf zu fragen, ob Ole Rasmussen am Ende sogar einer ihrer vielen Liebhaber gewesen war. „Kommt Olsen denn auch?", fragte er stattdessen, nicht ohne eine Spur von Gehässigkeit.

„Ach, Olsen", schnaubte Andersine abfällig und rührte im Essen. Stigs Frage hatte sie offenbar an Olsens Existenz erinnert. „Olsen!", brüllte sie plötzlich los, als wäre sie beim Gerüstbau. „Olsen! Essen!"

Nach einer Weile trat Olsen wie ein Geist zwischen den von der Wand abgerückten Schränken und Habseligkeiten hervor. Seine langen grauen Haare fielen ihm auf die Schultern. Er sah aus wie eine Kreuzung aus Wild Bill Hickok, Pettersson und Findus. Olsen ging aufrecht und hatte den Lederhut tief ins Gesicht geschoben.

„Danke für das Abschleppen", sagte Stig in Olsens Richtung. Olsen rülpste laut, nahm eine Schüssel aus dem Regal und füllte sie mit dem braunen Essen, das nicht anders aussah als jene Speise, die Stig schon am Vortag abgelehnt hatte. Olsen nahm sich anschließend einen großen Holzlöffel aus der Spüle und verschwand, wie er gekommen war, ohne Blickkontakt aufzunehmen oder etwas zu sagen, in der Tiefe des Bauernhauses.

„Bist du hungrig?", wollte Andersine wissen.

„Nein, ich habe gerade gegessen", sagte Stig schnell.

Andersine füllte sich eine Schüssel mit Essen, fand einen Holzlöffel, setzte sich nackt auf den einzigen halbwegs freien Stuhl und aß. „Uhm, hvor er det lækkert", flötete sie und schaufelte sich das klumpige Essen mit dem Holzlöffel in den Mund. „Wo ist denn eigentlich deine kleine Mette? Bring sie zum Antiweihnachten doch mit, oder ist sie diesmal nicht mitgekommen?"

„Mette ist abgereist", sagte Stig. Das bedeutete auf Dänisch, dass sie ihn verlassen hatte.

„Abgereist?" Andersine schaufelte sich weiter Essen in den Mund.

Stig nickte. „Mit Kind und Kegel."

„Sei nicht traurig", schmatzte Andersine. „Wenn ich einen Mann loswerde, lege ich mich in die heiße Badewanne. Danach ist der Fall für immer erledigt, und ich bin frisch für den nächsten!"

„Du hast es doch noch nie in deinem Leben zu einer Badewanne gebracht", sagte Stig wütend. „Nicht einmal zu einer Sitzbadewanne!"

„Pardon, Madame." Loretta hatte sich auf der Fähre ein kleines dänisch-französisches Wörterbuch gekauft. Es war Abend, und sie war gerade aus dem Bus gestiegen. Noch immer war sie in so einem Hochgefühl, dass sie sich sogar traute, mit zusammengesuchten Sprachbrocken eine Fremde anzusprechen. „C'est possible recherche une location de automobile?"

„Hertz? Ici, Madame." Die Frau wies auf das Schild einer großen Autovermietung, schräg gegenüber dem Busbahnhof.

„Merci, merci, Madame!" Loretta schämte sich für ihr schlechtes Französisch.

Vor der Tür von Hertz stand, etwas verloren, ein groß gewachsener Mann, der einen kanadischen Parka und eine Bifokalbrille trug und sie anlächelte. Seit 40 Jahren hatte Loretta keinen Mann mehr angelächelt, weswegen ihr Lächeln, wie sie selbst merkte, wohl ein wenig zu groß ausfiel. Der Mann strahlte so begeistert zurück, dass Loretta lieber schnell auf den Boden sah.

„Oh, mein Gott, du große, dumme Landkuh!", beschimpfte sie sich selbst und ging schnell weiter. „Muh, muh, muh!"

Machte sie plötzlich den Eindruck, als wollte sie sich einen großen, grauen Belgier anlachen? Das war ja völlig verrückt!

Aber warum eigentlich nicht, fragte sie sich, als sie in der Autovermietung darauf wartete, bedient zu werden. Warum soll ich niemanden anlächeln und sogar zurück angelächelt werden? Irgendwie hatte ihr der Mann gefallen. Er kam ihr sogar merkwürdig vertraut vor, so als hätte sie ihn schon einmal gesehen, in einem früheren Leben vielleicht. Sie wertete das als gutes Omen, und wenn er nachher noch dort stünde, würde sie sich vielleicht trauen, ihn auf einen Kaffee einzuladen.

Als sie endlich an der Reihe war, bestellte sie für den nächsten Tag ein Cabriolet. Der Peugeot 207 CC war das kleinste, das es gab, aber für sie war es gut genug.

Vor der Tür stand kein einsamer, grau gekleideter Mann mehr. Er war wohl seiner Wege gegangen. Vermutlich zu seiner Ehefrau. Egal. Sie hatte sich noch eine Menge vorgenommen, und die Welt war ja vermutlich voller Männer!

„Männer sind vom Mars und Frauen von der Venus", wiederholte Andersine und wischte sich den Mund ab. „Das sind zwei völlig verschiedene Rassen, die einander nie verstehen werden. Und Olsen ist eben Olsen."

„Verschone mich mit deinem esoterisch verbrämten Rassismus", sagte Stig. Er hatte keine Lust auf so ein Gespräch. Im Gegenteil, es machte ihm große Angst, dass Menschen, die sich, zumindest früher einmal, als aufgeklärte Intellektuelle verstanden hatten, nun plötzlich das Heraufdämmern eines magischen Zeitalters beschworen. Aus seinen Philosophiestudien wusste Stig, dass sich das magische Zeitalter durch die Opferung von Menschen auszeichnete. War der Bauer vielleicht ein Opfer gewesen? Ein reguläres Bauernopfer? Das war beunruhigend. Genauso beunruhigend wie die Tatsache, dass Andersine ganz sicher nie etwas anderes heraufbeschwören würde als Chaos und heillose Unordnung.

„Erzähle mir lieber etwas über Schweinebauern", sagte Stig. Er benötigte mehr Hintergrundinformationen. Das war der eigentliche Grund seines Kommens.

„Ich esse kein Fleisch", sagte Andersine. „Und Olsen bekommt auch keines. Er hat zu wenige Zähne. Wir kaufen alles beim ökologischen Kaufmann Ernst in Hasle und manchmal Dorsche in Vang." Andersine drehte sich eine Zigarette.

„Aber deine Nachbarn sind doch Bauern. Hast du denn keinen guten Kontakt mit ihnen?"

Andersine winkte ab. „Arschlöcher", sagte sie kurz. „Das sind Arschlöcher. Die spritzen immer so mit Pestiziden, dass ich oft tagelang nicht hinauskann. Vor allem, wenn sie Mais pflanzen."

„Was sind das für Gifte?", wollte Stig wissen.

„Nervengift", brummte Andersine und dann fing sie plötzlich an zu lachen.

„Wirkt es erst so spät?", wollte Stig ihre Heiterkeit erklärt wissen.

„Nein. Man bekommt Kopfschmerzen." Andersine wurde wieder ernst.

„Ach, ich dachte, das Lachen kommt von dem Gift, das im Frühjahr versprüht wurde …"

„Idiot!", sagte Andersine gereizt. „Nein, ich hab diese Arschlöcher vom Hof gejagt, letzten Herbst. Die haben das Wild aufgescheucht und die Tiere suchten hier Schutz."

Kein Wunder, dachte Stig. In Andersines Unkrautgarten, den sie selbst als Urwald bezeichnete, konnte sich bestimmt ein ganzer Sprung Rehe, und was es hier noch alles gab, verstecken.

„Dann habe ich diese Arschlöcher mit Hexenheulern vom Grundstück gejagt. Die hätten am liebsten geschossen. Willst du ein Bier?" Andersine machte eine Flasche auf und hielt Stig ebenfalls eine hin.

„Nein, danke", sagte Stig. Er musste leider hart bleiben. Wenn er jetzt zu trinken anfing, würde er binnen Wochen in ein Loch aus Dunkelheit stürzen, in ein Fass Alkohol und den totalen, unentrückbaren Wahnsinn.

„Wer kommt noch zum Antiweihnachten?", fragte er.

Andersine trank das Bier aus und rülpste. „Vielleicht Oluf, ein Kollege von dir. Der kommt fast täglich, um Obstwein zu trinken. Dieses Jahr habe ich ein paar hundert Liter."

„Und wer noch?"

„Ist doch egal. Ein Antiweihnachten ist ein Antiweihnachten und kein blödes Fest. Gæster forpester – vi vil have vores egne fester", sagte Andersine zornig. „Aber Jesper kommt noch. Ein Ökobauer. Der kann dir alles über seine schlimmen Kollegen erzählen. Das ist es doch, was du wissen willst. Ein Bauer ist gestorben, und du willst meine Freunde aushorchen. Scheißbulle! Von mir erfährst du nichts. Nur ein toter Bauer ist ein guter Bauer. Die ganze Insel soll grün werden!" Andersine erhob die leere Flasche, wackelte herausfordernd mit den Brüsten und sah Stig dabei kampflustig an. Hätte es noch eine Schwedenherrschaft auf der Insel gegeben, wäre sie bestimmt in dieser Nacht gebrochen worden.

Andersine machte eine weitere Bierflasche auf, und Stig wunderte sich, dass sie nicht ihren angeblich doch so köstlichen Obstwein trank. Das Bier war nicht einmal vom ökologischen Kaufmann Ernst aus Hasle, sondern die billigste Sorte, *Harboe* von *Netto*. Ein Bier, bei dem die Pfandflasche mehr kostete als ihr Inhalt.

Vielleicht waren Andersine und Olsen die letzten Mitglieder der Volkstanzgruppe. Bestimmt besaß Olsen eine abgesägte Schrotflinte und Andersine ein paar Säcke Unkrautsamen. So konnte man die Welt verändern. Im Frühling. Stig seufzte und beschloss, dass er sein detektivisches Soll für den Tag erfüllt hatte. Er erhob sich.

„Hab es gut", wünschte er.

„Du auch", erwiderte Andersine und Stig ging, nach einem kurzen Blick auf ihre Brüste, in die von Ratten durchraschelte Dunkelheit hinaus.

„Hej-hej!"

„Hej-hej!"

Als der Ofen gut brannte, ging Stig, einem Impuls folgend, noch einmal aus dem Haus. Er ging auf die Straße und folgte ihrem Verlauf den Berg hinunter, parallel zum Meer. Es hatte zu schneien aufgehört, und der Wind hatte gen Norden gedreht. Auf einmal waren die Wolken aufgerissen und hatten einen tiefen Blick auf den bläulichen Himmel freigegeben, der voller Sterne war. Das Spektakulärste aber war der Mond. Er prangte mit einem so kolossalen Licht über den Wolken, dass Stig der Atem stockte. Tuffige Gebirge waren unter dem Mond aufgetürmt, und wie zum Greifen nah zogen graue Wolken, fast transparent, wie eine graue Geisterherde von Nord nach Süd. Wenn sie sich vor den grellen Mond schoben, durchleuchteten seine Strahlen diese Geisterwolken und schufen einen orangenen Hof um seine goldene Scheibe. Obwohl es kalt war, blieb Stig stehen und betrachtete den Himmel, die Wolken und das Meer tief unter ihm, in dem sich das Licht des Mondes als lange Straße reflektierte.

So ein Schauspiel hatte Stig noch niemals gesehen. Vor allem die orangenen Höfe, die der Mond durch die Wolken brannte, waren ihm neu. Seine Stimmung hob sich mit dem offenen Himmel, und er fragte sich, ob man sich automatisch unfrei fühlte, wenn man für viele Tage unter einer Wolkendecke lebte.

Jetzt atmete er viel freier und dachte darüber nach, mit welchen Problemen er es in den letzten Tagen eigentlich zu tun gehabt hatte. Er hatte nicht nur einen miesen Start in seinen neuen Job gehabt, sondern Menschen um sich, die mehr oder minder verrückt waren. Und irgendwo lauerte ein Mörder. Die größten Schwierigkeiten aber hatte er mit sich selbst. Natürlich war es ungerecht zu vergleichen, denn mit sich selbst verbrachte er ja ungleich mehr Stunden als mit allen anderen. Er sah auf das silberne Meer, das dort unten am Fuß des Berges schimmerte, und lauschte dem gleichmäßigen Rauschen, das von den riesigen Flügeln der Windkraftwerke kam. Nach einer Weile beschloss er, ein wenig besser mit sich umzugehen oder es wenigstens zu versuchen.

7

„Halløjsa! Er du dansker?", fragte Ole Rasmussen Loretta, als sie mit einem Autoschlüssel in der Hand am nächsten Morgen die Hertz-Filiale verließ. Fast hätte er sie nicht wiedererkannt.

Die Bornholmer Tracht war einem jugendlich sportlichen Parka und blauen Jeans gewichen. Ihr dichtes graues Haar trug sie jetzt kurz und mit Seitenscheitel. Ihre Schuhe waren aus braunem Wildleder. Nur die Brille war dieselbe geblieben, denn die hatte sie damals in Rønne selbst ausgesucht und teuer bezahlt. Zuerst hatte sie behauptet, die Gläser seien so teuer gewesen, als Børge die exorbitante Abbuchung bemerkt und getobt hatte. Er war dann sofort in den Laden gefahren und hatte sie danach zwingen wollen, die Brille gegen das billigste Modell umzutauschen, das es in dem ganzen Laden gab. Es war der schlimmste Streit ihres Lebens gewesen. Zur Kompensation hatte er umgehend das alte Fernsehgerät aus dem Wohnzimmer ins Bornholmer Gebrauchtwarencenter in Lobbæk gebracht, wo es seither auf einen neuen Besitzer wartet. Da das Fernsehen die einzig angenehme Beschäftigung in ihrem Leben gewesen war, hatte Børge sie schließlich sogar gefragt, wozu sie überhaupt eine Brille brauche, es gebe ja ohne Fernseher sowieso nichts mehr zu sehen, was sie nicht schon kenne. Den Streit um die teure Brille hatten sie beide nie überwunden. Wahrscheinlich, dachte Loretta, war die Brille sein letzter Gedanke, als er starb.

„Ja", sagte Loretta nicht ohne Stolz. „Dansker. Das bin ich."

„Gut, gut. Entschuldige bitte. Ich wollte dich gestern schon ansprechen, aber ich weiß wirklich nicht, ob sich das für mich schickt", sagte Ole Rasmussen schüchtern. Die Morgensonne blendete ihn ebenso wie Lorettas verändertes Aussehen. Plötzlich schien sie alles Bäuerliche abgelegt zu haben, und Ole Rasmussen fragte sich, ob sein Plan unter diesen Bedingungen noch die geringsten Erfolgsaussichten haben konnte.

Irritiert wischte sich Loretta eine graue Haarsträhne aus dem Gesicht und sah Ole Rasmussen unentschlossen an. War er vielleicht Teil der bösen Welt, vor der sie einen im Fernsehen immer gewarnt hatten?

„Ich bin Ole Oehlenschläger aus Aarhus", sagte Ole Rasmussen schnell, um aufkommende Zweifel zu übertünchen. „Und ich bin auf dem Weg nach Paris."

„Ja?", fragte Loretta.

„Wegen Weihnachten", versuchte Ole Rasmussen die Geschichte ein wenig anzureichern. Eine Geschichte, die beim Erzählen ausgedacht wurde. „Weißt du, meine Tochter und meine Enkelin wohnen in Paris und haben mich überraschend eingeladen."

„Wie schön", sagte Loretta und dachte an die Familie, die auch sie in irgendwelchen – vielleicht sogar schönen – Städten hatte. Jedenfalls hoffte sie das.

„Ich habe nur noch einen Flug nach Brüssel bekommen und dann auch noch mein Handgepäck verloren. Mit dem letzten Bargeld konnte ich mir nur eine Übernachtung leisten. Ich hoffte, hier bei der Autovermietung vielleicht jemanden von zu Hause zu treffen, der mir helfen kann. Ich bin völlig verzweifelt."

„Oh", sagte Loretta und dachte nach. Eigentlich war das, was sie vorhatte, etwas, das man alleine tun musste. Sie hatte zwar nicht die geringste Erfahrung damit, aber so hatte sie es sich immer vorgestellt. Deswegen wollte sie nicht sofort zustimmen.

„Sprichst du Französisch?", fragte sie skeptisch.

„Nun", sagte Ole Rasmussen gedehnt, und fast wäre ihm sein Sermon *Französisch für die Herrschaften, Englisch für die Dienstboten und Deutsch für die Hunde* herausgerutscht, aber im letzten Moment konnte er sich noch zurückhalten. „Eigentlich nicht. Aber ich habe den hier." Er hielt seinen Apple-Laptop hoch. „Der kennt fast alle Sprachen. Zumindest die irdischen und noch zwei oder drei außerirdische."

„Ja? Ist das so?" Loretta fand Computer unromantisch. Aber Ole Rasmussen war ihr immer noch sympathisch. Bestimmt war er ungefähr zehn Jahre älter als sie, aber sein ganzes Auftreten, seine Art, seine Haltung weckten Gefühle in ihr, die sie daran hinderten, den großen, einsamen Mann hier einfach in einer fremden Stadt stehen zu lassen. Gestern hätte sie ihn ja sogar fast auf einen Drink eingeladen. Außerdem war er Däne, und kein Däne sollte jemals einem anderen Dänen im Ausland die Hilfe verweigern.

„Wir können es ja versuchen", sagte sie zögernd. „Ich weiß nämlich noch nicht, ob ich nach Paris fahre. Nur erst mal in die Richtung. Wenn ich aber einen Anruf bekomme, kann es sein, dass ich ganz woanders hinmuss", log sie zur Sicherheit. Sie hatte kein Mobiltelefon und erwartete sowieso keinen Anruf. Schon seit Jahrzehnten nicht. Der Einzige, der anrufen könnte, war tot, und ansonsten konnte es höchstens sein, dass ihr die Polizei auf den Fersen war. Das war gar nicht mal so unwahrscheinlich.

„Fedt", sagte Ole Rasmussen mit ehrlicher Freude. „Det er rigtig fedt!" Wenn sie Nein gesagt hätte, wäre ihm wohl nichts anderes übrig geblieben, als sie verhaften zu lassen, dachte er voller Grauen. „Vielen, vielen Dank", fügte er noch hinzu.

„Ach, das ist doch nichts", antwortete Loretta, allerdings ohne Ole Rasmussen anzusehen. Nervös schaute sie stattdessen auf den Autoschlüssel in ihrer Hand. „Dann lass uns mal den Wagen suchen. Ich glaube, es ist ein Cabrio, und ich will offen fahren, wenn du nichts dagegen hast", sagte sie mit plötzlicher Entschlossenheit.

Stig wäre viel lieber in das neben dem Altersheim gelegene Schwimmbad gegangen. Er nahm sich vor, nach dem Verhör eine Broschüre mit den Öffnungszeiten mitzunehmen. Warum sollte er sich damit begnügen, den Bornholmer Sommer herbeizusehnen, wenn man endlich wieder von den Klippen aus ins Meer springen konnte? Ein paar Bahnen zu schwimmen und einige Saunagänge konnten besonders im Winter guttun. Der Sommer schien fern, in dem undefinierbaren Grau des Winters war er sogar unvorstellbar. Matschige Reste von Schneewehen lagen am Rand des Parkplatzes. Sie absorbierten Feuchtigkeit, die den Asphalt schwärzte, und erinnerten Stig an verwesende Kadaver. Ja, dachte er, ich sollte schwimmen gehen. Bewegung wirkte Wunder gegen eine aufkeimende Winterdepression.

Im Altersheim war es warm. Grüne Wollteppiche, Wände aus Gelbklinkern und Teakmöbel zierten den Eingangsbereich und verrieten gleichzeitig den Zweck des Baus. Als dieser Einrichtungsstil modern gewesen war, standen die Bewohner des Hauses noch in der Mitte ihres Lebens. Bestimmt fühlten sie sich in dieser Umgebung wohl.

„Was kann ich für dich tun?", fragte eine große, füllige Frau in weißer Schwesternkleidung. „Ich bin Britta. Möchtest du jemanden besuchen?"

„Ich bin Kriminalbetjent Stig Tex Papuga von der Kriminalpolizei in Rønne", stellte Stig sich vor. „Ich möchte gerne ein paar Worte mit Sven-Aage Larsen reden."

„Oh", sagte Britta erschrocken. „Hat er eine Dummheit gemacht?"

„Kann er das denn noch?" Stig registrierte eine leichte Röte in Brittas vollem Gesicht. Sie mochte um die 50 Jahre alt sein und hatte sich gut gehalten. Ihre blonden Haare waren dicht am Kopf zusammengebunden. Mit ihrer aufrechten Haltung, ihrem matronenhaften Körperbau und ihren nordischen Gesichtszügen kam sie ihm vor wie die gealterte Heldin eines deutschen Films aus den späten 30er-Jahren. „Ich möchte ihn zum Beispiel gerne fragen, wo er am Vormittag des 21. Dezembers war."

Der Anflug von Röte verschwand aus Brittas Gesicht. „Er geht nie fort", sagte sie schnell. „Nur auf begleitete Ausflüge."

Na schön, dachte Stig, und war kurz davor, sie selbst nach ihrem Alibi zu fragen.

„Am 21. hatte ich Dienst", sagte sie, als könnte sie seine Gedanken lesen. „Es hat geschneit, und keiner unserer Bewohner hat das Haus verlassen."

„Frag ihn bitte trotzdem, ob ich kurz mit ihm reden kann." Stig ließ sich auf einem Teaksofa nieder und sah Britta nach.

Schon kurz darauf baute sie sich wieder vor ihm auf. „Er ist unpässlich und möchte von niemandem gestört werden", sagte sie hart.

Stig atmete tief ein und nahm langsam sein Mobiltelefon aus der Tasche. „Ich werde einen Streifenwagen rufen. Die sollen ihn auf die Wache in Gudhjem bringen. Das ist immerhin nicht so weit wie zu mir nach Rønne."

Britta schüttelte den Kopf. „Ich frage ihn, glaube ich, lieber noch einmal", sagte sie. Stig nickte scheinbar gleichgültig und lehnte sich tief in das Sofa zurück.

Sven-Aage Larsen war ein stämmiger Kerl. Er schob den Rollator vor sich her wie einen Kampfwagen. Nachdem er dicht vor Stig gebremst hatte, betrachtete er ihn eingehend, und seine Augen blitzten unter den buschigen grauen Brauen. „Was soll das, junger Mann?", stieß er erbost hervor. „Das hier ist ein Ruhesitz!"

Stig stand auf und reichte ihm seine Visitenkarte. „Kriminalbetjent Stig Tex Papuga", sagte er. „Von der Kriminalpolizei Rønne."

Sven-Aage Larsen ging um seine Gehhilfe herum, nahm die Visitenkarte und setzte sich auf den Rollator. Er las ohne Brille, vielleicht trug er Kontaktlinsen. „Lächerlich!", sagte er. „Ein lächerlicher Name!"

„Was bist du von Beruf?", fragte Stig.

„Rentner", sagte Sven-Aage unwirsch. „Was glaubst du, wo du bist?"

„Und was hast du vorher gemacht?"

„Etwas, das nassforsche Typen leider zu selten gesehen haben. Ich war Lehrer."

„Hier auf der Insel?"

Sven-Aage nickte.

„In welcher Stadt?"

„Nylars. Weshalb werde ich hier eigentlich wie ein Verbrecher verhört? Das ist doch eine Unverschämtheit!"

„Warum hast du gestern auf der Polizeiwache in Rønne angerufen? Warum interessierst du dich für Børge Knudsen?" Stig gab sich ein letztes Mal Mühe, etwas freundlicher zu klingen.

„Mitgefühl."

„Und woher kennst du ihn?"

„Das ist eine Insel. Wenn ihr jungen Leute nicht so viel trinken oder mal aus dem Fenster eurer Flugzeuge schauen würdet, könnte euch das auffallen." Sven-Aage kniff die Brauenbüschel zusammen und sah auf Stigs Visitenkarte. „Was habe ich eigentlich mit der Polizei von Kopenhagen zu schaffen?"

„Ich habe leider noch keine neuen Visitenkarten", sagte Stig entschuldigend. „War er vielleicht ein Schüler von dir?"

Sven-Aage betrachtete Stig, als hätte er den Unterricht gestört. „Was dagegen?"

„Warum hast du angerufen? Warum hast du gefragt, ob es ein Unfall war? Hätte es denn auch etwas anderes sein können?", fragte Stig.

„Mitgefühl", wiederholte Sven-Aage knapp. „Das wird ja wohl noch erlaubt sein." Er verschränkte die Arme über der Brust.

Meldung! Ich will eine anständige Meldung!", hätte Stig am liebsten geschrien, aber es war hoffnungslos. Ohne Beweise würde der Kerl kein brauchbares Wort sagen, dachte Stig und erhob sich. „Auf Wiedersehen. Und weiterhin einen schönen Tag."

Vor dem Altersheim wählte Stig die Nummer von Pernille. Es dauerte lange, bis sie abhob. „Polizeistation Rønne. Die Bedienstete Pernille Bülow am Apparat", meldete sie sich etwas außer Atem. Bestimmt war sie gerade auf der Jagd nach frischem Smørrebrød.

„Hier ist Stig. Kannst du mir einen Gefallen tun?"

„Natürlich", sagte Pernille.

„Kannst du dich mit dem Schulamt in Verbindung setzen? Ich benötige eine Liste mit allen Schülern, die der jetzt pensionierte Lehrer Sven-Aage Larsen in der Schule von Nylars unterrichtet hat."

Pernille stöhnte. „Das wird heute wohl nichts mehr", sagte sie. „Und du solltest auch pünktlich Schluss machen. Es ist Weihnachten!"

Natürlich, dachte Stig erschrocken. Schon am 23. schloss alles zur Mittagszeit, und der Weihnachtsmarathon begann. „Vielleicht schickst du die Anfrage noch per E-Mail raus. Dann gewinnen wir ein wenig Zeit."

„Gut, gut", sagte Pernille. „Das kann ich wohl noch machen."

„Das ist sehr lieb von dir, Pernille. Vielen Dank und schöne Weihnachten!" Fast hätte Stig „Antiweihnachten" gesagt.

„Dir auch, Stig. Frohe Weihnachten. Hej-hej!"

„Hej-hej!"

Stig hatte es plötzlich eilig. Wenn er noch einkaufen gehen wollte, musste er wohl zu *Kvickly* in Rønne fahren. Warum sollte er auch als Einziger arbeiten, wenn alle anderen dabei waren, in einen lauwarmen Sumpf kitschiger und abgestandener Emotionen zu gleiten?

Der dicke Mann steuerte Rønne an, und als er es endlich, umweht von dicken Schneeflocken, erreicht hatte, stellte er den großen Wagen auf dem Parkplatz vor *Kvickly* ab. Es war nicht leicht, einen Parkplatz zu finden. Die Leute tätigten die letzten Weihnachtseinkäufe, als quollen ihre Kühlschränke und Speisekammern nicht längst über. Heute war ja schon Feiertag, und nur *Kvickly* hatte noch bis 16 Uhr geöffnet. Wer bis mittags gearbeitet hatte, musste davon Gebrauch machen.

„Umso besser", dachte er, als er zwischen Regalen und hektischen Kunden entlangging. „Umso besser." Alles lief gut für ihn. Bald konnte er diese ungemütliche Insel das letzte Mal und dann für immer verlassen. Als gesunder und zufriedener Mensch. Dieser letzte Besuch war notwendig gewesen. Er hatte sich redlich Mühe gegeben, mit allem, was er hier erlebt hatte, fertigzuwerden, aber mit den Jahren war es immer schwieriger geworden.

Er grinste, wie immer, wenn er unter Menschen war, vage vor sich hin. Dabei mied er jeglichen Blickkontakt, er suchte nur die Regale nach brauchbaren Lebensmitteln ab. Das brachte ihn, wie immer, zu den Milchprodukten, die sich hinter Glas bis zur Decke stapelten. Auch in diesem Jahr zierte die Sødmælk eine besondere Weihnachtsverpackung: *Bisseline*, die Frau von *Krølle Bølle,* halb nackt.

„Niedlich", sagte er leise für sich. „Niedlich." Die Leute in der Molkerei von Klemensker waren nicht dumm. Sie waren fleißig. Das mussten sie auch sein. In Klemensker befand sich die einzige Molkerei der ganzen Insel. Früher, als er ein Kind gewesen war, war das anders gewesen. Da hatte jeder der Bornholmer Kreise noch seine eigene Molkerei gehabt. Schließlich konnten ja nicht alle Bauern täglich nach Klemensker fahren, um ihre Milch abzuliefern. Bis weit in die 60er-Jahre hinein hatten sie nichts anderes als Pferdewagen oder Traktoren besessen.

Der dicke Mann nahm gerade so viele Tetrapaks aus dem Regal, dass man noch denken könnte, er müsse eine Familie über die Weihnachtstage ernähren. Er wollte am Ende nicht daran scheitern, dass sich eine Kassiererin an die gigantischste Milchmenge erinnerte, die je ein einzelner Mann gekauft hatte. Er schob den Einkaufswagen weiter zur Sahne.

Er war beleibt. So beleibt, dass er schon Probleme mit den Knien hatte. Und diese Beleibtheit war der Milch geschuldet – dieser unerschöpflichen Quelle der Kraft. Er liebte Milch. Er trank sie direkt aus den Tetrapaks, bis zum letzten Tropfen. Sorgsam faltete er die Tetrapaks zusammen, wie ein Junkie, der nach einem Schuss genussvoll die Spritze reinigte. Er war ein Meister im Falten. Origami war nichts dagegen. Am meisten liebte er Sødmælk. Aber die Milch von Bornholm war etwas ganz Spezielles. Immer wieder wurde sie auf Landwirtschaftsmessen ausgezeichnet, oft als unangefochtene Siegerin. Sie war von einer natürlichen Süße, die in Abgang und Nachgeschmack einfach unnachahmlich war. Er musste sich beherrschen, nicht schon eine Tüte im Supermarkt auszutrinken. Und dann erst die Sahne! Er stapelte etliche Sahnepackungen in den Einkaufswagen. Schon mit wenigen Schlägen konnte man die Sahne steif bekommen, und man musste ihren Geschmack nicht verstärken. Sie hatte eine Urkraft, die Urkraft der Mutter Erde. Sie hatte ihn am Leben erhalten, all diese Jahre, die Kraft der Milch und ihres Rahms. Nur schade, dass es Winter war, denn im Sommer hätte er sich im Hafen von Gudhjem große Waffeln mit Softeis kaufen können. Softeis, das aus dieser Sahne hergestellt wurde. Das war die Crème de la Crème. Oft hatte er Touristen beobachtet, die sofort nach dem Genuss ihres Eises noch einmal in den Laden gegangen waren, um sich eine zweite Portion zu holen. Vorzüglich!

Er dachte an die Sommer auf Bornholm. Eine Zeit, die unwirklich märchenhaft verging. Anders als alles sonst, woran er sich erinnern konnte. Ein Traum.

Er war schon öfter hier gewesen, um sein Werk zu vollbringen, er hatte aber immer wegen der vielen Touristen, die ihm eigentlich als Deckung dienen sollten, aufgegeben. Zuerst hatte er nur aufgrund von Ahnungen handeln wollen. Von Ahnungen, die sich nach und nach als Tatsachen bestätigt hatten. Dieser Winter war seine letzte Chance. Und es fühlte sich richtig an. Der Winter versteckte ihn hinter einer Wand aus Schneeflocken, und eine fast mythische Dunkelheit senkte sich über das dünn besiedelte Land. Nur wer musste, hielt sich im Freien auf. Alles war klar und übersichtlich. Der Wind blies so laut, dass niemand einen Schrei hören würde. Sollte etwas schiefgehen, würde ihm der Winter helfen. Der Wind, der Schnee, die Dunkelheit und die Milch waren seine Verbündeten. Das Schicksal meinte es gut mit ihm. Erste Sahne. Fett! Wie man in den 60er-Jahren nicht umsonst sagte. Damals gab es auch noch keine Letmælk, die heutzutage so beliebte Dünnmilch. Wer so etwas brauchte, konnte gleich Wasser in die Milch schütten!

Stig hatte Mühe, seinen Amazon vor *Kvickly* einzuparken. Je länger er suchte, desto weniger Lust hatte er, in den Laden zu gehen. Er hasste Supermärkte. Alle Welt glaubte, man könne dort billig einkaufen, aber wo blieb die wertvolle Lebenszeit in dieser Rechnung? Die Zeit für die Anfahrt, die Parkplatzsuche und dann das Herumgerenne zwischen den Regalen auf der Suche nach etwas, das jede Woche woanders versteckt wurde. In seiner Kindheit hatte es überall kleine Krämerläden gegeben. Dort wurde man bedient, man konnte anschreiben lassen und sogar nach Geschäftsschluss noch anklopfen. Stig hatte damals nicht das Gefühl gehabt, dass es dort zu wenig Auswahl gab. In den Städten betrieben Neudänen ein paar dieser Geschäfte. Auf dem Lande ließ sich aber niemand mehr finden, der diese Arbeit machen wollte. Tankstellen hatten einen Teil des Sortiments übernommen. Doch obwohl Stig den alten Kaufmannsläden nachtrauerte, hatte er einen heimlichen Eid abgelegt, niemals auch nur in die Nähe des ökologischen Kaufmanns Ernst in Hasle zu geraten, der wohl die Außenstelle der alternativen Avantgarde darstellte.

Als er endlich den Supermarkt betrat, registrierte er, dass ein dicker blonder Mann mit einem Einkaufswagen voller Milchprodukte auf ihn zukam. Der Mann lächelte freundlich, und Stig merkte, dass er sich langsam in eine Weltuntergangsstimmung hineinsteigerte. Wenn er so weitermachte, würden die Feiertage noch grässlicher werden als sonst. Stig konnte es kaum fassen, als er sich selbst sagen hörte: „Frohe Weihnachten, mein Herr!"

Der Dicke zuckte zusammen, als er so plötzlich angesprochen wurde. Dann erwiderte er den Gruß. „Dir auch frohe Weihnachten!"

Siehst du, geht doch, dachte Stig und konzentrierte sich auf seine Einkäufe.

Loretta und Ole Rasmussen kamen gut miteinander aus. So gut, dass sie kaum ein Wort wechselten. Die Sonne schien, nur hier und da zogen schnelle Wolken über den Himmel. Loretta lenkte den 207 CC, den einzigen Wagen, der an diesem Dezembertag offen über die kostenpflichtige Autobahn nach Paris rollte. Es war nicht warm, aber für einen Bornholmer fühlten sich die Temperaturen schon wie Frühling an.

An der ersten Raststätte in Frankreich machte Loretta halt. Ole Rasmussen holte feierlich Pappbecher mit Café

au Lait aus dem Automaten, und sie schlürften ihn draußen vor der gläsernen Fassade der Raststätte. Dabei
betrachteten sie stolz ihren silbernen Sportwagen. Ab und
an wechselten sie einen schüchternen Blick. Nur ganz
kurz. Mal direkt, mal unbemerkt über den Umweg der
spiegelnden Lackierung des Peugeots.

Ole Rasmussen hatte schon den ganzen Weg versucht,
gegen eine in ihm aufwallende, ungewohnte Euphorie
anzukämpfen, indem er sich immer wieder bewusst
machte, in welcher Situation er eigentlich steckte. Er war
Polizist und dabei, der Hauptverdächtigen eines Mordfal-
les auf den Zahn zu fühlen. Allerdings hatte er ihr, abgesehen von ein paar Höflichkeitsfloskeln, noch keine einzige Frage gestellt.

Eine tiefergelegte, sportliche Limousine fuhr neben
ihnen mit durchdrehenden Reifen aus der Parklücke und
verschwand mit brüllendem Motor am Horizont.

„Was nützt schon die Flucht", philosophierte Ole
Rasmussen und sah Loretta freundlich an. „Den Täter
zieht es ja doch immer an den Tatort zurück, nicht wahr?"

Loretta machte ein verständnisloses Gesicht und zog
die Schultern hoch. Dann blickte sie in die Richtung, in
die das Auto verschwunden war.

Was bin ich bloß für ein Idiot, dachte Ole Rasmussen.
Was ist bloß mit mir los? Denk gefälligst nach, ehe du
etwas sagst!

Als sie die Reißverschlüsse ihrer Jacken wieder hochge-
zogen hatten, hinter der Windschutzscheibe saßen und
Paris näher kamen, wurde es immer schlimmer. Jetzt
begann auch noch der Café au Lait im zentralen Nerven-

system für Ausschüttungen von Serotonin und Koffein zu sorgen. Ole Rasmussen duckte sich tief hinter die Windschutzscheibe und entzündete umständlich seine Pfeife. Dann ließ er dicke Rauchschwaden über der Scheibe entsteigen. Das Cabrio glich einer Miniatur-Dampflok. Sie fuhren durch ein Wunderland. Ein nicht existentes Zauberland. Ole Rasmussen merkte, dass sich seine ungewohnte Euphorie nicht bekämpfen ließ. Ganz im Gegenteil. Und was ihm die Sinne noch zusätzlich schärfte, war mehr als die Wirkung des Koffeins. Es war Dankbarkeit.

Ole Rasmussen musste wieder an das Lied denken, das er mit Stig gesungen hatte, und auf einmal wurde ihm klar, dass der *warme Wind* auch sein Haar flattern ließ, auf dem Weg nach Paris, in einem offenen Sportwagen. Auch wenn er nicht mehr besonders viele Haare hatte und der Wind eher frisch war. Irritiert strich er über seine Teilglatze. Irgendetwas passierte da plötzlich. Etwas, womit er nie im Leben gerechnet hatte. Dafür hatte er sich für viel zu abgeklärt gehalten. Aber wider alle Vernunft musste er sich eingestehen, dass Loretta auch seinen Traum über die Autobahn lenkte. Einen Traum, von dem er seit Jahrzehnten nichts mehr geahnt hatte und den er bei der Verdächtigen eher als eine amüsante Schrulle verlacht hatte. Eine frustrierte Hausfrau … jenseits der Lebensmitte … im offenen Sportwagen … nach Paris … haha! Nun saß er selbst in diesem Wagen und näherte sich der Stadt. Paris. Dieser Legende. Diesem Mythos. Eigentlich wusste er, wie Städte waren. Seit Jahren behauptete er, dass sie alle Klemensker glichen, der hässlichsten Stadt Bornholms. Er hatte nicht den geringsten Respekt vor Städten. Aber was er jetzt empfand, hatte keinerlei Ähnlichkeit mit Gefühlen, die er je bei der Anfahrt auf Klemensker gehabt hatte.

Loretta hatte keine Schwierigkeiten mit dem Wagen. Er fuhr sich viel besser als ihr schrottreifer Opel Corsa Steffi, und genau wie dieser bedeutete der Peugeot für sie Emanzipation und Eigenständigkeit.

Sie kamen Paris immer näher, und mit jedem Kilometer steigerte sich Lorettas Glücksgefühl. Aber es mischte sich mit Angst und Unsicherheit. Sie fragte sich, was sie hier eigentlich machte. Und wie es weitergehen sollte. Was ihr zu Beginn der Reise wie eine befreiende Verrücktheit vorgekommen war, war möglicherweise der blanke Wahnsinn. Ging es mit ihr bergab statt bergauf? War es das Ende? Sie erreichten die Strecke unter den libanesischen Riesenzedern, die, wie Loretta einmal gehört hatte, das Tor zu Paris darstellten, wenn man sich der Stadt über die Autobahn näherte. Sie begann, leichte Schlangenlinien zu fahren, wie im Sekundenschlaf, und eine dicke Wolke schob sich vor die Sonne.

„Das ist es jetzt", flüsterte sie, als die Stadt in Sichtweite kam. Bis jetzt war es einfach gewesen, den Weg zu finden. Doch nun wusste sie nicht weiter. Sie kannte die Stadt nicht. Sie kannte nur das Lied. Paris als Symbol für irgendetwas, für Gleichheit und Brüderlichkeit, für Jetset und High Society, für Genuss und die angebliche Großartigkeit des Lebens. Vor allem aber als Symbol für die Freiheit. Und die Liebe natürlich, aber daran mochte sie nicht denken.

„Das ist es jetzt", flüsterte sie etwas lauter, sodass Ole Rasmussen es hören konnte.

„Ja", sagte er langsam. „Das ist es wohl."

„Aber … wo …" Auf einmal begann Loretta laut und hemmungslos zu weinen. „Wo ist mein ganzes Leben geblieben?", schluchzte sie laut und ging immer mehr vom Gas. Autos zogen an ihnen vorbei, ohne zu hupen. Schließlich blieb der 207 CC auf dem Pannenstreifen stehen.

Loretta weinte, und Ole Rasmussen legte ihr den Arm um die zuckenden Schultern. Er ließ sie weinen. Es begann zu regnen, die Tropfen zerplatzten auf seinem Gesicht und mischten sich mit … seinen eigenen Tränen? Ole Rasmussen konnte es nicht fassen. Dann sah Loretta zu ihm auf. Das graue Haar nass von Tränen. Sie sah ihn fragend und verlangend mit ihren großen Augen an.

„Dabei fühle ich mich doch immer noch wie ein kleines Mädchen", wimmerte sie. „Was ist denn bloß passiert an all diesen eintönigen Tagen? Wo ist die Zeit geblieben? Das ganze Leben erscheint mir wie ein einziger, schlimmer Tag. Und ich komme mir vor wie ein kleines Mädchen. Dabei sehe ich aus wie eine uralte Mutterkuh."

„Nein", sagte Ole Rasmussen entschieden und drückte sie an sich. „Nein, das tust du nicht. Du bist wunderschön!"

Kopf an Kopf, die Augen voller Tränen, fanden sich ihre Münder, und sie sanken aneinander gepresst, einander wild küssend in Lorettas Sitz. Mit der rechten Hand schaltete Ole Rasmussen die Warnblinkanlage ein.

„Ich hätte nie gedacht, dass das Leben so sein kann", flüsterte Loretta, als sie sich nach einem ewigen Kuss anblickten und einander noch mehr mochten als vorher.

„Aber so ist das Leben. Man muss gute Miene zum bösen Spiel machen."

Ole Rasmussen lächelte und wusste selbst nicht recht, was er damit sagen wollte. Dann ging ein sichtbarer Ruck durch ihn, und mit plötzlicher Entschlossenheit sagte er: „Das Einzige, was wir dagegen machen können, ist etwas Großartiges. Etwas, das wir nie vergessen werden."

„Alles, was wir noch nie getan haben!"

„Und noch viel mehr!"

„Das ist wahr", sagte Loretta. Sie schaltete die Scheibenwischer ein und startete den Motor. „Genau das werden wir tun. Ich verspreche es dir!"

8

24. Dezember, 12 Uhr 37
Lundshøj bei Rutsker
Neblig/trüb. Temperaturen um den Gefrierpunkt. Tendenz: fallend.

Mitten in der Nacht schreckte Stig auf. Ein Schuss war
gefallen. Irgendwo in der Nähe. Stig schnellte hoch und
setzte sich aufrecht hin. Instinktiv schaltete er die Lampe
neben dem Sofa aus. Es gab keine Vorhänge. Schon die
ganze Zeit hatte er sich deswegen unwohl gefühlt. Wie ein
Goldfisch im Aquarium schwamm er hier herum, und von
draußen konnte man jede seiner Bewegungen überwa-
chen. Falls es da draußen jemanden gab, was eigentlich
unwahrscheinlich war. Sehr unwahrscheinlich, aber jetzt
war alles anders – jetzt war ein Schuss gefallen.

Stig griff nach der Pistole und lud sie durch. Dann
schlich er zu dem Fenster, das der Einfahrt am nächsten
lag, und starrte in die Dunkelheit. Sein Herz klopfte bis
zum Hals. Er versuchte nachzudenken. *„Meiden Sie das
Moor in jenen dunklen Stunden, in denen die Mächte des
Bösen die Oberhand haben"*, hatte Sherlock Holmes zu
Watson gesagt, als sich dieser ins Dartmoor aufgemacht
hatte. Nun hatten die Bauern auf Bornholm ja schon vor
Jahren nahezu alle Moore und Teiche durch Dränage tro-
ckengelegt und dabei einige seltene Pflanzen ausgerottet,
aber trotzdem wollte Stig auf keinen Fall in die dunkle
Nacht hinausgehen und den Schützen auf eigene Faust
suchen.

Angestrengt sah er in die Dunkelheit und horchte. Der Wind war viel schwächer als in den vorherigen Nächten, in denen man einen Schuss vermutlich leicht überhört hätte. Es war ein Gewehrschuss gewesen. Vielleicht war ein Wilderer in der Gegend. Andererseits hatte es nicht wie ein Schrotgewehr geklungen. Hatte er den Schuss nur geträumt? Entstammte er der Geschichte, die er vor dem Einschlafen gelesen hatte? Einem Fachbuch über Schweinezucht? Die Lektüre hatte wohl wilde Fantasien angeregt, die ihn bis in den Schlaf verfolgten. Stig seufzte. Es war zum Verzweifeln mit seinen Nerven! Und was war nun mit dem Schuss? Hatte er ihn sich nur eingebildet, oder war er wirklich gefallen?

Angestrengt überlegte er, was er tun sollte. Mit Bademantel, Gummistiefeln und der Pistole in der Hand draußen herumrennen, um gegen ein Gewehr doch keine Chance zu haben? Stig schoss regelmäßig und war ein guter Schütze. Trotzdem – oder gerade deswegen – machte er sich keine Illusionen über die Treffsicherheit einer Pistole. Die war nur gegeben, wenn man schon das Weiße im Auge des Feindes sehen konnte. Oder sollte er auf der Wache anrufen und eine große Sache daraus machen, um am Ende als totaler Idiot dazustehen? Aber was konnte er sonst tun? Und was, wenn jemand nur einen Böller gezündet hatte? Silvester war ja nicht mehr lange hin. „*Ruhig, Männer, ruhig!*", glaubte Stig den Kapitänleutnant sagen zu hören. Er atmete tief durch, setzte sich in einen Sessel und beschloss im Dunkeln zu warten. Und zu horchen, ob sich noch etwas tun würde.

Stig wachte davon auf, dass ihm die Pistole aus der Hand glitt und auf den Holzfußboden krachte. Müde und frierend griff er danach, sicherte sie und kroch zu Sofa und Schlafsack zurück. Bitte, sollten sie ihn doch erschießen, wenn sie Lust dazu hatten! Wenigstens bliebe ihm dann die Peinlichkeit erspart, sich im Schlaf mit seiner ungesicherten Pistole selbst zu richten oder zum Krüppel zu schießen. Immerhin machte er sich noch die Mühe, das Sofa in eine andere Ecke des Raumes zu schieben, bevor er in den Schlafsack kroch.

Er schlief sofort wieder ein, aber sein Schlaf war unruhig und von unschönen Träumen durchzogen, die sich mehr und mehr in sein Bewusstsein drängten. Seine Wachphasen wurden immer länger, bis er schließlich aufstand und sich an den alten Tisch setzte. In dem Raum, den wohl niemand als Wohnzimmer bezeichnen würde. Mit einer Tasse Milchkaffee in der Hand vermied er es, in die neblige, nasse Welt zu sehen, die sich hinter den schmutzigen Scheiben abzeichnete. Er dachte an die vergangene Nacht, an den Gewehrschuss, und versuchte sich einzureden, dass es genauso gut die Fehlzündung eines Autos gewesen sein konnte.

Auf dem Tisch lagen die Notizen, die er sich am Vortag gemacht hatte, sowie ein Fachbuch über Schweinezucht, und nichts davon taugte als Weihnachtsgeschenk. Dass die Welt nicht schön und gut war, wusste ein Polizist natürlich besser als andere Menschen. Gerade in Dänemark, gerade auf dem Lande, und ganz besonders auf Bornholm war man aber geneigt, das schnell zu vergessen. Selbst, wenn man es mit quasi-industrieller Tierzucht zu tun hatte.

Stig wusste, dass Tiere qua Gesetzesdefinition Dinge waren, aber die Nüchternheit, mit der in den Fachbüchern ausschließlich auf den Aspekt der ökonomischen Nutzung von tierischem Leben hingewiesen wurde, machte ihn stutzig. Der kleinste Tropfen Heizöl wurde in Fett und Rippenzahl umgerechnet, da es einzig auf die Kosten-Nutzen-Rechnung ankam. Gefahren, die durch Futter-mittel, Düngung, Gülle und Dränage hervorgerufen wurden, handelte man dagegen mit einer unerhörten Geringschätzung ab. Für den Autor dieses Buches war Bornholm lediglich eine technische Nutzfläche und die Tiere nichts weiter als Zahlen. Stig fand das widerwärtig, und er fragte sich, was ein Polizist an diesem System ändern könnte. Nicht viel, er war ja dazu angestellt, es zu erhalten. Wütend nahm er die Kaffeetasse in die linke Hand und wischte mit der rechten seine Notizen vom Tisch auf den Fußboden.

Zu allem Überfluss war auch noch Weihnachten. Stig hatte sich vorgenommen, keinen Alkohol mehr zu trinken. Und so wenig wie möglich an Søbranda oder Mette zu denken. Mit dem Fall wollte er sich vorläufig auch nicht befassen. Also beschloss er, sich noch einmal *Das Boot* anzuschauen.

Ole Rasmussen erwachte mit einem überwältigenden Glücksgefühl und blickte zärtlich auf die neben ihm lie-gende Loretta. Sie trug nur noch ein leichtes Hemd, hatte sich zusammengerollt wie ein Baby und atmete ruhig und tief. Ihr Gesicht sah entspannt aus. Sie war schön, wunder-schön.

Ole Rasmussen, ebenfalls nur mit einem Unterhemd bekleidet, stand leise auf, tappte zu seinem Parka, den er gestern eilig auf den Fußboden des Hotelzimmers geworfen hatte, und durchsuchte seine Taschen. Als er gefunden hatte, was er brauchte, öffnete er leise ein Fenster, setzte sich in einen der beiden Sessel und sah über die Dächer und Schornsteine hinweg in den dunstigen Himmel über Paris. Er nahm Tabak aus seiner blauen Dose, stopfte damit die Pfeife und entzündete sie. Die Schwaden stiegen auf und quollen genauso, wie er gehofft hatte, aus dem leicht geöffneten Fenster. Seit Jahren hatte er Bornholm nicht mehr verlassen, und darauf war er immer stolz gewesen. Außerdem kam die Welt ja über den Computer zu ihm. Er hatte viele Kontakte zu alten Freunden, die in Thailand, Australien oder Französisch-Guyana lebten, und trotz häufiger Telefonate hatte er niemals Lust verspürt, an einen dieser Orte zu reisen. Und Paris? Paris war keine Reise. Es hatte als berufliche Notwendigkeit begonnen und war zu einer Mission geworden.

Der gestrige Tag schien ihm wie ein Wachtraum, in dem alles so war, wie er sich eine Tai-Chi-Übung vorstellte. Eine Handlung führte automatisch in die nächste, und ebenso bewusst wie staunend lebte er auf einmal in einer anderen Welt.

Sie hatten die Stadt umrundet, ohne noch weitere Worte zu wechseln. Mal hatte er am Steuer gesessen, mal Loretta. Mal hatte er in ihren Armen gelegen, mal ihr Kopf auf seinem Schoß. Es hatte geregnet, die Sonne hatte geschienen, es hatte Staus gegeben, und sie waren schnell gefahren. Die Peripherie von Paris war zu einem Mikrokosmos geworden, der nur für sie da war. Eine neue Welt. Ein neues Leben. Irgendwann hatte er im Internet ein Hotel im Quartier Latin herausgesucht und es online gebucht. Sie hatten nur den Schlüssel des Wagens an der Rezeption abgegeben, und dann waren sie die Treppen hinauf in ihr Zimmer gestürzt.

Ole Rasmussen legte die warme Pfeife auf den Fußboden und atmete tief durch. Zum ersten Mal in seinem Leben war er plötzlich und unerwartet von dem Skeptizismus befreit, auf den er sonst so stolz war. Er fuhr seinen Laptop hoch und gab in das Übersetzungsprogramm von Gmail den Satz ein: „Ich möchte Frühstück für zwei Personen auf mein Zimmer bestellen." Nach kurzer Überlegung fügte er hinzu: „Ich brauche Rührei, Orangensaft, Champagner, zwei Tassen Milchkaffee und einen mittelmäßigen Cognac."

Stig stand auf der Straße, starrte in die dunstige Richtung, in der angeblich das Meer zu sehen war, und fragte sich, ob er ein Feigling sei. Im Grunde beschäftigte er sich mit dieser Frage schon sein ganzes Leben. Spätestens seit ihm als kleiner Junge einer von den Hells Angels in Christiania ins Gesicht getreten hatte. Ob man ein Feigling oder ein Held war, entschied nur der Augenblick. Immer wieder neu. Man wusste nie, wie man bei der nächsten Gelegenheit reagieren würde. Für den Moment fiel seine Prognose allerdings düster aus. Solange er die Pistole trug – und auch jetzt hing sie schwer in seinem Schulterhalfter –, gab es aber noch Hoffnung. Er dachte an den Gewehrschuss vergangene Nacht.

Bei der Armee hatte er sich wohlgefühlt. Sein Leben war geregelt gewesen, der Alltag klar strukturiert. Trotzdem war er ausgeschieden, denn irgendwann war ihm klar geworden, dass er bei der Armee seinen Traum nicht erfüllen konnte. Er wollte ein Held sein und Gerechtigkeit in die Welt bringen. Das hätte er zwar niemandem erzählt, aber wenn er ehrlich zu sich selbst war, dachte er so naiv. Deswegen war das Soldatsein ein fauler Kompromiss gewesen.

Wasser tropfte von den glänzenden, nackten Bäumen. Stig schnippte seinen Zigarillo weg, als ihm die Glut schon fast die Finger verbrannte, und ging zurück zum Haus.

Eine alte Windfahne aus Messing quietschte, und Stig sah erschrocken hoch, es war zum ersten Mal windstill. Eine große Krähe war auf der Fahne gelandet und beobachtete ihn argwöhnisch mit einem Auge. Dann verschwand sie zu seiner Überraschung im Schornstein. Eine Weile behielt er den Schornstein verwundert im Blick, dann ging er frierend ins Haus.

Er schloss die Stellschraube an dem fauchenden Ofen. Der niedrige Raum wurde schnell warm, kühlte aber ebenso schnell wieder aus. Stig ging ins Bad, holte seine Zahnbürste und putzte sich am Esstisch die Zähne. Er hatte geglaubt, vielen Problemen entgehen zu können, wenn er sich freiwillig für einen Posten in der Provinz meldete. Und Bornholm war mit Abstand die allerprovinziellste Provinz Dänemarks. Nicht selten hatte sogar der dänische Staat vergessen, dass es die Insel überhaupt gab. Trotzdem hielt sich seine Überraschung darüber, dass er seinen Problemen nicht entfliehen konnte, in Grenzen.

Langsam musste er sich fragen, ob er nicht vom Regen in die Traufe gekommen war. Ob er nur geflohen war, um hier etwas viel Größerem gegenüberzustehen. Allein und mit dem Rücken zur Wand. Er war wohl an einem Punkt angelangt, an dem er etwas Grundsätzliches an seinem Leben ändern musste. Dem musste er sich wohl oder übel stellen. An die Stelle der unglaublichen Geschwindigkeit der Großstadt war Stille getreten. Entschleunigung. Aber auch die manchmal überraschend feindselige Natur. Und letztlich auch – er selbst. Vielleicht würde die Angst weniger werden, wenn er sich besser kennen würde und lernen könnte, die Einsamkeit zu ertragen. Aber das war eine heftige Aufgabe für einen einzelnen Mann.

9

Die Lichter der Shell-Tankstelle von Allinge strahlten tief in den Nebel. Das Gelb und Orange der Werbeschilder kam Stig fast wie eine Droge vor. Die gefährliche Droge Zivilisation. Billig, schädlich, unecht. Aber doch so verdammt tröstlich, wenn man nichts Besseres hatte ... etwa eine Partnerin.

Da sein Tank voll war und er auch noch genug Holzbriketts hatte, wollte er in der Tankstelle nur einen Kaffee trinken. Als einziger Kunde ging er auf den Tresen zu, hinter dem ein junges Mädchen in Shell-Uniform stand und ihn anlächelte. Stig bekam Herzklopfen. Während er auf das Mädchen zuging, das in diesem Moment seinen einzigen Kontakt zum Rest der Menschheit darstellte, begann er sich so zu schämen, als wollte er ein Pornoheft bei ihr kaufen. Er glaubte, sie würde sofort erkennen, dass er einsam war, dass ihm der Samenstrang aufs Kleinhirn drückte und dass er nur gekommen war, um sie anzubaggern.

„Einen Kaffee bitte", sagte er mit plötzlich versagender Stimme.

Das Mädchen nickte eilfertig, ging an den Tresen und hielt einen Kaffeebecher unter den Spender aus verchromtem Plastik.

Stig hustete, um seinen wohl durch stundenlange Sprachlosigkeit verstopften Rachen zu klären.

Das Mädchen pumpte eifrig an dem Spender, aber aus dem Rohr kamen unter leisem Geröchel nur Qualm und ein paar Tropfen Kaffee.

„Kein Kaffee mehr. Leider." Sie warf den leeren Becher in den Papierkorb.

„Macht nichts", sagte Stig. „Wie heißt du?"

„Mette", sagte sie und musterte ihn misstrauisch. Gleichzeitig begann sie auf einem Kaugummi zu kauen, den sie wohl vorher in einer Falte ihres schönen Mundes verborgen hatte.

„Frohe Weihnachten, Mette", sagte Stig.

„Dir auch", kaute Mette zurück und begann die Tankstellenbeleuchtung auszuschalten.

Guter Gott, dachte Stig, als er den Motor startete. Was würde es für einen Unterschied machen, wenn er jetzt zusammen mit diesem jungen Mädchen irgendwohin fahren könnte! Selbst, wenn er sich mit ihr nur über Belanglosigkeiten unterhalten könnte oder sogar mit ihr stritt. Stattdessen tauchte er mit seinem Volvo in den einsamen Nebel der Insel ein. Die weiße Undurchdringlichkeit erschien ihm wie sein eigenes Unterbewusstsein, das ihn mit seinem Automobil verschlucken und nie wieder an die Oberfläche lassen wollte. Nur ein Gedanke bewahrte ihn in diesem Moment vor dem Verzweifeln: Er musste einen Kriminalfall aufklären.

In der Rundkirche von Olsker waren fast alle Stühle und Bänke besetzt. Stig musste sich ganz hinten zwischen eine dicke Frau und einen alten Mann auf einen harten Stuhl zwängen. Nachdem er gefragt hatte, ob frei sei, und sich dann unter gequältem Lächeln gesetzt hatte, starrte er gelangweilt nach vorn auf den Altar, wo der Priester allerlei rituelle Handlungen vollführte. Stig machte sich nicht das Geringste aus Gottesdiensten, Kirchen und Religion. Egal in welcher Verkleidung die Esoterik daherkam, sie war seiner Meinung nach Opium für das Volk – oder schlimmer noch: der Versuch, das magische Zeitalter wieder auferstehen zu lassen. Und das magische Zeitalter, so sinnierte Stig einmal mehr, charakterisierte sich durch Menschenopfer.

Aber so einsam, wie er gerade war, tat es gut, unter Menschen zu sein. In dieser Kirche waren auf engem Raum so viele versammelt, dass einem wenigstens warm wurde. Schaden konnte ein Kirchgang jedenfalls nicht. Außerdem ... wer weiß ... vielleicht nützte er sogar seinen Ermittlungen. So verband Stig, wie er bisweilen mit einem Anflug von schwarzem Humor zu sich sagte, *das Unangenehme mit dem Nutzlosen.*

Während die Gemeinde ein Lied sang, das Stig nicht kannte, ließ er seinen Gedanken freien Lauf. War Børge ein Menschenopfer? Gab es eine Bauern-Mafia? Ging es um EU-Subventionen? Ökoterrorismus? Und wenn die Insel so dicht gestrickt war, wie Ole Rasmussen behauptete, wie viele wussten dann etwas von dem Mord per Schwedentrunk? Stig sah sich um.

Ein munteres Gemisch von Generationen war hier versammelt. In einem Land mit Kindergartenplätzen für alle war es kein sozialer Tod, schon mit zwanzig schwanger zu werden. Auch hier glucksten Babys in den Armen sehr junger Mütter. Stig ließ den Blick über die Hinterköpfe schweifen und fragte sich, was ihn auf die Idee gebracht hatte, hier und heute, ausgerechnet bei einem Weihnachtsgottesdienst, etwas über den Mord an einem Schweinezüchter herauszufinden. Er schüttelte den Kopf und versuchte ruhiger zu werden. Das fortschreitende liturgische Ritual half ihm dabei. Schließlich fand er sogar die Muße, die sparsamen Malereien an den rohen, gebogenen Wänden der Kirche zu betrachten. Rundkirchen …, dachte er. Kein Mensch wusste genau, wann und wozu sie gebaut worden waren. Von außen wirkten sie wehrhaft, und im Inneren fühlte man sich wie in einer Höhle.

Plötzlich verlagerte sich die Aufmerksamkeit der Gemeinde vom Altar auf die eichene Kanzel. Würdevoll schritt der Priester in seinem dunklen Ornat darauf zu. Sein Gesicht war so unbewegt wie das von Olsen. Langsam stieg er die Stufen hinauf und blickte dabei mit ausdrucksloser Miene über seine Schäfchen. Als er oben angekommen war, flog anscheinend die Hauptsicherung heraus, und es wurde stockdunkel in der Kirche. Und mucksmäuschenstill. Nicht einmal den Sturm, der wieder aufgefrischt war, konnte man mehr hören. Die Erwartungen der Menschen, die sich hier am Nachmittag in der Dämmerung versammelt hatten, um bald die Bescherung zu begehen, waren mit Händen zu greifen.

„Dunkelheit!", tönte es mit tiefer Stimme aus Richtung der Kanzel in den höhlenartigen Raum.

Das Wort legte sich wie etwas Schweres über die Gemeinde.

„Dunkelheit!"

Dann war es wieder still. Ganz langsam gewöhnten sich Stigs Augen ein wenig an die Dunkelheit. Sie wich einem Schummern, in dem er erkennen konnte, dass der Priester mit ausgebreiteten Armen wie ein großer, trauriger Vogel auf der Kanzel stand. Es war also keine Sicherung durchgebrannt. Zumindest keine technische.

„Dunkelheit!", intonierte der Priester zum dritten Mal, und er schaffte es, das Wort jedes Mal bedrohlicher klingen zu lassen. „Dunkelheit tritt ein, wenn das Kohlekraftwerk Østkraft im Sydhavn von Rønne ausfällt und uns keinen Strom mehr schickt. Dunkelheit! Keine Supermärkte. Keine Geschäfte. Keine Weihnachtsdekoration. Kein Fernsehen. Kein Licht am Weihnachtsbaum. Nur Dunkelheit!"

Ein Raunen ging durch die Bank- und Stuhlreihen, nur unterbrochen von spitzen Kinderschreien, die plötzlich das einzig Menschliche in dieser gruftartigen Höhle zu sein schienen.

„Dunkelheit!", fiel das Wort erneut von oben in die schummerigen Reihen. „Nun beweist alle, wie das Licht eurer Liebe diese Dunkelheit zu durchdringen vermag!"

Obwohl zu spüren war, dass sich viele anstrengten, blieb es dunkel. Als ungläubiger Mensch wusste Stig nicht recht, was er machen sollte. Obwohl der Priester seiner Gemeinde eine angemessene Zeit einräumte, um ihre Leuchtkraft zu entfalten, voll der strömenden Liebe, blieb es dunkel. Stockdunkel.

„Das habe ich mir gedacht!", sagte der Priester schließlich mit unverhohlener Enttäuschung und vorwurfsvoller Stimme. „Das habe ich mir gedacht!"

Es hätte nicht stiller werden können.

„Von eurer Liebe kommt nicht der kleinste Lichtstrahl! Und wird auch nie der kleinste Lichtstrahl kommen! Ohne Østkraft bleibt euch nichts als ewige Dunkelheit. Denn ihr alle verwendet die göttliche Liebe, die euch Jesus Christus geschenkt hat, nur für euch selbst!"

Die Enttäuschung des Priesters hatte sich offenbar in Wut verwandelt.

„Ihr wollt nur noch mit euren Automobilen heim in eure protzigen Wohnungen und Häuser fahren, einander Geschenke machen und euch mit importierten Delikatessen vollstopfen, euch mit Alkohol berauschen und mit eurer allgegenwärtigen Selbstgefälligkeit! Keinen einzigen, billigen Gedanken werdet ihr auf jene verwenden, die hungern, die frieren und die körperlicher oder seelischer Gewalt ausgesetzt sind. Nein! Ihr fahrt einfach nur mit euren Autos in eure überheizten Wohnungen und prasst!"

Der Priester machte eine Pause, um dann ruhiger weiterzusprechen.

„Ja, wisst ihr denn nicht, dass es überall auf der Welt Hungersnöte gibt? Kriege? Seuchen? Wie wollt ihr euren Brüdern und Schwestern, die doch euer eigen Fleisch und Blut sind, helfen? Denkt ihr an den Gazastreifen, an Bagdad, an Afghanistan oder all die anderen Orte der Welt, an denen Gott fern ist? Orte, wo eure Brüder und Schwestern jederzeit von Bomben zerrissen werden können? Nein, ihr denkt an Weihnachten – oder an das, was ihr unter Weihnachten versteht. Schlemmen und konsumieren ohne Nächstenliebe, das ist euer Weihnachten! Aber das sage ich euch: Meinen Segen habt ihr dazu nicht!"

Es blieb lange still, nachdem das letzte Wort gefallen war. Dann setzte die Orgel leise und mit dünnen Tönen ein, um sich langsam zu steigern und schließlich in ein wahres Getöse auszuarten. Auch das Licht ging wieder an. Die Menschen erhoben sich, sangen mit voller Kraft die Lieder, die auf einer schwarzen Tafel mit Kreide aufgelistet waren.

Obwohl Stig alles tat, um seine Gefühle zu kontrollieren, nicht aufstand, nicht mitsang und stattdessen tief durchatmete, konnte er nicht verhindern, dass ihm die Tränen liefen und von seiner Nase herab auf den Steinfußboden tropften. Gleichzeitig ärgerte er sich über sich selbst. Andersine hatte ihn schon vor dem schwarzen Prediger von Olsker gewarnt, der offenbar immer mit denselben Tricks arbeitete und auf eine reiche Tradition zurückgreifen konnte. Einen Höhepunkt hatte diese Art von Predigt in den 40er-Jahren des vorigen Jahrhunderts erreicht. Damals hatten beim Bau des sogenannten Atlantikwalls auch viele Dänen an der Riesenbaustelle der deutschen *Organisation Todt* eine Menge Geld verdient. Als sich dann die Gemeinde am Heiligen Abend in der Kirche versammelt hatte, schickte der Priester Kaj Munck sie einfach wieder nach Hause und beschied ihnen, wegen ihrer Kollaboration mit den Nazis lasse er dieses Jahr Weihnachten ausfallen.

Die Gläubigen hier in Olsker bekamen einfach das, was sie als alte pietistisch geprägte Protestanten wollten. Sie wollten sich für Genuss schämen, und da ihnen das nicht mehr von selbst gelang, wenigstens den meisten nicht, musste diese Scham externalisiert und ritualisiert werden. Dann machte Weihnachten wieder Spaß. Schäme dich und genieße ohne Kater.

Kaj Munck war die Predigt damals nicht so gut bekommen. Er wurde später von der deutschen Gestapo ermordet.

Den Priester von Olsker nahm Stig erst am Ausgang der Kirche wieder wahr. Ein langer Talar wehte um die hochgewachsene Gestalt, der Wind zerzauste seine weißen Haare. Dicke Schneeflocken ließen sich darauf nieder. Schneeflocken, die horizontal aus Nordwest kamen. Aufrecht stand der Priester im Wind und drückte jedem Gemeindemitglied fest die Hand.

Als die Reihe an Stig war, sahen sich beide in die Augen, und der Priester hielt dabei seine Hand.

„Du bist neu hier?", sagte er, und die grauen Augen in dem bleichen Gesicht musterten Stig freundlich. „Ich hoffe, du wirst dich gut eingewöhnen."

„Danke", sagte Stig händeschüttelnd. „Danke und einen schönen Abend."

Ein Wohnmobil fiel auf Bornholm ganz bestimmt auch im Winter nicht auf, dachte der dicke Mann und parkte sein weißes VW Wohnmobil auf dem Parkplatz am Sosevejen ein. Auf dieser Insel hatte es schon immer Touristen gegeben. Schon vor mehr als hundert Jahren. Und bereits in den späten 40er-Jahren hatte er das erste Wohnmobil seines Lebens gesehen und sich seitdem gewünscht, auch eines zu besitzen. Das Wohnmobil von damals war inzwischen sogar berühmt geworden und stand im Museum in Egeskov auf Fünen. Die Künstlerfamilie Svane hatte sich damals einfach einen Bauwagen auf einen Laster montieren lassen und war damit nach Spanien gezogen. Vorher hatten sie ihr Gefährt auf Bornholm ausprobiert.

Der dicke Mann mochte sein Wohnmobil gerne. Er drehte den Fahrersitz um, sodass er mit dem Rücken zur Windschutzscheibe saß. Dann drehte er auch den Beifahrersitz um. „Niedlich, niedlich", kicherte er. Er war zwar allein, aber so sah der Wagen fast wie ein kleines Wohnzimmer aus. Sehr gemütlich.

Er deckte den Tisch, zündete ein paar Teelichter an, holte zwei Tetrapaks Sødmælk aus dem Kühlschrank und machte es sich auf der Pritsche bequem. So konnte er durch das Seitenfenster nach draußen in den Schneesturm sehen. Er öffnete den Verschluss der Milchpackung und sah sich die darauf abgebildete Bisseline an. „Niedlich, niedlich", sagte er. „Skål, Bisseline, og god jul!"

Er trank die Milch in langen, gleichmäßigen Zügen. Ja, es war lange her, dass er die Insel zuletzt besucht hatte.

„Wäre das nicht ein Bett, zu dem Handschellen passen?", fragte Loretta verwegen. Seit ihrer Ankunft in Paris hatten sie das große Messingbett nur selten verlassen.

„Nun ja …" Ole Rasmussen atmete schwer, nippte am Champagner und stellte sein Glas anschließend auf dem Nachttisch ab. „Zufällig habe ich welche dabei." Schüchtern kramte er die amtlichen Handeisen aus der am Fußteil des Bettes abgelegten Hose hervor und ließ sie vor Lorettas Augen schwingen.

„Toll", sagte sie anerkennend und streichelte den verchromten Stahl. „Die sehen ziemlich professionell aus. Hast du sie schon mal benutzt?"

„Ja", sagte Ole Rasmussen gedehnt. Er nickte langsam und ernst.

Loretta streckte ihm lächelnd die Hände entgegen. Sie sahen einander tief in die Augen. Umständlich befestigte Ole Rasmussen die Handschellen an Lorettas so willig dargebotenen Händen, er ließ erst eine zuschnappen, fädelte dann die Kette durch das Kopfteil des Messingbettes, um zuletzt die andere Schelle um das zweite, schmale Handgelenk zu legen.

Im nächsten Moment klingelte Ole Rasmussens Mobiltelefon. Ole Rasmussen entschuldigte sich, ließ die fast nackte Loretta für eine Weile alleine auf dem großen Bett knien und ging ins Bad.

„Hast du sie gefunden?", wollte Stig im fernen Rønne wissen.

„Ja."

„Und?"

„Ich … sie …" Ole Rasmussen steckte zwischen zwei Welten fest, sodass er nicht wusste, was er sagen sollte. „Sie ist unschuldig", brachte er schließlich heraus. „Wenigstens im Sinne der Anklage."

Dann blieb es eine Weile still.

„Erklärst du mir irgendwann, was das alles zu bedeuten hat?", fragte Stig mit Nachdruck.

„Nein!", sagte Ole Rasmussen ebenso nachdrücklich und schaltete das Handy ab.

„Ich habe nämlich zu tun", fügte er, an sein Spiegelbild gewandt, hinzu.

Im Unterhemd sah er irgendwie lächerlich aus, fand er, und zog es aus. Ebenso die Unterhose und die durchlöcherten Socken. Er stopfte die peinlichen Kleidungsstücke in den Papierkorb. Ja, er war zu dick. Ja, er war nicht mehr der Jüngste. Ganz sicher war er das nicht. Aber darauf kam es jetzt nicht an. Er würde kopfüber ins Abenteuer zurückstürzen. In die zweite Runde. Für die Ewigkeit einer ganzen Nacht und den Morgen mindestens noch dazu. Alles andere war unwichtig. Egal, was vorher passiert war, egal, was nachher sein mochte.

10

„Halløjsa! Willst du ein Bier?", fragte Olsen aufgeräumt und sah Stig freundlich an. „Oluf hat zwei volle Kisten mitgebracht. Unglaublich!"

Sie saßen in einer Runde um den Tisch – Andersine, Oluf, Olsen, Jesper und Gurli. Bis auf Olsen kannte Stig alle von früheren Besuchen. Kerzen brannten und eine kleine Tischlampe verströmte gerade so wenig Licht, dass man die Unordnung, das Chaos in dem Raum fast vergessen konnte. Ja, es war Antiweihnachten und alle lächelten Stig freundlich an. Sogar Olsen, was ein sicheres Zeichen dafür war, dass etwas ganz Besonderes vorging. Vermutlich hatte Olsen schon vorher das eine oder andere Bier geleert.

„Ja, gerne", sagte Stig, obwohl er normalerweise weder Bier noch anderen Alkohol trank. Das warme Bier wäre sein Tribut an das heidnische Antiweihnachten. Olsen öffnete die Flasche an der hölzernen Tischkante mit einem Knall und reichte sie Stig über den Tisch. Man hörte das Rauschen des Windes und das Ticken der über dem Tisch an der Wand angebrachten Digitaluhr.

„Danke", sagte Stig.

„Mal was anderes als Obstwein", sagte Oluf und prostete Stig zu.

Stig hatte den Eindruck, dass es ihm peinlich war, ausgerechnet den Neffen seiner verrückten Obstweinlieferantin zum Kollegen bekommen zu haben. Aber da musste der Ärmste nun durch. „Fröhliche Weihnachten", sagte Stig und hob die Bierflasche. „Antiweihnachten", korrigierte Andersine.

Keiner fragte, was das eigentlich sein sollte. Vermutlich reichte es aus, dass man keinen Baum hatte, keine Geschenke, keine Dekoration, keine Anrufe von Verwandten, keine Musik und kein Fernsehen. Andersine hatte zur Feier des Antitages sogar eines ihrer zerschnittenen T-Shirts angezogen.

„Skål", sagte sie, eine Bierflasche in der Hand.

Alle, bis auf Olsen, erhoben ihre Flaschen.

Olsen rülpste laut und blickte sinnierend in die Dunkelheit. Dann tranken sie.

„Du hast dich sicher schon auf der Insel eingewöhnt", flötete Andersine. „Bei so einem tollen Haus!"

„Na ja", sagte Stig zögerlich. „Jetzt, da sich der Patschuligestank langsam verzieht, habe ich den Verdacht, dass die Küche einen Schwamm hat."

„Einen Schwamm? Nichts Ungewöhnliches in der Küche", brummte Olsen.

Andersine warf ihm einen wütenden Blick zu.

„Gemeiner Hausschwamm", erklärte Stig. „Wir sollten das mal überprüfen. Man müsste ihn am Geruch erkennen. Und wenn es sich wirklich um einen Schwamm handelt, steht das Haus nicht mehr lange."

„Schwamm", schnaufte Andersine empört. „Pyt med det! Lundshøj hat schon zweihundert Jahre überstanden. Das hält auch noch die nächsten zweihundert!"

„Du wohnst in Lundshøj?", fragte Jesper mit einem irritierten Seitenblick auf Andersine. „Ich hätte nicht gedacht, dass man da wohnen kann."

„Du hörst ja, dass man kann", erwiderte Andersine sichtlich gereizt. Sie warf Jesper einen bösen Blick zu und verbat sich damit quasi weitere Nachfragen. Erregt öffnete sie eine neue Bierflasche.

Aber Jesper gab keine Ruhe. „Eigentlich wollte ich dich fragen, ob ich dort ein paar Ziegen unterstellen kann, bis das Haus zusammenbricht."

„Ist das auch ein Freund aus der Volkstanzgruppe?", fragte Stig und zeigte auf Jesper.

„Quatsch! Wir haben zusammen eine Fortbildung bei den Umwelt-Astronauten gemacht", sagte Andersine. „Daher kennen wir uns."

„Andersine hat schon immer gerne gesammelt", sagte Jesper und zeigte nach hinten in die chaotische Tiefe des Raumes. „Jetzt sammelt sie auch noch Häuser."

„Jedenfalls denke ich nicht daran, etwas wegzuwerfen", zischte Andersine wütend. Dann wurde es ruhig. Oluf machte umständlich eine Bierflasche auf. Olsen tat es ihm gleich und gurgelte sein Bier flugs hinunter. Jesper und Gurli wirkten völlig fehl am Platz.

Stig beschloss, hier keine Freunde zu finden. Er wollte nur noch schnell ein paar Informationen sammeln, und dann würde er gehen. Er streckte sich also gemütlich in seinem Korbsessel aus und sah gespielt fröhlich in die Runde. „Ja, ja. Jetzt wohne ich also auf dem Lande. So ist das", sagte er und fragte sich, ob er nicht schon seinem neuen Vorgesetzten, Ole Rasmussen, ähnle – wo immer der sich auch gerade befinden mochte. Schnell trank er einen großen Schluck seines warmen Biers.

„Ach, das nennst du Land?", fragte Jesper gereizt. Offenbar hatte er auf ein Stichwort gewartet, das ihm erlaubte, auf sein Lieblingsthema zu kommen. „Dieses verdammte Land ist betriebswirtschaftlich so effizient durchorganisiert und vergiftet, dass die Tiere in die Stadt fliehen, wenn man sie nicht daran hindert, um wenigstens dort noch ein bisschen Natur zu erleben!"

„Aber, aber!", sagte Stig beschwichtigend. „Es ist doch schön hier! Ich meine, im Sommer. Die Natur von Bornholm kommt mir irgendwie immer wie eine Sammlung aller europäischen Landschaften in Miniaturformat vor …"

„Das ist keine Natur mehr", sagte Jesper barsch. „Die ganze Insel ist zu einem großen Park verkommen, der ständig gepflegt werden muss! Wie die alten englischen Parks gaukelt sie die Landschaft nur vor. Und was, glaubst du, sollen diese Parks verbergen?"

Stig hatte sich noch nie gefragt, was die alten englischen Parks verbargen. „Vielleicht wollten die Reichen einfach ein Paradies für sich schaffen", vermutete er.

„Quatsch!", rief Jesper. „Die Parks sollten die Not und das Leid Tausender Arbeitssklaven verbergen! Und was, glaubst du, verbirgt der Bornholmer Park?"

„Ist das hier ein Quiz?", fragte Stig, an Andersine gewandt. „Oder versteckte Kamera?"

Andersine wich Stigs Blick aus und verdrehte die Augen zur Decke.

„Das Leid und die Not von Zehntausenden, ja Hunderttausenden, ja Millionen von Tieren!", dozierte Jesper erwartungsgemäß.

„Schon möglich", räumte Stig ruhig ein. „Aber ..."

„Nichts – aber! Das, was du Land nennst, macht gut 62 % der Fläche des dänischen Staates aus. 62 %, die so dräniert, gespritzt und gegüllt werden, dass kommende Generationen die kontaminierte Erdschicht ein paar Meter tief abtragen und als Sondermüll verbrennen müssen! Wir verseuchen das Grundwasser, rotten Tiere und Pflanzen aus. Das ist das Land! Für die Errichtung landwirtschaftlicher Gebäude gibt es keine Auflagen. Die Agrarindustrie kann praktisch bauen, was sie will. Ständig wird alles größer und größer. Und der Gestank, der von diesen verdammten Fabriken ausgeht, wird täglich schlimmer. Bald wird schon deshalb niemand mehr da wohnen wollen, was du gerade Land genannt hast!"

„Aber ...", hob Stig noch einmal an.

„Aber wir haben immerhin dich", sagte Andersine zu Jesper.

Der verstand bei diesem Thema allerdings keinen Spaß. Erregt wischte er sich die Stirnfransen seiner Prinz-Eisenherz-Frisur aus der breiten Stirn und sah Stig kampflustig an.

„Aber die 20 Millionen Schweine ...", nahm Stig das Thema wieder auf.

„Es sind sogar noch mehr", zischte Jesper mit schmalen Lippen. „25 Millionen Schweine werden jedes Jahr in Dänemark geschlachtet. Dänemark ist der größte Schweineexporteur der Welt. Vier Millionen Ferkel werden jährlich nach Deutschland exportiert. Und jetzt will ich dich mal was fragen: Hast du schon mal ein Schwein gesehen?"

Stig nickte und wusste sofort, dass es die falsche Antwort war. Jespers Blick wurde immer irrer, und Stig musste an die Schläger und Junkies vom Kopenhagener Hauptbahnhof denken. Vor allem, weil Jesper immer aggressiver wurde.

„Hast du schon mal ein Schwein gesehen?", wiederholte er mit hoher Stimme und sah Stig durchdringend an.

Der schüttelte langsam den Kopf. Zumindest auf Bornholm hatte er noch kein Schwein gesehen.

„Nein!", schrie Jesper, packte Stig am Oberarm und rüttelte daran. „Nein, nein, nein! Du hast noch nie ein Schwein gesehen!" Offenbar wechselte er in eine Parallelwelt über. In eine Welt, in der Betroffenheit etwas zu bewirken vermochte. „Keiner hat je ein Schwein gesehen! Man sieht nämlich nie ein Schwein, weil die, zu Zigtausenden gedrängt, in ihrer Pisse stehen, bis man ihnen eine Valium-Infusion gibt und sie in Lastwagen zum Schlachten und Zerteilen karrt! Schweine sind die dem Menschen biologisch ähnlichsten Säugetiere, aber sie sehen niemals ein Stück Himmel. Und alles nur, weil der Mensch schlachten, fressen und mit der Kreatur Geld machen will! Bis nach Japan werden die armen Tiere verkauft, und hier auf dem angeblichen Land, wo alles voll von Schweinen ist, bekommt man niemals eines zu sehen. Jedenfalls nicht, bevor es in Plastik verpackt wird oder in Scheiben gehackt im Kühltresen landet. Nennst du das, verdammt noch mal, Landwirtschaft?"

Obwohl sein Arm langsam zu schmerzen begann, hatte Stig Mitleid mit Jesper. Die Parallele zum Kopenhagener Hauptbahnhof wurde immer konkreter. Auch die Koksjunkies und Crackraucher hatten oft Schaum vor dem Mund gehabt. Denen hatte er manchmal sogar ein Bier spendiert, damit sie wieder runterkamen.

„Die Schweine, die armen Schweine!", schrie Jesper. „Habt ihr anderen schon mal ein Schwein gesehen? Ein richtiges Schwein?"

Keiner schien sich um Jesper große Sorgen zu machen, also trank auch Stig weiter, und Jesper lockerte seinen Griff, bis er ganz losließ.

„Diese Drecksbauern denken nur an ihren Profit", fuhr Jesper deutlich moderater fort. „Wenn wir es nicht verhindern, werden sie die ganze Welt zerstören. Mit ihrer Gülle, ihren Pestiziden und ihren widerlichen Produkten. Die Welt muss ökologisch werden, aber erst müssen diese Kerle eliminiert werden. Und zwar mit einem Schwedentrunk!"

„Oha", sagte Stig.

„Ja, ja!" Jesper nickte und nahm wie zur Bestätigung einen großen Schluck aus der Flasche. „Bauernkriege stehen uns bevor. Und das ist gut so, denn sonst wird die Welt verrecken!"

„Weil ein indischer Rikschakuli endlich auch mal ein Schweinekotelett auf seinem Reisteller haben will?" Olsen wischte sich den Mund.

„Darum geht es doch gar nicht", sagte Jesper, und einen Moment lang sah es so aus, als würde er noch einmal von vorne anfangen. Doch glücklicherweise schritt seine Freundin Gurli ein. „Er meint es ja nur gut", sagte sie und tätschelte ihm lächelnd die Hand. Jesper war über die Zärtlichkeit sichtlich erfreut und lächelte Gurli seinerseits an.

Gurli war die einzige echte Bornholmerin in der Runde. Sie hatte ihre blonden Haare zu einem strengen Zopf gebunden und blickte die ganze Zeit freundlich und aufmerksam von einem zum anderen. Stig vermutete, dass ihr diese Diskussionen bekannt waren und dass sie deswegen nichts dazu beisteuern wollte. Aber vielleicht sprach sie auch sonst nicht viel. Dafür ging von ihr etwas aus, das sich schwer in Worte fassen ließ. Etwas überaus Angenehmes.

„So? Gut meint er es?" Olsen betrachtete Jesper spöttisch und ohne einen Funken Sympathie. „Sonst wollt ihr doch immer jedem Neger helfen! Und jetzt, wo die Zitronengesichter endlich auch mal wie Menschen leben wollen, da ist es auch wieder falsch. Kein Kotelett für den gemeinen Asiaten! Das versteh mal einer!"

„Wir sind alle Geschöpfe Gottes", sagte Gurli ruhig und sah freundlich in die Runde.

„Die waren immer Vegetarier", ereiferte sich Jesper erneut.

„Na und? Warum sollen die nicht auch mal schlau werden? Wenn schon Überbevölkerung, dann mit der gleichen Diät für alle!" Olsen sah beifallhaschend in die Runde. Offenbar hatte er genug getrunken, um Geselligkeit zu schätzen.

Die Überbevölkerung, dachte Stig. Hatte Ole Rasmussen am Ende recht mit seiner Theorie? Früher, als die gesamte Weltbevölkerung noch auf Bornholm Platz gehabt hätte, war es den Schweinen vermutlich wesentlich besser ergangen. Plötzlich ertappte sich Stig bei der Überlegung, ob heutzutage wohl wenigstens noch alle Schweine der Welt auf der Insel Platz fänden. Er musste aufpassen, dass dieser Ole Rasmussen ihn nicht zu sehr beeinflusste!

„Wir sind zu viele", sagte Olsen. „Wir brauchen mal wieder Hungersnöte oder einen Krieg. Boxeraufstand oder so. Dann ist auch keiner mehr da, der Appetit auf ein Kotelett hat."

„Man kann ja auch etwas anderes essen!", schrie Jesper. „Die Überbevölkerung rechtfertigt noch lange keine Massentierhaltung." Er wollte aufstehen, aber Andersine hielt ihn am Ärmel fest, sodass er sich gleich wieder in den Sitz fallen ließ.

„Olsen!", brüllte Andersine. „Raus! Hold kæft! Oder geh rüber zu dir!" Offenbar hatten sie das Gehöft zur Optimierung ihrer Beziehung in verschiedene Reviere aufgeteilt.

„Selvfølgelig, min el-skede", sagte Olsen servil, und es klang wie: „Selbstverständlich, meine Geliebte", aber da er el-skede statt elskede gesagt hatte, bedeutete es: „Selbstverständlich, meine elektrische Scheide."

„Jesper war nämlich mal Lehrer", sagte Andersine wieder ruhiger zu Stig und warf Olsen einen bitterbösen Blick zu. „Stimmt doch, oder?"

Jesper nickte. „Bis mich diese Schweine, äh Arschlöcher meine ich, aus dem Schuldienst gemobbt haben. Jetzt trainiere ich nur noch die Damenfußballmannschaft von Allinge."

„Ist doch gut", tröstete ihn Andersine. „Die stört es auch nicht so, dass du immer deine Kräuterzigaretten rauchst, nicht?"

„Jedenfalls werde ich etwas gegen diesen ökologischen Wahnsinn unternehmen. Da könnt ihr sagen, was ihr wollt!", deklamierte Jesper pathetisch.

„Erbsen essen", sagte Olsen.

„Nein, du Idiot", sagte Jesper düster. „Die Krone der Schöpfung: der Mensch als Schwein. Schwedentrunk für die Bauern und dann den roten Hahn aufs Dach!"

„Hört, hört!", höhnte Olsen.

„Kennst du eigentlich den Bauern Knudsen aus Nyvest?", fragte Stig Jesper. Für einen Moment konnte man wieder nur das heftige Rauschen des Windes und das Ticken der Quarzuhr hören. Irgendwo in der Tiefe des Raumes raschelte etwas.

„Ja", sagte Jesper verächtlich. „Das Arschloch kenne ich. Ich hab mal seine Tochter in der Mannschaft gehabt. Verdammter Kerl! Den sollte man abknallen!" Selbstvergessen begann er eine große Tüte zu drehen.

Stig fragte sich, ob Jesper keine Zeitungen las, während Andersine ihn sorgenvoll betrachtete.

„Eine schöne Seuche würde es auch tun", dachte Olsen laut.

„Sagt mal, wie findet ihr eigentlich meine neuen Brüste?", wechselte Andersine gekonnt das Thema. Mit einem Ruck zog sie ihr T-Shirt hoch und präsentierte ihre kapitalen Brüste. „Ich hab sie mir vor ein paar Wochen machen lassen."

„Schön", sagte Stig, als er Andersines Brüste gerade eben so lange betrachtet hatte, dass sie nicht fragen musste, ob er wirklich geschaut hatte. Sie sahen wirklich anders aus als in den letzten Sommern. „Ja, wirklich schön!", bekräftigte Stig. Obwohl er aus einer wohl angeborenen Scheu heraus nur ungern die Geschlechtsteile anderer Menschen betrachtete, wenn es nicht gerade die einer Geliebten waren, hatte er die Veränderung an Andersines Brüsten schon vorher bemerkt. Allerdings wusste er nicht, ob das nun an seinen detektivischen Fähigkeiten oder an der guten Arbeit des Chirurgen lag.

„Ja, nicht wahr?" Widerstrebend zog Andersine das Shirt wieder über ihre sekundären Geschlechtsmerkmale. „Und es hat auch überhaupt nichts gekostet! Zahlt alles der Staat."

Alle, bis auf Olsen, nickten pflichtschuldig. Keiner fühlte sich aber genötigt, noch etwas über Andersines Brüste zu sagen. Eine unangenehme Stille machte sich breit. Zumindest Stig fand sie unangenehm.

„Draußen habe ich gestern ein paar Ratten gehört", sagte er.

„Die wohnen da. Das ist normal", sagte Andersine. „Die gehören da hin."

„Ratten sind klug!", vermeldete Olsen.

„Ich glaube, ich werde mal fahren", sagte Oluf.

„Bist du sicher, dass sie nur draußen wohnen?", erkundigte sich Stig.

„Ja, hier drinnen sind nur Mäuse", beruhigte ihn Andersine. „Oder Fætter Højben."

„Ach so, der rote Kater", fiel Stig ein. Haschischdunst wehte aus Jespers Richtung herüber. „Frisst der nicht Mäuse und Ratten?"

Andersine und Olsen lachten. „Das ist doch viel zu anstrengend", sagte Andersine.

Und Olsen ergänzte mehrdeutig: „Wo Ratten sind, gibt es keine Mäuse.“

„Ich denke, ich werde jetzt wirklich fahren“, wiederholte Oluf schüchtern.

„Ja, so fahr doch, in Gottes Namen“, sagte Andersine fast aggressiv.

„Aber …“ Verschämt zeigte Oluf auf die Bierkisten. „Es sind noch nicht alle ausgetrunken, und ich will doch die Pfandflaschen mitnehmen.“

Willkommen bei der Polizei von Bornholm, dachte Stig.

11

25. Dezember, 8 Uhr 45
Hyldegårdsvej
Nieselregen. 1 Grad plus. Veränderlich.

Jespers Ökohof sah schlimm aus. Aber Stig räumte ein, dass es an dem dunstig feuchten Wetter oder an den verwahrlosten Häusern liegen mochte, die den Verlauf des Hyldegårdsvejs zwischen den Hügeln säumten und eine miese Grundstimmung verbreiteten. Zudem nieselte es unablässig. Trotzdem …, dachte Stig. Ein guter Bornholmer kalkte seinen Bauernhof jedes Jahr vor Pfingsten. Da man dafür normalerweise immer noch Kirchenkalk benutzte, musste es nach dem Frost, aber vor der großen Hitze passieren, weil der Anstrich sonst krakelierte. Jespers Nachbarn schienen keine guten Bornholmer zu sein. Trübe lagen ihre Gehöfte an den feuchten Wiesen. Fast fühlte sich Stig an Fernsehbilder aus dem Kosovo erinnert. Das lag aber vor allem an Jespers Hof. Er lag noch ungefähr hundert Meter entfernt und war zur Straße hin mit Schalbrettern verkleidet. Jesper war überzeugter, um nicht zu sagen: radikaler Radfahrer. Daher hatte er die Einfahrt zu seinem Haus mit Ölfässern und Stacheldraht verbarrikadiert. Das ganze Grundstück, kaum mehr als ein Hektar groß, war eingezäunt. Auf der hügeligen Fläche waren zehn bis fünfzehn umgedrehte Einkaufswagen verteilt, unter denen wohl kleine Bäumchen dem Zugriff seiner Ziegen entzogen waren. Die

Ziegen stellten auch das Einzige auf diesem sogenannten Bauernhof dar, das irgendwie an Landwirtschaft erinnerte. Die armen Tiere aber schleppten ihr langes Fell hinter sich her, zogen es durch den Schlamm und sahen traurig und krank aus.

Vorsichtig nahm Stig einen Verhau aus Stacheldraht beiseite, schlängelte sich zwischen den Ölfässern durch und ging beherzt auf den Hof zu. Er wollte mit Jesper allein reden. Er wusste selbst nicht genau, warum. Trotz seines gestrigen Auftrittes hielt er ihn für unschuldig. Jesper wusste, dass zumindest Oluf Polizist war. Bestimmt hätte er seinem Schweinezüchterhass nicht so freien Lauf gelassen, wenn er gerade einen mit der eigenen Gülle umgebracht hätte. Ob Andersine ihm gesagt hatte, dass auch ihr Neffe Polizist war, wusste Stig nicht. Jedenfalls hatte er sich von Andersine Jespers Adresse geben lassen, denn dass Jesper mehrfach von Schwedentrunk schwadroniert hatte, machte ihn doch stutzig. Falls sich alles als heiße Luft erwies, hoffte Stig, dass Jesper ihm mehr über die Praxis der Großbauern erklären konnte. Im Gegenzug konnte er dem Ziegenfreund vielleicht begreiflich machen, dass es trotz verfassungsmäßig garantierter Meinungsfreiheit nicht der richtige Moment war, sich so radikal über Schweinemäster zu äußern.

Als Stig etwa die Hälfte des Weges zum Haus hinter sich hatte, merkte er, dass er sich wohl doch getäuscht hatte, als er annahm, dass Jespers Ziegen das einzig Ökologische auf seinem Wehrhof waren. Ein Schwarm großer, weißer Vögel kam auf ihn zugewatschelt. Sie stießen

Kampfrufe aus, reckten ihre langen Hälse und wedelten mit den gelben Schnäbeln.

„Jesper", schrie Stig laut Richtung Haus und verlangsamte seine Schritte. „Jesper! Du kriegst Besuch!"

Nichts rührte sich. Stig wünschte sich plötzlich der Killer aus dem Italowestern *Il grande silenzio – Leichen pflastern seinen Weg* – zu sein. Inmitten der Gänsegruppe erreichte er das Haus und rüttelte an der Tür.

„Jesper!", schrie er wieder und bekam abermals keine Antwort.

Die Tiere um ihn herum wurden lebhafter und begannen mit weit offenen Schnäbeln zu fauchen.

„Fickt euch, ihr Arschlöcher!", zischte Stig ihnen zu und machte kehrt.

Die Tiere begleiteten ihn aufgebracht und fingen an, mit ihren großen, gelben Schnäbeln nach ihm zu hacken. Er beschleunigte seine Schritte.

Nicht schlecht, Herr Specht, dachte Stig. Er konnte ja schlecht die Pistole ziehen und Jespers verdammte Gänse erschießen, oder was immer es für Tiere sein mochten. Ohne große Blessuren erreichte er die Ölfassbarrikade und sperrte sie hinter sich wieder mit dem Stacheldraht ab. Sonst wären ihm die Tiere vielleicht noch ins Auto gefolgt.

Stig blickte noch einmal auf die desolate Szenerie zurück und fragte sich, was er hier eigentlich zu suchen hatte. Er hatte frei. Es war Feiertag. Warum, zum Teufel, sollte er sich von Gänsen hacken lassen oder einen Ökojünger verhören, dessen größte Vergehen sein großes Maul und sein schlechter Geschmack waren? Sein eigenes Haus war nicht weit entfernt, der Ofen sicherlich noch warm, und der Schlafsack lag auf dem Sofa bereit.

Lehrer Sven-Aage Larsen hatte eine schwere Nacht gehabt und wälzte sich im Heimbett herum. Wieder hatte er diesen Traum gehabt, der ihn schon manche Nacht erschreckt hatte. Es war dichter Nebel. Verschiedene Stimmen riefen immer wieder seinen Namen. Mal waren sie weit weg, mal ganz nah. Mal waren sie ihm bekannt, mal waren es Fremde. Sie riefen um Hilfe. Sie riefen seinen Namen. In Todesangst riefen sie seinen Namen. Er wusste, dass er in eine endlose Tiefe stürzen würde, wenn er auch nur einen Schritt in den Nebel machte. Also musste er die Schreie ertragen. Trotzdem endete der Traum immer damit, dass er einen Schritt tat und in die endlose Tiefe fiel. Lehrer Larsen stellte seine Füße auf den Boden und trank im Sitzen das Glas Milch gierig aus, das die Pflegerin ihm am Abend gebracht hatte.

„Wahrscheinlich habe ich soeben einen gegrillten Traktor bestellt", flüsterte Ole Rasmussen Loretta ins Ohr und nutzte die Gelegenheit für einen Kuss.

„Schnecken, Austern, Frösche … du kannst alles bestellen, mein Liebling", flüsterte sie zurück. „Alles – nur bitte, bitte keinen Traktor!"

Loretta und Ole Rasmussen hatten sich für ein paar Stunden aus ihrem Liebesnest entfernt. Sie waren den Boulevard Saint-Michel entlanggebummelt und hatten sich ein Restaurant ausgesucht, das, wie Ole Rasmussen im Internet recherchiert hatte, ausgezeichnet sein sollte.

Ein echter Geheimtipp in dieser eigentlich von Touristen abgeweideten Ecke von Paris. Sie saßen im ersten Stock und blickten auf die belebte Fußgängerzone. Eigentlich war es Zufall, dass sie gerade am Tage aufgewacht und hungrig waren. Ihr Leben folgte zurzeit eher dem Diktat ihrer seit Jahren vernachlässigten Körper. Kurzer, tiefer Schlaf wurde von Verlangen und Erfüllung unterbrochen. Dazwischen gab es nichts. So waren sie in einem Realitätsvakuum angelangt. Einer Luftblase, in der ganz eigene Gesetze galten. Den Straßenschmuck, den die Geschäftsleute wohl angebracht hatten, um mit Weihnachtsstimmung ihre Geschäfte zu beleben, nahmen beide als Festdekoration für ein erfülltes Leben wahr. Jede Lichterkugel war das Symbol für einen langsam aufsteigenden, immer heftiger werdenden Orgasmus. Lichterketten standen für Gefühlsexplosionen, die zärtliche Hände auf nackter Haut auslösen, Weihnachtssterne und Lametta für funkelndes Licht in liebevollen Augen. Jede Sekunde war zu einem Fest geworden. Auch die Stunden des Schlafes, die sich bisweilen zwischen den Liebesakten einstellten, sanft und friedvoll in lockerer Umarmung.

„Madame et Monsieur." Der Kellner trug Austern auf. Dazu einen herben, kühlen Weißwein.

Ole Rasmussen hatte Proteine nötig. Er durfte auch nicht vergessen, nach dem Essen ein paar Flaschen dieses ausgezeichneten Weines mitzunehmen. Er konnte sich eine hervorragende Geschmackskonstellation vorstellen, die er, wenn sie hoffentlich bald wieder in ihrem Bett waren, unbedingt ausprobieren wollte. Sie sahen einander beim Austernschlürfen an, und er konnte es kaum erwarten, diese Konstellation zu testen.

„Und später?", flüsterte Loretta und berührte seine Fingerspitzen mit den Fingerspitzen ihrer linken Hand. „Probieren wir alles noch einmal und fragen uns, was am besten war!"

„Noch nicht. Ich glaube, wir haben noch eine ganze Menge in petto." Ole Rasmussen lächelte siegesgewiss.

„Oh, là, là", hauchte Loretta orgiastisch und schürzte die Lippen, ehe sie sie langsam an Ole Rasmussens Fingerspitzen führte. „Oh, là, là … isch bin ssehr gespannt."

12

Den ersten Weihnachtstag in einer muffigen Ruine zu ver-
bringen, auf dem Lande und ganz allein – das musste wohl
eine gute Übung sein. Aber wofür? Vielleicht für den zweiten Weihnachtstag, dachte Stig. Der stand ja leider auch
noch an. Seitdem er den Schuss gehört hatte, waren die
Fenster des Wohnzimmers mit Handtüchern verhängt.
Außerdem hatte er Sofa und Fernseher verschoben, damit
der Schütze, wenn es wirklich einen gab, nicht aus dem
Gedächtnis auf ihn schießen konnte. Bei eingeschaltetem
Licht ging er nur noch ungern in die Zimmer ohne Vor-
hang.

Stig hatte nach den deprimierenden Gesprächen bei
Andersines Antiweihnachten und der verkorksten Exkur-
sion zu Jespers Ökohof kein Interesse an einem traditionel-
len Weihnachtsspaziergang. Zumal es wieder stürmte und
dicke Flocken schneite. Also schlief er lange. Ab und an
rannte er nackt, wie Andersine, aber mit Gummistiefeln,
durch den Schneesturm und holte altes Holz aus der
Scheune. War der Ofen erst einmal wieder gefüttert, kroch
er sofort in den Daunenschlafsack und fiel in tiefen Schlaf,
der von wirren Träumen durchzogen war.

Stig trieb auf einem Fluss durch Ruinen, während
Mette auf ihn einredete. Oder er verhaftete einen Junkie
am zerbombten Hauptbahnhof, dem er dann nur eine

Tüte voll Brötchen nachweisen konnte. Das ging so lange, bis er so ausgeruht war, dass sein Bewusstsein den Weg in die Träume versperrte und er nicht einmal mehr schlafen konnte. Stattdessen lag er da und grübelte über sein Leben.

Der erste Weihnachtstag war ein Tag, an dem es wohl normal war, dass es einem nicht besonders gut ging. Stig hatte schon immer ein Problem mit Sonntagen gehabt, und der erste Weihnachtstag war, ähnlich dem Neujahrstag, die Mutter aller Sonntage. Das war ein beruhigender Gedanke, denn er erklärte, warum Stig sich so erbärmlich fühlte. Es half auch nicht, dass er sich einen besonders guten Milchkaffee machte. Er saß am Tisch und ließ es sich schlecht gehen.

Manchmal hatte er sich schon gefragt, ob er vielleicht unter so etwas wie den neuerdings als Volkskrankheit bezeichneten Depressionen leiden könnte. Das wäre kein großes Wunder, denn soweit Stig wusste, war Andersine manisch depressiv. Ihre Mutter, seine Großmutter, die einen feinen Staubsaugerladen – einen richtigen Staubsaugersalon – besessen hatte, war eines Tages tot aufgefunden worden, aufgehängt an einem Zubehörkabel für einen *Nilfisk* mit besonderer Saugkraft. Auch sie hatte wohl unter Depressionen gelitten.

Alles in Stig sträubte sich aber dagegen, eine Volks- oder Zivilisationskrankheit zu haben, und er klammerte sich an die Hoffnung, die unlängst ein Fernsehbericht in ihm geweckt hatte. Seither glaubte er nämlich, dass er einfach nur Melancholiker war. Den Melancholiker machte angeblich ein ungemeiner Scharfsinn für das Sinnlose aus. Die Schwermut hatte also gewissermaßen ihren Quell in einem geschärften Bewusstsein. Es handelte sich also eher um eine Krankheit des Sinns und somit auch der Einstellung. Was bei einem guten Polizisten – wenn er nicht abgestumpft war – fast schon als Berufskrankheit galt.

Schwarzlicht macht helle Räume dunkel, musste Stig plötzlich denken. Das war eine Erfindung von Daniel Düsentrieb. Stig musste lachen. Er wollte keinesfalls, dass sein Leben zu einem permanenten Trauerfall würde.

Eine probate Therapie dagegen war das Fernsehen beziehungsweise die Sichtung von Produktionen der Filmindustrie. Daran mochte sich der Scharfsinn abarbeiten und das Sinnlose entdecken – auf eine völlig unschädliche Weise. Negativ schlug lediglich zu Buche, dass man dadurch Zeit verlor. Jedenfalls war es einfacher, als Mohammedaner zu werden, was Stig sogar auch schon erwogen hatte, weil er vermutete, diese Religion könnte wegen der strengen Reglementierung des Alltags und des Lebens überhaupt ein gutes Mittel gegen Melancholie sein. Wenn man etwa während des Ramadans nicht essen und tagsüber nicht mal seine eigene Spucke hinunterschlucken durfte und sich dabei schon den ganzen Tag auf das Prassen in der Nacht freute, war wohl kaum noch viel Raum, um der Melancholie anheim zu fallen. Fürs Erste war Stig allerdings davon abgekommen. Solange der Medienkonsum ihm noch half, war es nicht nötig, auf eine so radikale Lebensumstellung zurückzugreifen. Als er sich das alles noch einmal durch den Kopf gehen ließ, schmeckte der Kaffee gleich viel besser.

Jetzt war er eben auf einer Insel, mitten in der Natur – auch wenn sich trefflich darüber streiten ließ, ob es überhaupt noch Natur gab. Und es war Winter. Auch im Winter schien manchmal die Sonne, und wie auf die Nacht der Tag folgte, so würde auch Weihnachten vorbeigehen, sogar Neujahr. Irgendwann käme sogar wieder die schöne Zeit der langen Tage, der Nachtigallen und des ersten Bades im Meer. Was sollte also der ganze Weltschmerz?

Er wäre einsam. Das war Stig klar, aber diese Tatsache quälte ihn nicht mehr so. Er hatte nun einmal keine Familie, bis auf Andersine, und er wusste nur zu gut, dass Dänen im Allgemeinen keine Zeit hatten. Sie waren in ein so gutes soziales System eingebunden, dass ihnen kein Raum für weitere Menschen blieb: große Familien, alte Cliquen, Arbeitskollegen und deren Familien, dann Besuche auf den Inseln oder dem Festland, Dienstagstreffen und dergleichen mehr. Sie nahmen sich auch die Zeit, es sich gut gehen zu lassen. Keiner hatte auf ihn gewartet, und keiner hätte Zeit für ihn, auch wenn er noch so sympathisch wäre. Ihm blieben also nur die Verrückten um Andersine, aber mit denen wollte er sich nicht einlassen. Lieber allein als in schlechter Gesellschaft!

Außerdem war er ja darauf vorbereitet gewesen, einsam zu sein, als er sich entschlossen hatte, nach Bornholm zu gehen. Dabei gehörte er einem Volk an, das gemeinhin als freundlich galt. Das entsprach auch den Tatsachen. Das glücklichste Volk der Welt vielleicht, wie es manche mit Pathos beschworen. Das lag vor allem am Schulsystem und an der Erziehung der Kinder. Vom ersten Tag an erlaubte man ihnen, Persönlichkeiten zu sein. Statt

Befehlskultur pflegte man das Gespräch mit ihnen und den Kompromiss. In der Schule ging das so weiter. Jeder Däne hatte das Grundgefühl, ein mindestens passabler Mensch zu sein, und war zufrieden mit sich. Nur Stig fiel aus dem Rahmen. Seine Mutterbrüder und Vaterschwestern hatte Andersine schon in der Kindheit vergrault. Seine Freunde hatte er zum großen Teil verloren, als er in die Polizeikaserne zog. Und die paar Leute, die er noch kannte, lebten in Kopenhagen. Die letzten Freunde waren von Mette in die Flucht geschlagen worden. So war das. Alle Dänen waren glücklich – nur er nicht!

Als es mit dem Schlafen gar nicht mehr klappen wollte, durchsuchte er die traurige Videothek, die er zusammen mit dem alten Bang & Olufsen-Fernseher geerbt hatte. Der einzige Film, der ihm für den heutigen Anlass passend schien, war *Family Man* mit Nicolas Cage in der Hauptrolle. Stig kannte den Film, wollte sich aber gern an dieser realistischen Variation von Kafkas Ungeziefer erfreuen. Hier wachte der Protagonist nicht etwa als nutzloses Insekt auf, sondern verwandelte sich von einem lustigen, wohlhabenden Single in bester Wohnlage über Nacht in einen gewöhnlichen Familienvater, der in den Suburbs hauste und sein Leben, wenn nicht gerade Weihnachten war, als alkoholisierter Reifenhändler fristete.

Mochte dieser Film auch von der Kirche finanziert sein, Stig hatte großen Spaß daran, wie der Held sich mit den ihm völlig unbekannten Kindern und der ebenso fremden Frau abmühen musste. So wie alle anderen auch, die einfach an irgendeine Stelle geworfen wurden, an der sie dann funktionieren mussten. Gelungen fand er auch, wie fremd dem Protagonisten die nächsten Mitmenschen erschienen. Das war schon sehr realistisch.

Es mochte eine schwache Seite an ihm sein, eine weitere, dachte Stig, dass er so leicht der Rührung anheim fallen konnte. Selbst, wenn er genau wusste, dass diese Rührung von den Filmemachern punktgenau intendiert war und er lediglich programmgemäß reagierte. Aber schließlich war er allein, und da konnte er seinen Gefühlen wohl freien Lauf lassen. Früher hätte er in einer solchen Situation ein gutes Buch gelesen. Erst seit er Mette verlassen hatte, war er so trivialen Dingen wie diesen Hollywoodfilmen verfallen. Ging er mit der Zeit oder hatte er einfach die Dosis einer Droge erhöht? Aber er war ja allein. Keiner konnte sehen, dass er bei einigen Szenen beinahe weinte. Er konnte ja schließlich nicht einfach nur auf das nächste Dienstagstreffen warten, witzelte er für sich selbst und dachte nicht wirklich daran, dort die Tiefen seiner Seele zu entblößen.

Immerhin gab es weiße Weihnachten, tröstete sich Stig. Waren sie auch noch so matschig. *Family Man* und weiße Weihnacht … Langsam bekam Stig Lust, sich zu betrinken.

Er schaltete sein Mobiltelefon ein. Vielleicht gab es ja wider Erwarten etwas Neues in seinem Fall. Wie schön wäre es, wenn er Ole Rasmussen mit Ermittlungsergebnissen überraschen und dann seinerseits sagen könnte: Danke ist nur ein armes Wort! In der Zwischenzeit hatte er keinen Anruf bekommen. Er wählte die Privatnummer von Thorben, dem Kriminaltechniker.

„Habt ihr noch was bei Knudsen gefunden?", fragte er, als Thorben sich meldete. „Hier ist Stig."

„Wer?", fragte Thorben zurück. „Ach, der schreckhafte Kollege aus Kopenhagen. Hast du dich ein bisschen erholt?"

„In dem Gutachten stand nichts über den Taschen-inhalt der Leiche. Hat sich da noch was ergeben? Es gibt doch kaum jemanden, der nichts in den Taschen hat", sagte Stig. Er selbst hatte meist zu viel in den Taschen.

„Na, du willst es aber wirklich wissen, was?"

Stig schwieg und wartete.

„Bist du noch dran?", fragte Thorben prompt.

„Hatte er nun was in den Taschen oder nicht?"

„Na gut", brummte Thorben ungehalten. „Da hat jemand nicht aufgepasst. Der Tote hatte 10.000 Kronen in der Brusttasche. Alles in kleinen, alten Scheinen. Könnte vielleicht Schwarzgeld sein. Den genauen Bericht zum Tascheninhalt und der Kleidung schicke ich euch nach Weihnachten."

„So, so", sagte Stig. Die Sache wurde immer seltsamer. Er konnte sich nicht vorstellen, dass der Bauer seiner Frau mit dem Geld ein Geschenk machen wollte. Ein Raub-mord war ebenfalls unwahrscheinlich. „Na, dann noch schöne Weihnachten", sagte er.

„Dir auch", wünschte Thorben. „Und pass schön auf dich auf, ja?"

„Moment noch", sagte Stig. „Tu mir doch den Gefallen und nimm die Wohnung der Knudsens auseinander. Viel-leicht findet ihr ja noch mehr von dem Zeug."

„Hältst du das wirklich für notwendig?", fragte Thorben gedehnt. „Ich habe nämlich Familie."

„Das ist schön für dich, aber du würdest mir damit einen großen Gefallen tun!"

Stig schaltete das Mobiltelefon aus. Er hatte das Gefühl, dass es ihm guttun würde, doch noch einmal rauszugehen, und er überlegte, wohin. Auf keinen Fall wollte er irgendwelche Naturschönheiten aufsuchen, schon gar nicht zu Weihnachten. Eigentlich kam ihm nur ein Ort in den Sinn. Ein Ort, an dem die Menschen so klein erschienen, wie sie wirklich waren. Ein Ort, an dem tierisches Leben, versorgt von Maschinen, rund um die Uhr wuchs und gedieh, bis es zu einem handelbaren Produkt wurde. Ein Ort, an dem unzählige tierische Wachträume in den wenigen Monaten des Lebens im Neonlicht geträumt wurden. Träume, von denen nie jemand erfahren würde, was sie beinhalteten. Obwohl sie uns doch so nahe standen, die Träumer, die Schweine, die dem Menschen so ähnlichen Säugetiere, unter Lampen geboren, im Licht gelebt, betriebswirtschaftlich und ethisch korrekt gestorben und zerteilt. Viel Licht sahen sie in ihrem Leben – aber wohl keinen Funken von dem, was nach Meinung des schwarzen Priesters von Olsker das Dunkel durchdringen konnte.

Fest in seine Jacke eingehüllt, die Kapuze um den Kopf geschnürt und mit dicken Wanderstiefeln ging Stig los. Der Volvo stand bei der alten Schmiede oben am Fuglesangsvej an einer geräumten Straße. Unterwegs traf er kaum auf andere Kraftfahrer. Für Familien, die von Weihnachtsschmausen kamen, war es vielleicht noch zu früh. In der Zeitung hatten sie verlautbaren lassen, dass ständig mit Polizeikontrollen zu rechnen war. Alkoholkontrollen. In Wirklichkeit waren aber, bis auf den sparsamen Feiertagswachdienst, alle Polizisten selbst in die Weihnachtstage gegangen. Auch die Kollegen wollten es sich gemütlich machen, genau wie der Rest des Königreiches. Weihnachten war wichtig, denn Weihnachten war hyggelig, und der Wunsch nach Hyggeligkeit war vielleicht der Schlüssel der dänischen Kultur. Der selbstbestimmten Entschleunigung aus dem Alltag. Gut gelaunte, bewusste Selbstpflege, die immer wichtiger wurde und immer mehr Lebensbereiche erfasste – von der gut geheizten Wohnung über einen schönen Ausblick, gutes Essen, Freunde und positive Gedanken bis hin zur Liebe. *Hyggelig* fasste all diese Schönheiten des Alltags zusammen. Eine Art skandinavisches Zen.

Es dämmerte bereits, als Stig seinen Wagen unten an der asphaltierten Landstraße, ein gutes Stück vor der Kurve der Hofeinfahrt parkte. Er traute dem rutschigen Feldweg nicht. Mit oder ohne Schnee. Er schaltete das Parklicht ein. Es hatte aufgehört zu schneien. Neben der Straße hatte der Wind dem Schnee ohnehin nicht erlaubt, liegen zu bleiben. Stig duckte sich vor dem kalten, frontalen Angriff so tief er konnte. Er ging am Straßenrand entlang und betrachtete die Hinterlassenschaften der Autofahrer. Unmengen von kleinen, braunen Plastikflaschen, in denen *Gammel Dansk*, ein beliebter Magenbitter, verkauft wurde. Zigarettenverpackungen der Firmen Prince, Look und Cecil. Grüne Carlsberg-Pfandflaschen. Platt gefahrene Bierdosen. Und der Leichnam einer stark verwesten Katze.

Kurz vor der Hofeinfahrt, wo an einer windgeschützten Stelle etwas Schnee lag, fiel Stig ein seltsam gefalteter Tetrapak auf, der wohl mal einen Viertelliter Sahne enthalten hatte und wahrscheinlich aus dem Fenster eines fahrenden Autos geworfen worden war. Seltsam, dachte er, sahnetrinkende Umweltsünder konnte man sich schwer vorstellen.

Stig bog von der Straße ab und stiefelte den schneebedeckten Feldweg hinauf. Der Strom des Wohlstandsmülls riss sofort ab. Keine Reifenspuren, keine Fußspuren oder Tierlosungen. Bald lag der Hof vor ihm. Wie ein graues Gebirge oder eine Burgruine tauchte der Stall vor ihm auf. Ein Gebirge, das aus unzähligen Lüftungs- oder Fensterschlitzen leuchtete wie ein böser Diamant, wie ein verwunschenes Gebirge. Der Gestank wurde mit jedem Schritt, mit dem Stig dem Hof näher kam, unerträglicher. Nach einer Weile konnte man sich wenigstens soweit daran gewöhnen, dass der Brechreiz abnahm.

Stig freute sich, den Entschluss gefasst zu haben, noch einmal aktiv zu werden, aber plötzlich fand er es total lächerlich, dass er nicht einfach eine Wanderung über den nahe gelegenen Strand gemacht hatte. War das beginnende Paranoia oder das elitäre Bedürfnis, sich von der Masse abzusetzen und eben keinen Weihnachtsspaziergang zu machen? Nach dieser Stalltour, nahm er sich vor, würde er auch noch an den Strand gehen. Zumal der Himmel wieder aufriss und seine bis in die entferntesten Sternenwelten reichende Tiefe zeigte. Die Luft war klar, und die tiefen, grauen Wolken zogen über das Dunkelblau des Nachthimmels. Dahinter lagen Wolkengebirge, die stillzustehen schienen, wie Berge mit runden Gipfeln. Ein

klarer, kalter Mond schien durch die schnell und tief flie-
genden Wolken, ließ sie transparent und unwirklich
erscheinen. Ein Trugbild. Ein Zwischenreich, dachte Stig.
Darin würde jetzt auch Børge schweben, wenn man daran
glaubte und nicht davon überzeugt war, dass sein Körper
einfach nur ein kalter Fleischklumpen im Kühlfach war.
Wenn es aber ein Zwischenreich gäbe, dann wäre Børge
hier. Hier, wo er sich mit all dem Schrecknis eines Indus-
triehofes unsterblich gemacht hatte. Elende, betonierte
und standardisierte Unsterblichkeit.

Stig ging um den Hof herum. Er wollte noch einmal
die Lagune umrunden, bevor er zum Strand aufbrach,
um sich den Gestank aus den Poren treiben zu lassen.
Mit Blick auf die Güllelagune musste Stig plötzlich
lachen, als er dachte: Wenn Børges Geist nun wirklich in
diesem Zwischenreich war, sollte er sich doch wenigstens
im Tode einmal den Spaß machen, mit Geisterbrett und
Geistersegel eine Windsurftour über dieses Urinmeer zu
machen. Es war windig, und der Mond schien hell genug,
um die Betonufer zu erkennen, rechtzeitig zu wenden
oder zu halsen. Ein körperloser Surfer, der mit translu-
zentem Brett und schimmerndem Segel wie ein Insekt
über die Gülle glitt. Rauschlos, sinnlos, selbstzweckhaft.
Für einen surfenden Geist reichte sogar die Bornholmer
Tracht. Geister froren sicher nicht, und eitel waren sie
gewiss auch nicht.

Stig stand wieder am Rand der Lagune, deren gräuli-
ches Gebräu den Mond nicht spiegelte. Sanfte Nebel stiegen aus der tödlichen Flüssigkeit auf. Vermutlich war
gerade wieder eine Menge Fäkalstoffe in den See geflossen.

Stig wusste nicht, in welchen Intervallen eingeleitet wurde. Wie bei einem Kind, das andere erschrecken wollte und beim Auflauern selber Angst bekam, kroch Panik seinen Nacken herauf, und er beobachtete sich selbst dabei. Panik, stellte er fest, war physiologisch der Rührung verwandt. Das Gefühl in seinem Nacken, das die dampfende Fläche verursachte, ähnelte der Empfindung, die er beim Gesang in der Rundkirche von Olsker gehabt hatte.

„Scheiße!", keuchte er. „Zur Hölle damit!"

Weiß, vom Mondlicht angestrahlt, trieb ein im Todeskampf entstelltes Gesicht in der Gülle. Der Mund weit offen und zu einem stummen Schrei verzerrt. Die Augen zum Mond hin aufgerissen, graue Haarsträhnen. Links und rechts staken weiße Hände, griffen gefühllos zum Mond empor, wie tote Kiefern ohne Rinde. Der Körper war farblich mit der Gülle eins geworden. Stig bückte sich und übergab sich krampfartig, Schwall für Schwall in die Gülle.

„Wie stehst du eigentlich zum Thema Mord?", machte Ole Rasmussen einen verzweifelten Verhörversuch, als er und Loretta zum x-ten Mal nackt nebeneinander aufgewacht waren. Die Atmosphäre war so friedlich, dass er glaubte, einen derart kessen Vorstoß riskieren zu können.

Loretta atmete tief und ruhig. Sie dachte nach. „Ich stehe diesem Thema sehr ablehnend gegenüber", sagte sie schließlich.

Beide schwiegen.

Loretta erhob sich gerade so viel, dass sie Ole Rasmussen ansehen konnte. „Ich hoffe, du planst nicht etwa, mich umzubringen", sagte sie.

„Nun, äh ..." Ole Rasmussen räusperte sich. „Ich frage das lediglich aus statistischen Gründen. Und zwar jede Frau, mit der ich mich einlasse. Also jedenfalls, wenn es ernst wird."

Loretta sah ihn verwundert an.

„Ich habe nämlich einmal eine ... eine Sendung über ... über Gottesanbeterinnen gesehen", fuhr Ole Rasmussen holperig fort. „Und da kommt man dann auf gewisse Gedanken. Ungemütlich, äußerst ungemütlich!"

Loretta kicherte leise. Dann begann sie an Ole Rasmussens Brust zu nagen. Er ließ es geschehen. „Wenn ich bloß etwas Senf und Ketchup hätte", klagte sie und knabberte weiter an ihm herum. „Dann könnte ich dich wirklich fressen ... Du ... du ... Hotdog!"

„Oha", stöhnte Ole Rasmussen und überließ sich fatalistisch ihren oralen Übergriffen.

Offenbar kam sie doch recht bald darüber hinweg, dass ihr die geforderte Würze fehlte. Beide begannen zu Lorettas sanftem Kannibalismus genussvolle Geräusche zu erzeugen.

Ole Rasmussen versuchte dabei an etwas anderes zu denken, um die Schönheit und Erregung dieses Momentes möglichst lange zu genießen und zu erhalten. Er dachte an Senf und Mayonnaise. An Ketchup. Und versuchte sich die Plastikflaschen vorzustellen. Er dachte an alles andere als an Loretta, die über ihm kniete. Er dachte nicht an ihre Haare, ihren Kopf, ihren Mund. „Röstzwiebeln", murmelte er beschwörend. „Gewürzketchup und eingelegte Gurken ..." Dann atmete er nur noch schwer. „HP Sauce!" stieß er plötzlich hervor. „HP Sauce! HP Sauce! HP Sauce!"

Dann wurde er still und murmelte: „Oh, mein Gott, Loretta!"

„Satans hundelort og for helvede", fluchte Brian Kjellstrup und lugte immer wieder nach draußen. Er war im Schneesturm gekommen, er hatte sich gefreut, alles vorbereitet, und jetzt schien der verdammte Mond. Es war sogar heller als an manchen Wintertagen um zwölf Uhr mittags. Zudem lag rund um die Baustelle des Riesenstalls herum tiefer Schnee. Wenn er gleich, wie geplant, die Baustelle verließ, würde er mit seinen Springerstiefeln feste Abdrücke im Neuschnee hinterlassen. Einfacher konnte er es der Polizei gar nicht machen. Hätte er sich bloß beeilt! Seit Stunden hätte er fertig sein können, aber er hatte sich nicht von den anderen losreißen können. Jetzt musste er eine Entscheidung treffen. Die Flaschen und Kanister stehen lassen und fliehen? Das war zwar dumm, aber ungefährlich. Oder die Aktion wie geplant durchziehen? Lange nachzudenken war nicht seine Sache. Verdammt! Eigentlich war er ja ein Schwein, dachte er, aber was soll's, es musste sein, es musste einfach sein.

In drei Ecken des gigantischen Rohbaus des Riesenstalls hatte er kleine Brandnester errichtet, in denen er Plastikkanister mit jeweils fünf Liter einer Benzin-Altöl-Mischung auf Isolationsmaterial und Folie drapiert hatte, wie kleine Eier im Osternest, obwohl es ja Weihnachten war. In einem Nest war auch der große Rucksack, in dem er alles hergeschleppt hatte. Mit dem vierten Kanister, in dem sich reines Benzin befand, hatte er mehrere Carlsberg-Flaschen befüllt. Da der Wind von Nordwest wehte, spazierte er erst zur dorthin geneigten Ecke und entzündete seinen Molotowcocktail mit einem Zippo. Einen Moment lang, die brennende Flasche in der Hand, dachte er an seinen Bruder. „Zur Hölle mit dir, du elendes Arschloch!", brüllte er und warf die Flasche mit reichlich Kraft gegen die Wand in der Nähe des Nestes. Der Blitz des plötzlichen Lichts und die zweimalige Druckwelle ließen ihn erschrocken zurückspringen. Mit einer derartigen Gewalt hatte er nicht gerechnet. Jetzt musste alles schnell gehen. Auf die anderen beiden Brandnester warf er die Flaschen mit einem so gebührenden Abstand, dass er sogar seine Ersatzflasche einsetzen musste, um den letzten Kanister zu entzünden.

Es entstand ein derartiges Inferno, dass er sich im Stillen ausrechnete, was für ein guter Deal es war, mit nicht einmal 20 Litern Benzin – das Altöl hatte er gratis bekommen – für ungefähr 250 Kronen ein so tödliches Spektakel anzurichten. Wäre die Welt nicht so geizig und etwas mutiger, so wie er, ließe sich einiges ändern! Die Hitze und das Fauchen des Brandes trieben ihn aus dem Haus. Es würde lange dauern, bis diese gigantische Ruine einstürzte, aber er hatte dafür getan, was er konnte.

Er verließ die Brandstelle und rannte, so schnell er konnte, als würde er beim Rennen keine Spuren hinterlassen. Er brauchte eine Weile, bis er sein Fahrrad wiederfand, das er beim Kommen im Schnee der Grabenböschung versteckt hatte. Er schob es auf die mondbeschienene Landstraße und schaute sich noch einmal um. Das würde einen unglaublichen Wirbel machen! Es fiel ihm schwer, sich vom Anblick des Brandes loszureißen, aber schließlich begann er, auf der menschenleeren Straße in Richtung Hasle zu radeln.

Ach was, dachte er gegen jede Erfahrung seines bisherigen Lebens. Das Glück gebührt den Tapferen. Es wird schneien und frieren, und die Natur wird jede Spur tilgen. Dicke Flocken begannen zu fallen. Wie irre fing er an zu lachen.

„Na ja", gab Loretta zu. Sie lagen dicht nebeneinander unter einem großen Betttuch. Das Licht war gelöscht und nur das Orange des Großstadthimmels beleuchtete ihr Hotelzimmer. „Irgendwie dachte ich mir schon fast, dass du nicht Herr – wie war noch gleich dein Name? – aus Aarhus bist."

„Aalborg", korrigierte Ole Rasmussen. „Aber du siehst so strahlend aus!"

„Nein, es war Aarhus!", insistierte Loretta, richtete sich ein wenig auf und gab Ole Rasmussen einen langen Kuss, den dieser zärtlich erwiderte. „Und nachts sind alle Katzen grau. Ob sie nun aus Aarhus kommen oder aus Aakirkeby", fügte Loretta hinzu.

Schweigend lagen sie auf dem Bett.

„Warum bin ich plötzlich schön, wenn ich bisher eine graue Maus war?", fragte sich Loretta irgendwann laut.

„Okay. Es war vielleicht Aarhus", räumte Ole Rasmussen ein. „Und meinen Namen habe ich leider vergessen." Er sah an ihrem Gesicht vorbei auf das Panorama der Pariser Blechschornsteine im orangenen Licht. Er musste jetzt etwas klären. Das hätte er schon lange tun sollen, aber es war nie Zeit dazu gewesen, und er hatte es so genossen, seine Identität verloren zu haben. Sie hatte sich einfach in der Feuchtigkeit von Sex und Liebe aufgelöst, in der es egal war, wer man einmal gewesen war, und sein Vorname, den Loretta so oft gestöhnt hatte – und das hatte ihn fast am meisten erregt –, stimmte ja immerhin.

„Ole", hauchte sie wieder. „Soll dieser Name in Paris bleiben oder nimmst du ihn wieder mit?"

Ole Rasmussen verstand nicht, was sie damit sagen wollte. Er hatte Mühe genug, nicht gleich wieder über sie herzufallen.

„Ich heiße Ole Rasmussen", sagte er fest. „Zumindest war das mein Name, bevor ich dich getroffen habe."

„Und jetzt? Wie heißt du jetzt?", lachte Loretta.

„Monsieur Ole Rasmussen natürlich. Avec plaisir. Wenn ich bitten darf."

„Ausgezeichnet", sagte Loretta. „Und? Ist jetzt alles vorbei, wie im Märchen? Du musst mich nicht schonen. Diese Tage waren die einzig schönen in meinem Leben, und die nimmt mir keiner wieder weg. Außerdem liebe ich Märchen und Fernsehserien."

„Nein", sagte Ole. „So ist es nicht. Eigentlich liegt jetzt alles bei dir. Ich fange an zu erzählen. Und dann wirst du das Märchen entweder beenden oder wir machen eine Fernsehserie daraus."

„Mit Fernsehserien kenne ich mich gut aus. Ich glaube, ich würde am liebsten in einer lustigen mitmachen."

„Ja." Ole Rasmussen nickte heftig. „Mit eingeblendetem Gelächter."

Dann liebten sie sich wieder. Tragisch und langsam, als wäre es das erste und letzte Mal im orangenen Licht der Großstadt.

„Nimm deine Geschichte mit, wenn du gehst", flüsterte ihm Loretta irgendwann später ins Ohr, nachdem sie ihren Durst mit Champagner gelöscht hatten. „Ich will sie nicht hören." Dann fügte sie noch hinzu: „Oder spare sie dir auf, bis wirklich Gelächter eingeblendet wird. Gib mir einfach eine Adresse, an die ich dir schreiben kann. Einen richtigen Brief. Mir schickst du dann einen nach Santorin. Postlagernd."

„Du hast recht. Wir sind keine Kinder mehr, die sich SMS schicken."

„Wir sind steinalt. Und wenn wir uns ein paar Wochen nicht sehen, dann ist das nur gut. Vielleicht fällt uns bis dahin etwas ein, das wir in diesen Tagen noch nicht ausprobiert haben."

„Wird schwierig …"

„Aber am ersten warmen Abend des kommenden Frühlings werde ich an der Westküste Bornholms aus dem Wasser steigen", sagte Loretta geheimnisvoll.

„Wie eine Nixe?"

Loretta nickte. „Wie eine Nixe. Du wartest dann auf mich. In den Felsen südlich von Nørresand."

Ole Rasmussen dachte an den Frühling, an die Felsenlandschaft der Salene Bucht und wie lange er dort schon nicht mehr herumgeklettert war. Er saß ja eigentlich nur noch vor Bildschirmen, vor dem Computer im Büro, dem Computer zu Hause oder vor dem Fernseher. Wie viel hatte er die letzten Jahrzehnte versäumt, weil er nicht in den ersten warmen Frühlingswochen zwischen den Felsen nördlich von Nørresand gewesen war? Das würde sich im nächsten Jahr ändern. Das nahm er sich fest vor. Auch, wenn er Loretta niemals wiedersehen würde, sollte diese Erkenntnis seinen ersten Tango in Paris überdauern. „Ein schöner Platz", sagte er anerkennend. „Bringe ich uns etwas mit?"

Loretta nickte langsam. „Eine Decke, eine Flasche Champagner und zwei Dutzend Austern."

„Gut", sagte Ole Rasmussen. „Sehr gut. Jetzt fällt mir der Abschied nicht mehr so schwer."

„Und danach gehen wir ins Café Klint in Gudhjem", sagte Loretta.

„Wieso? Wonach?" Ole Rasmussen kratzte sich etwas begriffsstutzig an seinem Haarkranz.

„Ich sage nur: Gottesanbeterin", antwortete Loretta gelassen. „Das ganze Programm!"

Ole Rasmussen wurde rot. „Oh", sagte er aber nur.

„Das hättest du wohl nicht von mir gedacht."

„Nicht wirklich."

„Nu skal du bare se!"

Ole Rasmussen war sich nicht ganz sicher. „Aber es ist doch immer schön, wenn es etwas gibt, worauf man sich freuen kann", sagte er schließlich ehrlich.

Loretta lachte, aber dann gefror ihr das Lachen auf den Lippen, denn sie dachte an Bornholm. Nicht an das Bornholm im Frühling, an das sie eben noch gedacht hatte, sondern an Bornholm im Winter. An Sturm, Dunkelheit, Einsamkeit und Gülle. „Ich muss dir etwas beichten", sagte sie leise. „Vielleicht wirst du mich dann nicht mehr mögen. Mein Mann ist erst vor wenigen Tagen tödlich verunglückt."

„Das tut mir leid", sagte Ole Rasmussen.

Sie blickten einander in die Augen.

„Hat er gerne Milch getrunken?", fragte er zu seiner eigenen Überraschung. Jetzt war endlich die Gelegenheit da, die Verdächtige zu befragen, aber ohne Hose schickte sein polizeiliches Unterbewusstsein nur bizarre Signale.

„Komische Frage", fand auch Loretta und überlegte. „Ja", sagte sie schließlich. „Er hat jeden Tag einen Liter Letmælk getrunken und immer behauptet, das sei das Gesündeste der Welt." Sie schaute Ole Rasmussen fast mütterlich an.

„So sagt man", räumte er ein. „Täglich einen Liter."

13

26. Dezember, 7 Uhr 50
Haslevej
Starker Nordwestwind. Windstärke 6–7, in Böen Sturmstärke.
2–5 Grad minus. Tendenz: fallend.

Über Nacht hatte es getaut, und der Neuschnee war verschwunden. Die Landschaft, durch die Stig den Amazon lenkte, war braun-grau-braun. Unter einem faden, grauen Himmel duckten sich braune Bäume. Bis zum Horizont sah er nichts als braungraue, aufgerissene Äcker. Die einzige Abwechslung brachte ein leichter Schneegriesel, der den Boden stellenweise bestaubte. An dem vertrockneten Gras, das die Äcker umsäumte, hielt sich der weiße Griesel länger. Über das braungraue Einerlei brüllte ein böser Sturm. Unablässig. Keine Böen, sondern Sturm. Gleichmäßig mit heftiger Stärke. Es begann zu schneien.

„Wo auch immer du bist", sprach Stig langsam und ausdrucksvoll auf Ole Rasmussens Mailbox, „schlepp Loretta Knudsen nicht gegen ihren Willen auf die Insel zurück! Sie ist unschuldig. Wir haben hier eine zweite Leiche und ein verbranntes Gehöft, und ich stecke gleich total in der Scheiße. Aber das ist kein Vergleich zu dem, was sie mit dir machen werden!"

Schnell steckte Stig das Mobiltelefon ein. Er stand auf dem Gang des Kommissariats und war eigentlich auf dem Weg in den Besprechungsraum, als ihm plötzlich ein

Hauch von teurem Herrenparfüm entgegenwehte. Er blickte pflichtbewusst auf und sah in die Augen eines ebenso gepflegten wie korpulenten Mannes. Er wusste sofort, dass er es mit dem Polizeichef zu tun hatte. Diesem Typ Mann haftete etwas von einem modernen Großstädter an.

„Sag mal, Stig … so heißt du doch?" Der Polizeichef sah ihn mit gespielter Freundlichkeit an. „Es wäre schön gewesen, wenn du dich nach deiner Ankunft bei uns allen vorgestellt hättest?"

„Stig Tex Papuga", schnarrte Stig und hoffte, dass es so klang wie: Name und Dienstnummer, mehr gibt es nicht. „Mein Vater war leider Westernfan", fügte er noch hinzu.

„Asbjørn Harmsen", sagte der Chef schließlich, legte seine schwere rechte Hand auf Stigs Schulter und führte ihn höflich, aber bestimmt in das Besprechungszimmer. Er war ein dunkler Typ und erinnerte Stig ein wenig an Anker Jørgensen, den ehemaligen Staatschef, der ihm als Kind immer wie ein sympathischer Teufel vorgekommen war. Nur, dass Asbjørn eben wesentlich stärker gebaut war. Und vermutlich nicht so intellektuell. Seine Glatze war von schwarzem Stoppelhaar gesäumt und sein massiges Kinn von einem kalkulierten Dreitagebart geschwärzt.

Gemeinsam gingen sie durch die offene Tür in den Besprechungsraum. Sie waren die letzten. Freundlich lächelte ihnen Pernille zu. Oluf, der auch für den Zoll arbeitete, grinste selbstzufrieden. Lund und Kofoed nahmen Haltung an. Die zwei Anzugträger Poulsen und Hansen waren die dem Polizeidirektor unterstehenden Rechtsanwälte und ersetzten bei Fällen, die noch ins Stadtrecht fielen, den Staatsanwalt. Sie nickten Stig nur knapp zu. Dann strebten alle in Richtung Besprechungstisch im Chefzimmer und setzten sich an den Konferenztisch aus Mahagoni. Alle sahen auf den Polizeichef.

„Ein schwieriger Fall, so scheint es zumindest", hob Asbjørn an. „Aber es wäre ja nicht das erste Mal, dass etwas Einfaches in einer komplizierten Verkleidung daherkommt. Wir sind alle dazu da, den Erscheinungen den Schleier vom Gesicht zu reißen, falls man diesen Vergleich noch ziehen darf, ohne gleich unsere muslimischen Mitbürgerinnen zu diffamieren."

Stig war zu nervös, um darauf zu achten, wer lachte. „Wir sind alle Profis, und wir sind kompetent", fuhr der Polizeichef fort. „Und ich prophezeie euch allen, dass wir schon in wenigen Tagen hier in bester Laune beisammensitzen und darüber lachen werden, wie geheimnisvoll uns alles am Anfang erschien. Frohe Weihnachten, by the way, euch allen, danke auch für euer Kommen an einem Feiertag!" Er wartete, bis die Weihnachtswünsche der Mitarbeiter verebbt waren.

„Ich will niemanden mit bekannten Fakten langweilen. Unsere Besprechung soll nur einer Sache dienen. Was gibt es für Spuren? Laut den Berichten des Kriminaltechnikers fand sich bei beiden Opfern der gleiche Betrag an gebrauchten Scheinen. Darauf waren allerdings keine verwertbaren Fingerabdrücke. Ihre Lungen waren mit Gülle gefüllt, die aus einem anderen Behälter stammt als dem, in dem sie aufgefunden wurden. Es finden sich keine Spuren von Gewalt. Vermutlich wurden sie nicht am Fundort ermordet." Er sah in die Runde, und sein Blick blieb an

Stig hängen. „Aber wir haben ja zwei wackere und bewährte Kriminalkommissare unter uns. Ich hoffe, Ole und du, ihr werdet uns gleich eure umfangreichen Ermittlungsergebnisse präsentieren. Wo ist Ole überhaupt? Er kommt doch sicher gleich, nicht wahr?" Der Polizeichef fixierte Stig. Der antwortete nicht. „Oder weißt du etwa nicht, wo er steckt?" Der Polizeichef behielt sein Lächeln im Gesicht und sah kurz auf seine Rolex Submariner.

Irgendwann, dachte Stig, kann man sich so ein Lächeln sicher genauso leicht einoperieren lassen, wie Tante Andersine ihre Brüste gestrafft hatte.

„Unser Gamle Ole", sagte Asbjørn sarkastisch. Alle lachten, denn *Gamle Ole* war eine besonders würzige Käsesorte. So würzig, dass man sie besser mit Handschuhen anfasste.

„Ole Rasmussen hat sich krank gemeldet", sagte Stig schließlich verlegen. Es war ihm unmöglich, dem Chef die Wahrheit über die fragwürdigen Ermittlungsmethoden seines Kollegen anzuvertrauen.

„Seltsam", sagte der Chef leise und blickte sich im Besprechungsraum um. Jemand hatte Weihnachtskerzen angezündet. „Er war doch noch nie krank. In all den Jahren." Der Chef machte einen Rundblick und sah jeden Mitarbeiter misstrauisch an.

Pernille blickte irritiert auf Stig und nahm dann ihre Mütze ab. Oluf schaute enthusiastisch von einem zum anderen. Lund und Kofoed kauten Kaugummi. Die Juristen guckten undefinierbar.

„Man altert ja leider in Schüben", fuhr der Chef bekümmert fort. „Vermutlich hat unser alter Ole seinen

Zenit langsam überschritten und bereitet sich auf die wohlverdiente Lebensphase der Ruhe und Zufriedenheit im Altersheim vor. Eine Zeit, in der man hoffentlich nicht mit einer so grausamen und überaus ungemütlichen Serie von strafbaren Handlungen zu tun haben muss wie wir." Angeekelt schüttelte er den Kopf. „Wiewohl wir ja gemeinhin nicht gerade mit Straftaten überschwemmt werden. Vor allem im Winter, so meint man, ist es bei uns ruhig, wenn die Touristen und andere Kriminelle die Insel wieder verlassen haben."

Stig hatte eine schreckliche und schlaflose Nacht hinter sich. Nachdem er die neue Leiche gefunden hatte, war der ganze Albtraum seines ersten Tages noch einmal abgespult worden. Kriminaltechniker, Leichenwagen und das Wachprotokoll. Bei Letzterem hatte ihm Pernille geholfen. Diesmal hatte er beim Warten am Güllesee seine Pistole in der Tasche der weiten Hose gehalten. Er hatte Angst gehabt, denn der Mörder konnte noch in der Nähe sein. Jetzt war es klar. Ein Tatprofil hatte sich herauskristallisiert. Es gab keine Zufälle und Unfälle mehr, keine Beziehungstat oder einen spontanen Streit. Von Herzschlag, Selbstmord oder Suff ganz zu schweigen. Sie hatten es mit einer Mordserie zu tun. Einer Serie, die brutaler war als alles, was er aus der Stadt kannte. Und vermutlich war sie noch nicht zu Ende. Man konnte nicht davon ausgehen, dass der oder die Täter die Insel verlassen hatten. Stig hatte die Waffe durchgeladen und gesichert in der Tasche stecken. Er war erst ruhiger geworden, als er wieder in beheizte und neonbeleuchtete Räume gekommen war.

Wenn er sich getraut hätte, wäre er am liebsten auf der Wache geblieben. Nur ungern hatte er sich wieder von der Dunkelheit verschlucken lassen, um in sein düsteres Heim zurückzukehren. Dort hatte er kaum geschlafen. Bei verschlossenen Türen und mit der Pistole auf dem Tisch hatte er erst versucht, Comics zu lesen. Dann war es ihm zu unsicher geworden, ohne Vorhänge und mit Licht wie auf dem Präsentierteller zu sitzen. Er hatte alle Lampen abgedreht und immer wieder versucht, Ole Rasmussen anzurufen. Er hatte ihm die längste SMS seines Lebens geschickt, aber keine Antwort darauf erhalten. Er konnte nicht schlafen und hoffte auf den beginnenden Tag, der die Schimären vertreiben würde, die aus der Gülle gestiegen waren. Einen Film einzulegen, hatte er sich nicht getraut, weil er sich derartig angreifbar gefühlt hatte, dass er lieber die Geräusche von draußen hören wollte. Dort war aber nur der Wind gewesen, der Wind und noch mal der Wind. Gab es überhaupt etwas anderes auf dieser Insel als Wind?

„Ich denke, wir besprechen den Fall, bevor uns die Presse oder der Staatsanwalt stören", hob Asbjørn erneut an. „Dieses Mal werden wir es mit anderen Medienvertretern zu tun haben als nur mit den Schlappschwänzen von *TV 2 / Bornholm* oder der *Bornholms Tidende*!"

Der Staatsanwalt hatte sich mit der Elf-Uhr-Maschine aus Kopenhagen angekündigt. Für alle Fälle, die dem Landesrecht unterstanden, war er zuständig. Sollten sie den Täter verhaften, würde er sofort in die Hauptstadt überführt werden. Bornholm hatte zwar ein paar kleine Gefängnisse, aber die waren hauptsächlich dafür gedacht,

Betrunkene einzusperren, bis sie wieder nüchtern waren. Mit einer solchen Tatserie hatte man es auf der Insel noch nie zu tun gehabt.

„Lasst uns also die Fakten Revue passieren, auch wenn sie noch etwas dürr sind", fuhr Asbjørn fort. „Wir haben die Leichen von zwei erfolgreichen Landwirten, die sich beide mit extensiver Schweinemast beschäftigt haben. Und wir haben einen Fall von Brandstiftung auf der Baustelle eines Schweinestalls. Was, glaubt ihr, wird das für einen Rummel geben!"

„Trotzdem haben wir bis jetzt keine brauchbare Spur", sagte Stig kläglich. Er wollte weder von Jesper noch von Sven-Aage Larsen reden. „Sicher gibt es eine Menge Verdächtige. Praktisch alle Nachbarn, deren Häuser seit dem Bau der Lagunen nur noch die Hälfte wert waren. Von ökologisch motivierten Tätern ganz zu schweigen. Aber warum sollten sie ausgerechnet auf einer Insel ein Exempel statuieren?"

„Wieso nicht?", fragte Oluf. „Das Terrain der Insel bietet durch seine tektonischen Verwerfungen und seine hohe Bewaldung in Zusammenhang mit der dünnen Besiedelung ausgezeichnete Möglichkeiten, sich über einen längeren Zeitraum zu verstecken." Oluf war General der hiesigen Heimwehr und daher gut über die Gegebenheiten der Insel informiert. Vielleicht dachte er dabei an Jesper.

„Mag sein", sagte Asbjørn. „Andererseits ist die Insel aber auch eine Falle. Es ist schwer, sich in den Rest Europas abzusetzen."

„Ich schlage vor, die hier stationierten Truppenteile in unsere Suche einzubeziehen", schlug Oluf vor. „Generalstabsmäßiges Durchkämmen der gesamten Insel. Ich kann meinen Leuten jederzeit den Befehl dazu geben." Er nahm ein Outdoorhandy aus der Tasche.

„Erst einmal nicht", entschied Asbjørn. „Wenn wir selbst die große Trommel schlagen, können wir die Medien nicht mehr zur Besonnenheit anhalten."

Stigs Mobiltelefon klingelte. Alle sahen ihn an. Er wollte es eigentlich abschalten, aber Asbjørn nickte ihm aufmunternd zu, wohl in der Hoffnung, das Gespräch könne für den Fall relevant sein, sodass Stig das Gespräch annahm und vor lauter Aufregung auch noch die Mithör-funktion auslöste.

„Du Arschloch", schrillte Mettes Stimme, für alle hör-bar, aus dem Lautsprecher. „Du verdammte, egoistische Drecksau! Natürlich kannst du dich nicht melden, weil du vermutlich schon wieder irgendeine andere Ische ficken musst. Das kennt man ja von dir, und dass ich jetzt einen Job habe, ist dir natürlich so was von egal. Aber du bist mir auch egal! Mir ist alles egal, du blöder Lügner! Und wenn du bis morgen früh um acht nicht bei mir warst, lasse ich Søbranda einschläfern. Hast du gehört? Einschlä-fern!" Dann klickte es, und die Verbindung war gekappt.

Oluf räusperte sich vernehmlich. Stig, hochrot im Gesicht, versuchte das Mobiltelefon in seine Jacketttasche zu stecken, aber es fiel auf den Boden. Mit einem plötzlichen Anfall von Wut trat er nach dem Mobiltelefon. Wie ein Eishockeypuck trudelte es durch den Raum, prallte an eine Wand und schnellte, wie über Bande, zielsicher gegen einen Blechpapierkorb, es kam mit unverminderter Ener-gie zurück und wurde erst von Pernille gestoppt, die gnädig ihren Fuß darauf stellte. Sie saß neben Stig und fasste ihn mit ihrer kühlen Hand zärtlich am Handgelenk. Stig atmete tief ein.

Lund und Kofoed hörten auf zu kauen und schauten, genau wie alle anderen, in Stigs Richtung.

Asbjørn kratzte sich lächelnd am Bart und schüttelte den Kopf. „Ich habe ja nichts gegen ein lebendiges Familienleben", sagte er mit einer Spur Ekel in der Stimme, „aber ich muss doch sagen, dass ich von dir und auch von Ole Rasmussen wirklich schwer enttäuscht bin."

Es war so ruhig, dass man den Sturm um den Plattenbau pfeifen hörte.

„Ich habe Palle Madsens Frau noch in der Nacht verhört", sagte Pernille schließlich. „Sie hatte keine Ahnung, wo ihr Mann war. Sie haben sich gestritten, weil er nicht, wie jedes Jahr, mit zu ihren Eltern kommen wollte. Sie sind kinderlos. Sie weiß absolut nicht, wo ihr Mann hinwollte. Sie scheidet als Verdächtige aus. Da bin ich mir völlig sicher."

„Aha", sagte Asbjørn. „Sehr aufschlussreich, liebe Kollegin." Dann wandte er sich wieder Stig zu. „Es war euer Fall. Das muss ich noch einmal wiederholen. Aber ihr habt nichts, und zwar gar nichts, herausgefunden. Der eine ist krank und der andere, ja, was eigentlich? Das weiß man irgendwie noch nicht. Ihr hättet nach dem ersten Mord, verdammt noch mal, herausfinden müssen, dass mehr an der Sache dran ist! Das ist alles andere als in Ordnung. Das ist nicht gut genug!"

Das Mobiltelefon unter Pernilles Fuß schrillte wieder. Stig bückte sich und griff danach, um es diesmal rechtzeitig zum Schweigen zu bringen. Als er aber sah, dass die Nummer von Ole Rasmussen auf dem Display erschien, nahm er das Gespräch an.

„Ja?", sagte er kurz und drehte sich dabei zur Wand.

„Ich bin gerade in Kopenhagen gelandet", sagte Ole Rasmussen. „Mal sehen, wann der nächste Flug nach Rønne geht."

„Ich hole dich ab", sagte Stig erleichtert. Er kannte Ole Rasmussen zwar kaum, aber mit seiner Rückkehr, so hoffte Stig, würde auch eine Spur von Realität in sein Leben zurückkehren. Außerdem musste Ole ihn für einen Tag vertreten, denn Stig musste sich dringend auf den Weg in die dänische Hauptstadt machen, um seinen Hund vor dem Einschläfern zu retten. „Sag Bescheid, wenn du weißt, wann du landest. Guten Flug."

Der größte Raum im Kommissariat reichte kaum aus, um allen interessierten Journalisten eine gute Show zu bieten. Zu dritt saßen sie auf der improvisierten Bühne, die sie mithilfe zweier Praktikanten aus dem Theater von Rønne errichtet hatten: der Chef, Stig und – wohl aus Quotengründen und weil Fotografen anwesend waren – Pernille. Stig ließ seinen Blick über die saturierten Gesichter schweifen. Alle, ausnahmslos alle, waren sorgfältig zurechtgemachte Lackaffen, sie schauten abfällig und redeten laut miteinander. Jede Menge dumme Kopenhagener, dachte Stig, obwohl er selbst als einer galt.

Der Chef hob die Hand, und der Lärm verebbte langsam.

„Habt ihr schon einen Täter verhaftet?", rief jemand.

„Gibt es Polizeischutz für Bauern?", rief ein anderer.

„Sind die Öko-Aktivisten jetzt total durchgeknallt?"

„Ist es das? Die ökologische Revolution? Und warum beginnt sie ausgerechnet auf Bornholm?"

„Was macht die Polizei?"

Asbjørn ignorierte alle Fragen und begann lustlos ins Mikrofon zu leiern: „Zwei Leichenfunde, am 23. und am 25. Dezember, maskulin, beide um die sechzig Jahre alt, Landwirte. Der Tod trat jeweils ungefähr fünf bis zehn Stunden vor dem Auffinden ein. Todesursache ist vermutlich Ertrinken, wobei Fremdeinwirkung nicht auszuschließen ist. Wir ermitteln mit Nachdruck und in alle Richtungen. Also behindert die Ermittlungen unserer wackeren Kollegen bitte nicht mit frei erfundenen Artikeln, die lediglich dazu dienen, die Auflage eurer Blätter zu steigern. Bitte bedenkt auch, dass der Zivilbevölkerung nicht geholfen ist, wenn sie in Panik versetzt wird. Vielen Dank, meine Damen und Herren, schönen Aufenthalt auf unserer Sonnenscheininsel, und macht doch bitte noch ein paar schöne Fotos von unserer reizenden Kollegin Pernille Bülow und von Kommissar Stig Tex Papuga, der neu bei uns ist, die Ermittlungen in diesem Fall leitet und euch gleich noch für Fragen zur Verfügung steht. Für ein gutes Mittagessen empfehle ich das Restaurant *Di Fem Stuer*. Macht hier nicht die Kühe scheu und belästigt keine schwer arbeitenden Menschen! Auf Wiedersehen und weiterhin einen schönen Tag."

„Versager", schrien gleich mehrere und zeigten auf Stig.

„Wo habt ihr den denn her?"

„Wie sieht's aus, Stig? Was hast du herausgefunden?"

Der Chef, Pernille und Stig, der sich elend fühlte, erhoben sich. Sofort entstand ein heftiger Tumult. Lediglich ein kleiner Mann in der vordersten Reihe blieb sitzen und meldete sich mit hoch gestrecktem Finger wie in der Schule.

„Ja, Hardy?", sagte der Chef freundlich und bückte sich zu dem Mann hinunter, um ihn in dem Lärm besser zu verstehen. „Dich habe ich ja gar nicht gesehen. Entschuldigung. Wie geht es dir? Ist Kirsten wieder gesund?"

„Ja, ja." Hardy nickte servil.

„Gut. Na, dann hoffe ich, dass ihr schöne Weihnachten zusammen hattet." Hardy nickte erneut. „Stig!", rief Asbjørn und winkte Stig heran. „Das ist der neue Kommissar Stig Tex Papuga. Ihr kennt euch ja noch nicht. Stig, das ist Hardy von *Bornholms Tidende*."

„Sehr angenehm." Stig nahm Hardys ausgestreckte, etwas feuchte Hand.

„Freut mich auch." Hardy schüttelte Stigs Hand mechanisch. Sein Händedruck war schlapp.

„Also …" Asbjørn winkte zum Abschied. „Schönen Tag und Grüße an Kirsten!" Der Polizeichef strebte dem Ausgang zu, kam aber nicht weit.

„Provinzposse!", hob sich die Stimme einer Frau aus dem Lärm heraus.

„Asbjørn!", sagte Hardy in scharfem Ton.

Asbjørn blieb stehen und hielt sich die Hände an die Ohrmuscheln, um die Stimme des Journalisten aus dem Lärm zu filtern.

„Könnte es nicht eine alte Geschichte sein? Willst du nicht jemanden schicken, der mit mir unser Archiv durchforstet?" Er warf einen kurzen Blick auf Pernille. „Eine Rachegeschichte … oder so …"

„Sehr gut, Hardy! Viel dürfte da zwar nicht zu finden sein, so wenig Kriminalität, wie wir hier haben, aber ich schicke dir gleich Kommissar Stig Tex Papuga, wenn er mit der Pressekonferenz fertig ist." Das wollte Hardy zwar nicht hören, gab sich aber damit zufrieden. „Also, meine Damen und Herren", sagte Asbjørn nun laut in die Menge. „Alle weiteren Fragen an unseren neuen Kommissar, der den Fall betreut. Viel Vergnügen und guten Tag!"

Stig stand, vor Schreck völlig paralysiert, leicht pendelnd auf der Bühne. Noch nie war er die zentrale Figur einer Pressekonferenz gewesen.

Asbjørn und Pernille verließen langsam den Raum, während sich das Geschrei der versammelten Presse steigerte.

Dann war Stig mit den wütenden Journalisten allein im Saal und hob beschwörend die Hände, wobei er sich nicht sicher war, ob er wirklich Ruhe haben und sich den Fragen stellen oder ob er lieber das Gebrüll über sich ergehen lassen wollte, bis es den anderen zu langweilig wurde. Immerhin hatte er in den letzten Jahren, was Gezeter anging, einschlägige Erfahrungen machen können.

„Die Leser von *Jyllands-Posten* würde interessieren, ob ihr hier noch etwas anderes tut, als die Leichen zu zählen!", schrie ein pausbäckiger Mittzwanziger.

„Was ist mit den Landwirten? Wehren sie sich endlich gegen den Ökoterrorismus?", fragte ein älterer, etwas dicklicher Journalist.

Stig stand auf der Bühne, blickte von einem zum anderen, und alle sahen ihn vorwurfsvoll, hasserfüllt oder spöttisch an. Schwindelig, wie ihm war, sah er plötzlich nicht mehr die fremden Gesichter, sondern sie verwandelten sich in einen Haufen geifernder Mettes. Stig rang nach Luft. Dann schrie er plötzlich: „Ich sag euch mal was, ihr eingebildeten, blasierten Spinner! Manche Polizisten fahren nur hinter Mopeds her, um sie zu stoppen, falls sie schneller als 40 km/h fahren. Schreibt doch einfach was darüber!" Er wurde immer wütender. „Ihr Arschlöcher!", brüllte er. „Schreibt doch einfach, was ihr wollt, ihr fetten, aufgeblasenen Spesenritter! Ihr könnt mich alle mal!"

Im Weggehen machte er das *Fuck You*-Zeichen ins Blitzlichtgewitter und musste sich schwer zurückhalten, um nicht auf die Bühne zu spucken. Die brüskierten Journalisten sprangen auf, fluchten hinter Stig her und schossen weiter mit ihren leitzahlgewaltigen Blitzkanonen.

Wie ein Popstar schob sich Oluf in voller Uniform auf die Bühne. Seine Augen waren durch eine California-Pilotenbrille geschützt. Blitzlichter prasselten auf ihn nieder. In seiner weißen Ausgehuniform fühlte sich der Chef der Bornholmer Heimwehr einfach unwiderstehlich. Er genoss die Aufmerksamkeit, atmete tief durch und lächelte.

„Kommissar Stig Tex Papuga hat das Gebäude bereits verlassen …", hob er an. „Er ist wohl im Garten. Vielleicht zum Schneeschieben", fügte er vor lauter Hochgefühl noch hinzu.

14

„Halløjsa, hvordan går det?", fragte Ole Rasmussen, als er mit einer Plastiktüte, in der sein Laptop steckte, durch die Schranke schritt. „Ganz trocken heute? Was ist los mit dir?", spöttelte er und blieb stehen. An ihm vorbei drängelten sich ein paar junge Burschen, die ihrem ruppigen Auftreten nach unglaublich wichtige Menschen sein mussten. Einige von ihnen schleppten Taschen mit Kameras und Stativen – weitere Fernsehjournalisten.

Stig fiel nichts ein, was er auf diese dumme Bemerkung antworten konnte. Er war auch nicht in der Stimmung für einen Schlagabtausch. Er stand nur da und betrachtete Ole Rasmussen, als wäre dieser ein Denkmal. Er schien ein neuer Mensch zu sein, jeder auch noch so avancierte Spott würde an seiner Lichtgestalt abprallen oder in tausend Teile zerschmettern. Er schien um mehrere Zentimeter gewachsen zu sein. Stig war von seinem Anblick völlig entgeistert. Der Kollege hatte sich in den wenigen Tagen total verändert. Seinen kanadischen Parka trug er offen, wie Engelsflügel hingen die beiden Seiten des Mantels herab. Seine gut geputzten Clarks mit Weichgummisohle schienen kaum den Boden zu berühren. Ole Rasmussen leuchtete von innen und lächelte feinsinnig, ja fast huldvoll, wie der Dalai-Lama oder wenigstens dessen dänische Entsprechung, der Lama Ole Nydahl. Alles in allem kam es Stig nach längerer Betrachtung so vor, als sähe Ole Rasmussen wie ein Mann aus, der gerade unheimlich guten Sex gehabt hatte. Kaum hatte er die Empfangshalle betreten, zündete er seine Pfeife an.

„Hier ist die Hölle los", berichtete Stig, als sie zusammen in seinem Volvo saßen und über die Landstraße Richtung Rønne brausten. Die Straße war geräumt, und die Sonne schien so grell, dass beide ihre Sonnenbrillen aufsetzen mussten, zumal die nasse Straße die tief stehende Wintersonne reflektierte. „Es passieren Dinge, wie sie Bornholm noch nie erlebt hat, und um uns beide wieder attraktiv zu machen, braucht es bestimmt einige Dienstagstreffen – wenn man uns nicht sowieso gleich rauswirft."

„Na, na ... Wer wird denn gleich an so was denken?" Ole Rasmussen streckte sich behaglich in den Sitz. „In den zwanzig Minuten über der Ostsee habe ich von der Reporterblase sicher schon mehr über den Fall gehört, als nötig war: ökologischer Putsch, Ökodiktatur, roter Hahn und Schwedentrunk. Man spekuliert vor allem darüber, was diese mittelalterliche Mordmethode wohl zu bedeuten habe."

„Ich bin schuld, verdammt!", stieß Stig verzweifelt hervor. „Warum habe ich nicht erkannt, dass es sich um einen Serienmord handelt? Es ist ja nicht das erste Mal, dass ich mit so etwas zu tun habe."

„Schuld?" Ole Rasmussen lachte trocken. „Einmal gab es im Gaswerk von Kopenhagen eine so heftige Explosion, dass die ganze Stadt wackelte. Gleich darauf rief mich meine Schwiegermutter an. Sie war total aufgeregt und flüsterte mir zu, ich solle sofort kommen und sie außer Landes bringen. Also fuhr ich los, Richtung Gaswerk. Meine Schwiegermutter wohnte genau daneben. Als sie mich auf das verabredete Klopfzeichen hin einließ, führte sie mich in den Keller und gestand mir, dass sie an der Explosion im Gaswerk schuld sei. Kurz bevor es krachte, hatte sie nämlich ein paar alte Gummistiefel in den Ofen geworfen."

„Du bist verheiratet?", fragte Stig verwundert.

„Ja. Ich habe es probiert und empfehle es niemandem", sagte Ole Rasmussen. „Gift", fügte er noch hinzu. Die Worte *Gift* und *verheiratet* hatten auf Dänisch die gleiche Bedeutung.

„Kinder?"

„Ja. Aber auch diese Erfahrung muss man nicht unbedingt gemacht haben, schätze ich."

Stig sah Ole Rasmussen verwundert an. Der musste plötzlich an vergangene Zeiten denken, er sah die schmucken Sozialbauten der 50er-Jahre vor sich, edle Teakmöbel, blauen Curaçao, Kleinwagen und Motorräder mit Sozius, Kinos, leere Straßen, Aufbruchstimmung, rote Fahnen, Sozialdemokraten …, während sich Stig den düsteren Keller von Ole Rasmussens Schwiegermutter vorstellte und die gigantischen Detonationen vom Gelände des Gaswerkes zu hören glaubte.

„Und am schlimmsten ist, dass ich die nächste Fähre nach Kopenhagen nehmen muss. Es geht um Leben und Tod", sagte Stig pathetisch in ihr gedankenvolles Schweigen.

Ole Rasmussen wiegte den Kopf und zuckte mit den Schultern. „Wenn das so ist, sehen wir uns eben später."

Offenbar konnte ihn nichts erschüttern. „Ich mache einfach da weiter, wo du aufgehört hast", bot er jovial an.

Stig lachte. „Na, ich habe sicher keinen großen Vorsprung. Alles, was ich dir anbieten kann, sind zwei durchgeknallte Lehrer. Der eine redet zu viel und der andere zu wenig."

„Lass mich raten", stöhnte Ole Rasmussen. „Jesper Hansen, richtig? Bei Nummer zwei muss ich passen. Ich kenne nur so viele Lehrer, wie unbedingt notwendig."

„Woher kennst du dann Jesper?"

„Den kennt die ganze Insel. Als er noch in Klemensker wohnte, ist er mit einem Joint im Mund immerhin bis zur Verkehrsministerin ins Folketing vorgedrungen und hat versucht, sie zu einer besseren Verkehrsführung in der Stadt zu überreden. Später hat er die halbe Insel verklagt, vor allem die Schweinemäster. Seine letzte Großtat war das Hissen der Vietcong-Flagge über seinem Bauernhof."

„Das war Jesper? Das ist sogar bis in die Hauptstadt vorgedrungen."

„Es gibt ein Gesetz gegen fremde Nationalitätsflaggen in Dänemark. Und unsere Bediensteten sind die Idioten, die es durchsetzen müssen."

„Ist er dafür eigentlich bestraft worden?", fragte Stig.

„Nun, es gab wohl eine Gerichtsverhandlung, aber da wurden auch Jespers andere Delikte verhandelt, wie die Behinderung von Gülletraktoren und Beleidigungen von Bauern. Ein paar Mal ist er auch handgreiflich geworden."

„Er ist übrigens flüchtig", sagte Stig.

„So, so", knurrte Ole Rasmussen. „Er hat von seiner Gurli genug, nehme ich an. Dafür gibt es von mir jedenfalls keinen Haftbefehl."

Sie fuhren schon durch das Almindings Runddel.

„Am besten fragst du sie mal", sagte Stig. „Du weißt, dass sie in Allinge wohnt und in der Apotheke arbeitet?"

Natürlich wusste Ole Rasmussen das.

„Der andere Lehrer ist Sven-Aage Larsen aus Gudhjem. Ich habe ihn im Altersheim besucht und kein Wort aus ihm herausbekommen. Wenn wir seine Klassenlisten haben, wird es noch einmal spannend. Irgendetwas stimmt mit dem nicht."

Stig stoppte den Wagen einfach auf dem Fahrradweg neben dem Baumarkt *Fridolf & Bidstrup*. Ole Rasmussen suchte die Türverkleidung nach der Türklinke ab, fand sie aber nicht. Stig griff über ihn hinweg und öffnete die Tür.

„Ich muss die Fähre kriegen. Morgen bin ich zurück. Tausend Dank!"

„Na, lieber einen Tausender als ein Dankeschön", gab Ole Rasmussen zurück und stieg aus.

„Danke ist doch sowieso nur ein armes Wort", sagte Stig, gab Gas und brauste zum Hafen hinunter.

„Die Sonne geht auf – Ole Rasmussen! Mein lieber, guter Junge, wie geht es dir?" Asbjørn Harmsen wollte gerade mit seinen beiden juristischen Homunkuli das Kommissariat verlassen, als Ole Rasmussen auf leichten Kreppsohlen in Richtung Eingang schwebte.

„Stille og rolig", antwortete er verwundert.

Asbjørn Harmsen legte ihm beide Hände auf die Schultern und begann ihn freundschaftlich zu massieren. „Was für eine Freude, mein Lieber, dich hier wieder gesund und munter anzutreffen, ich muss schon sagen!"

Ole Rasmussen gab sich Mühe, ein besonders ausdrucksloses Gesicht zu machen. Er wollte auf keinen Fall etwas tun, das seinen Chef dazu ermuntern könnte, ihn auch noch zu umarmen.

„Pragtfuld, pragtfuld", sagte der Chef, ließ nur zögernd von Ole Rasmussen ab und rieb sich die Hände. „Ich wünsche dir alles Gute und einen besonders schönen Tag! Und versprich mir, dass du gut auf dich aufpasst, jetzt wo es dir anscheinend schon wieder viel besser geht!"

Die Homunkuli blickten auf ihre Uhren, das Triumvirat setzte sich in Richtung Parkplatz in Bewegung und ließ einen verwunderten Ole Rasmussen zurück.

„Heute ist doch nicht mein Geburtstag", murmelte er erstaunt und kratzte sich irritiert am Haaransatz.

„Sehr interessant, also wirklich", sagte Ole Rasmussen anerkennend und legte die zu heiß gerauchte Pfeife auf den Schreibtisch. „Gut, dass du im Schulamt ordentlich Druck gemacht hast, Pernille!" Ole Rasmussen blickte auf die Klassenlisten des Lehrers Sven-Aage Larsen. „Palle und Børge waren zur gleichen Zeit Schüler in seiner Klasse. Das ist wahrlich interessant. Ich werde ihn gleich besuchen."

„Das hat Stig schon getan. Er hat nichts aus ihm herausbekommen. Vielleicht ist es auch gar keine Spur, sondern einfach nur Zufall. Er hatte damals über dreißig Schüler. Später noch Hunderte, wenn nicht Tausende."

„Ja", sagte Ole Rasmussen. „Aber hier haben wir drei Leute beisammen, die etwas mit dem Mord zu tun haben. Ich halte das für eine richtig gute Spur."

„Wenn du meinst", sagte Pernille. „Wir haben übrigens eine Akte über Sven-Aage Larsen. Ich habe sie im Keller gefunden."

Ole Rasmussen nahm den vergilbten Ordner entgegen, den Pernille ihm reichte, schob die Tastatur vom Schreibtisch und klappte ihn auf. Er griff nach der Pfeife, befand sie für zu heiß und begann in der Akte zu blättern. „Ist das überhaupt legal, was wir hier machen?", fragte er. „Müsste eine so alte Sache nicht irgendwann verjährt sein?" Er blickte auf und sah, dass Pernille schon gegangen war.

Sven-Aage Larsen hatte sich offenbar sehr gut mit den deutschen Besatzern verstanden. Nach dem Krieg hatte es mehrere Anzeigen wegen Kollaboration gegen ihn gegeben. Da sie aber alle von Mitbürgern stammten, die etwas mit der Schule zu tun hatten, war der damalige Polizeidirektor zögerlich mit dem Material umgegangen und hatte letztlich entschieden, es nicht an die Staatsanwaltschaft der Hauptstadt weiterzuleiten. Klar war folgender Sachverhalt: Sven-Aage Larsen, der S. A. oder Sturmbannführer genannt worden war, hatte viel mit den Deutschen zu tun gehabt und das auch immer zugegeben. Er selbst hatte angegeben, diese Kontakte zum Wohle der Inselbewohner gepflegt zu haben. Die Kläger hingegen hatten behauptet, dass er die Kinder ausgehorcht habe, um belastendes Material gegen die Eltern zu finden, das in vielen Fällen zu erheblichen Repressionen geführt hatte. Die Beweisführung war aber schwierig gewesen, da nach der deutschen

Besatzung sofort die Russenzeit begonnen hatte. Hatten die Kläger ihren Verdacht gegenüber den Russen nicht geäußert, weil sie befürchteten, dass diese Sven-Aage Larsen, der ja immerhin Däne war, sofort erschossen hätten, oder hatten sie ihre Anklagen später erfunden, um sich für schulische Ungerechtigkeiten dieses Lehrers zu rächen? Es war vertrackt. Aber das alles hatte eigentlich nichts mit dem Fall zu tun. Das war Sven-Aages Privatsache. Klar war allerdings, dass Sven-Aage einer der vielen Nazis war, die es auch in Dänemark gegeben hatte – und nicht nur, solange das Land von den Deutschen besetzt war, sondern noch lange über diese Zeit hinaus. Ole Rasmussen wusste auch, dass es heute neue Nazis gab. Gerade war ein Vorfall durch die Presse gegangen, bei dem es darum ging, dass der Vorsitzende der dänischen Nazipartei öffentlich das Deutschlandlied in der alten Fassung gesungen hatte. Die Meldung hatte Schlagzeilen gemacht. Am Ende war aber herausgekommen, dass es in Dänemark nicht verboten war, öffentlich das Deutschlandlied zu singen, egal in welcher Fassung. Ole Rasmussen war völlig egal, wer wann wo und wie das Deutschlandlied gesungen hatte – er wollte nur diesen Fall lösen. Dass Sven-Aage die beiden ermordeten Bauern kannte, war eine Spur, aber solange der alte Lehrer nichts dazu aussagen wollte und sich nicht noch ein weiterer Puzzlestein fand, war es nur eine schwache Spur.

Ein weiterer Puzzlestein hätte die Untersuchung der Brandstelle des Hof-Neubaus am Borrelyngvej sein können – wenn sie denn etwas ergeben hätte. Jede nützliche Spur war allerdings mit dem Schnee geschmolzen. Zwar ließ sich genau rekonstruieren, wie der Brand gelegt worden war, aber es gab nicht die kleinste Spur des Täters. Ein Versicherungsbetrug kam auf dem Lande zwar oft vor, aber nur selten bei Neubauten, und der junge Bauer konnte leicht seine Bonität und die Garantien aus Brüssel dokumentieren. Da war also auch nichts zu holen.

Stig klingelte an der eleganten, grauen Haustür in einem typischen Nørrebroer Treppenhaus. Gleich darauf ertönte der Summer. Stig trat ein. Mette hatte hier schon gewohnt, als er sie kennengelernt hatte. Tief sog er den Duft des Treppenhauses ein. Der Geruch war das stärkste Mittel, um Erinnerungen zurückzurufen, und der Geruch dieser Treppe war kräftig. Das Haus war noch keines dieser renovierten Objekte, in denen der Stuck gereinigt war, die Wände mit pompejischem Rot gestrichen waren und Kronleuchter von der Decke blitzten. Nein, es war ein altes Nørrebroer Treppenhaus, und es roch nach allem Möglichen. Nach billigem Essen, Schnaps, Erbrochenem, illegalen Haustieren und billigen Zigarren.

Stig aber drängten sich ganz andere Bilder der Vergangenheit auf. Erinnerungen an kräftige Umarmungen, Mädchenkörper, Blicke, Sex. Was gab es Schöneres, als mit einer kühlen Winterfrau zu schlafen, die gerade eben aus der Kälte kam und kein größeres Verlangen hatte, als mit ihm ins Bett zu gehen. Als sie sich kennengelernt hatten, war Mettes schönes, fast kindliches Gesicht immer rot von seinen Bartstoppeln gewesen, da sie die erste Zeit kaum etwas anderes getan hatten, als Zungenküsse auszutauschen.

Da öffnete sich die Wohnungstür. Mette war eine hübsche Frau. Trotz ihrer kurzen blondierten Haare konnte sie sogar damenhaft und kultiviert wirken, wenn sie nicht gerade vor Stig im Türrahmen stand.

„Ach, du bist es", stellte sie fest und fixierte ihn kurz mit ihren grünen Augen. Den Mund presste sie fest zusammen. „Na, dann hat sie ja noch mal Schwein gehabt! Hier ist ihr Ausweis." Mette hielt Stig ein Stück Pappe hin, das in einer Plastikhülle steckte. Tief in der Altbauwohnung ertönte Gebell. Raue, kurze Kläffer.

Tür auf! bedeutete das in der Hundesprache. Das wusste Stig.

„Rühr dich bloß nicht vom Fleck, Arschloch!", sagte Mette leise und ging durch den langen Flur ihrer ehemals gemeinsamen Wohnung. Dann öffnete sie eine Tür.

Stig hörte das Geräusch von langen Pfotennägeln auf dem Holzfußboden. Ein paar Sekunden nur. Dann sprang Søbranda auf ihn zu. Eine glänzende, schwarze Kanonenkugel. Sie sprang auf seine Höhe und rammte ihre Schnauze an seine Nase. Dann leckte sie ihm heftig das Gesicht ab. Immer wieder sprang sie hoch und stand in der Luft wie ein 20 Kilo schwerer Fellkolibri. Søbrandas Begrüßungen waren ruppig, aber herzlich.

„Da!" Mette warf Stig die Hundeleine zu. „Verpisst euch!"

Stig sah für eine Zehntelsekunde Tränen in ihren Augen. Tränen, die sicherlich nur dem Abschied von dem Tier geschuldet waren. Bestimmt galten sie nicht dem Wiedersehen oder gar dem Abschied von Stig Tex Papuga, den sie doch angeblich geliebt hatte, aber der jetzt keine

Zeit zum Nachdenken hatte, weil Søbranda ihn wie verrückt ansprang. Sie lief um ihn herum und stieß dabei ihr eigentümliches Gebrummel aus.

„For helvede", murmelte Stig, als er langsam die ausgetretene Treppe hinunterging. „Jetzt geht der ganze Stress mit dem Vieh wieder los! Ja, ja. Du bist ein feiner Hund", sagte er etwas lauter und versuchte den Karabinerhaken der Leine an Søbrandas Halsband festzumachen, was nicht so einfach war, weil sie rauswollte, um mit ihm zu toben. Søbranda war eine Mischung aus Labrador und – Stig war es immer etwas peinlich – Rottweiler, und so war es nicht weiter verwunderlich, dass man mit ihr jede Menge Ärger hatte. Sie war ein verdammtes Alphatier. Intelligent und überaus einfühlsam, aber das machte alles oft noch schlimmer. Wenigstens würde sie sich wie eine Schneekönigin über die Bornholmer Strände freuen. Das war sicher.

Stig fuhr über den Gammel Køge Landevej zur Fähre. Sie passierten das große E-Werk, das früher das Gaswerk von Kopenhagen war. Stig dachte wieder an die Geschichte mit der Schuld und den Gummistiefeln und musste lachen. Søbranda saß aufrecht auf dem Beifahrersitz und spähte auf die einsame Landstraße. Seit es die Autobahn nach Køge gab, benutzten nicht mehr viele Autofahrer den Landweg. Sie hatten jede Menge Zeit, da die Nachtfähre erst um halb zwölf fuhr, und nur die konnte Stig nehmen, wenn er dem Hund nicht alle paar Wochen eine frische Wurmkur antun wollte, denn das wurde verlangt, wenn man das schwedische Festland passierte. Auch eine Form des Rassismus, dachte Stig. Profitierten die Schweden etwa nicht von der Schnellverbindung zwischen Bornholm und Schweden? Und war es nicht ein Skandal, dass man vielleicht bald, wenn man als Bornholmer die dänische Hauptstadt besuchen wollte, durch Schweden fahren musste? Durch Schweden! Und dann gab es noch nicht einmal einen Hundetransit zwischen den Ländern.

Stig war erstaunt, dass er schon so lokalpatriotisch dachte. Aber das Verhältnis zum Staat, wusste er, änderte sich immer erst, wenn der Einzelne persönlich betroffen war. Als Verkehrspolizist hatte er oft erlebt, wie brave Bürger plötzlich zu Staatsfeinden werden konnten, wenn man ihnen einen Strafzettel verpasste. Vielleicht war es also gar keine so schlechte Idee, die Schnellfähre nach einem Schwedenmörder zu benennen.

Eine Ampel wurde rot, und Søbranda stützte sich mit den Vorderpfoten am Armaturenbrett ab. Sie war so intelligent, dass sie das Signal mit dem kurz darauf einsetzenden Bremsvorgang in Verbindung brachte. Und sie war so einfühlsam, dass sie jede Sorgenfalte in Stigs Gesicht wahrnahm, und davon gab es im Moment reichlich. Aufmunternd klopfte sie mit dem Schwanz auf den Plastiksitz und brummelte dazu.

„Ach, Søbranda …", murmelte Stig und fuhr an, als die Ampel auf Grün umsprang. Søbranda schnappte vernehmlich in die Luft. Sie wollte nicht Auto fahren, sondern spazieren gehen, und wenn sie etwas wollte, machte sie durch dieses Schnappen auf sich aufmerksam. „Ach Søbranda …", sagte Stig noch einmal. Der Hund schnappte wieder und begann dann zärtlich und ungestüm sein rech-

tes Ohr zu lecken. „Lass das, du alter Hund", befahl Stig
und fuhr Schlangenlinien.

Vor der expressionistischen Kulisse des ARKEN Muse-
ums, das wie eine moderne, gestrandete Arche Noah über
den grauen Strand ragte, ließ er den Hund aus dem Auto
springen. Sie wanderten im Wind zwischen den struppi-
gen, halbhohen Sträuchern zum Strand. Flugzeuge steuer-
ten die Landebahnen von Kastrup an, die Stadt leuchtete
im Hintergrund. Alles sah so aus, wie man sich als Laie
einen Tatort vorstellte: verlassen, verwahrlost, suburban.
Ein Ort für Füchse, Ratten und Zwergkaninchen. Einsame Paare in geliehenen Autos. Müll wehte zwischen dem
schütteren Buschwerk. In Wirklichkeit war es ein friedli-
cher Platz. Die Tatorte waren meist dort, wo viele Menschen zusammenkamen. Kneipen, Bahnhöfe, Wohnsied-
lungen. Und für Søbranda war diese Gegend gewiss das
Paradies. Die Vegetation, der Strand, die Büsche kamen
ihr gerade recht. Sie raste den pfotenfreundlichen Strand
entlang und freute sich ihrer Kraft. Auch Stig taten der
Wind und der weite Blick gut. Das Laufen lenkte ihn von
Versagensängsten und Antipathie ab. Von Gedanken an
Mette. Von seiner Einsamkeit und dem unlösbar erschei-
nenden Fall, der ein völlig verrissener Einstieg in seine
Karriere auf dem Land zu werden drohte. Scheiße, dachte
er. Pis og papir! Vielleicht war er inzwischen sogar schon
gefeuert.

15

27. Dezember, 6 Uhr 30
Rønne Havn
Neblig / trüb. Temperaturen um den Gefrierpunkt. Tendenz: fallend.

Als Stig von der Fähre fuhr, sah er in der Ferne einen Polizeiwagen vor dem eigentlich seit dem Schengener Abkommen nutzlosen Grenzhäuschen stehen. Daneben, elegant wie immer, Oluf in seiner Ausgehuniform, auf der Nase eine Wayfarer-Sonnenbrille von Ray-Ban. Stig hatte auf der Überfahrt geschlafen und war noch nicht ganz wach. Einen Moment lang glaubte er angesichts dieser Szenerie zu träumen. Einem Opernleutnant gleich stoppte Oluf einige Wagen mit vorbildlicher Eleganz und winkte sie aus der Schlange heraus. Stig wusste ja, dass Oluf eine Sonderausbildung im sogenannten *Projekt Bornholm* gehabt hatte, bei dem Marine, Polizei und Zoll zusammengearbeitet hatten. Aber er hatte nicht geahnt, dass es eine Art von Ballettkonkurrenz für formvollendetes Autoanhalten gegeben hatte und dass Oluf darin der ungekrönte König war. Eleganz, Körperbeherrschung, Spannung, Schwung – sein ganzer Körper glich einem Kunstwerk.

Auch bei Stig hob er huldvoll die Hand – eine Bewegung, die er irgendwie mit dem ganzen Körper vollführte –, und winkte ihn fließend an die Seite, wobei er gleichzeitig den nachfolgenden Autos einen pantomimischen Haltebefehl gab. Stimmt, dachte Stig. Sein Wagen, der Volvo Amazon, war ja ein typisches Kriminellenfahrzeug.

„Bitte aussteigen und den Kofferraum öffnen", sagte Oluf so freundlich, dass nicht einmal Søbranda zu bellen begann. Im Gegenteil, sie drängte sich an Stig vorbei, als er die Tür öffnete, lief auf den Ballettpolizisten zu und sprang freudig an seiner weißen Ausgehuniform hoch. Wahrscheinlich hatte sie sich sofort in Olufs Stimme verliebt. Oluf erhob angesichts der auf ihn zustürmenden, undefinierbaren Fellkugel abwehrend eine Balletthand. Aber das half nichts, Søbrandas spontane Liebe war so groß, dass sie aufsprang und sich mit voller Wucht auf seine Höhe brachte.

„Ikke hoppe op, ikke hoppe op", kreischte der Held der Heimwehr. Den Hund abzuwehren und gleichzeitig Contenance zu wahren, gelang Oluf sogar noch in dieser Situation. Zuschauer gab es ja genug.

Stig erlöste ihn, indem er den Hund am Halsband packte, gerade noch rechtzeitig, bevor er anfing, Olufs Ohren abzulecken.

„Du bist es", sagte Oluf verwundert, als er Stig erkannte. „Du mit einem Hund! Das hätte ich nicht gedacht. Ist der aber lieb", fügte er noch hinzu. Er konnte ja nicht wissen, wie ungewöhnlich Søbrandas Betragen war.

„Ja", log Stig dreist und grinste freundlich dazu. Er konnte einfach nicht unfreundlich sein. Das war wohl sein allergrößter, verdammter Fehler. „Søbranda ist schon ein lieber Hund. Und ein neuer Kollege", fügte er noch hinzu. „Spezial-Schweinehund aus Mitteljütland. Auf den Mann trainiert. Damit kriegen wir ihn!"

„Søbranda ... so, so", sagte Oluf und sah den Hund erstaunt an. „Du heißt Søbranda, Vovser? Ein ziemlich außergewöhnlicher Hundename."

„Nun ja", antwortete Stig an Søbrandas Stelle. „Irgendeinen Namen muss so ein Tier ja haben."

„Du hattest in Kopenhagen einen dringenden Gerichtstermin, hat Ole Rasmussen erzählt", wechselte Oluf das Thema. „Ich hoffe, die Gerechtigkeit hat gesiegt."

„Oh ja, natürlich", sagte Stig schnell. „Und wie sieht es hier aus?"

„Gut", sagte Oluf und brachte mit Mikrobewegungen seiner Hand die wartenden Autos zur Weiterfahrt. „Wir rechnen jede Sekunde mit der Verhaftung des Täters."

Plötzlich schien Oluf etwas Verdächtiges zu sehen. Sein Körper straffte sich, er nahm Haltung an, atmete durch, hob gravitätisch seine rechte Hand, ließ den linken Arm parallel dazu durchschwingen, streckte die rechte Hand vor, und ein Kleintransporter fuhr gehorsam aus der Schlange.

„Wir sind jetzt wachsam", erklärte Oluf wichtig. „Wir werden verhindern, dass Weiteres geschieht!"

„Na, dann will ich dich nicht länger aufhalten", sagte Stig höflich und öffnete die Tür. Søbranda sprang ins Auto, und auch er stieg wieder ein. „Einen schönen Tag noch."

„Dasselbe", antwortete Oluf. „Euch allen beiden."

„Danke", sagte Stig.

Wer *wir* waren, hatte Oluf nicht gesagt, aber auf dem Weg zur Wache fuhren mehrere getarnte Jeeps an Stig vorbei, die, wie Stig wusste, eigentlich für ihren Einsatz in Afghanistan üben sollten. Stig war selbst militärisch auf Bornholm ausgebildet worden, und nicht zuletzt die Erinnerungen daran hatten ihn bewogen, die Stelle als Kriminalpolizist auf der Insel anzunehmen. Obwohl er ein ehemaliger Armeeangehöriger war, hatte er das Gefühl, dass an diesem Wintermorgen irgendetwas mit den Leuten nicht stimmte, die ihm vermehrt in ihren getarnten und offenen Mercedes-Benz und Hummer entgegenkamen.

Vor der Polizeiwache standen mit Transparenten behängte Trecker. *Der Bauer ist der Mann, der uns alle füttert* stand auf einem. Seenebel kam vom Meer auf, und die Transparente hingen schlapp in der feuchten Luft. Die Bauern sahen Stig nicht gerade wohlwollend an, als er ausstieg und auf das Polizeigebäude zuging. Wieder dachte er an die Gesichter der Drogenhändler am Hauptbahnhof. Hass und Unverständnis. „Abwesenheit von Liebe und Menschlichkeit", hätte vielleicht der schwarze Prediger von Olsker gesagt. Stig hatte aber gerade keine Lust, die Bauern oder ihre Knechte zu fragen, wie viel Licht ihre Liebe wohl in die Dunkelheit oder den aufkommenden Seenebel senden konnte.

„Halløjsa", brüllte Stig zackig, als er das Büro betrat. Ole Rasmussens Platz war in eine Tabakwolke gehüllt, also musste er wohl da sein. „Setz dich schon mal hin, dann kriegst du auch gleich einen Stuhl", fügte Stig hinzu.

„Danke, ich habe schon einen, oder besser gesagt: noch", winkte Ole Rasmussen freundlich ab. „Guten Morgen. Auch schon so früh auf den Beinen?"

„Was, zum Teufel, ist denn hier los? Ich bin doch nur eine Nacht weg gewesen und schon ist hier ein militärischer Aufstand im Gange! Braucht es nur zwei kleine Morde, um die friedliche Sonnenscheininsel in eine verdammte Diktatur zu verwandeln? Was sagt die Tourismusindustrie dazu?", fragte Stig.

„Touristen? Es ist doch noch keine Saison." Ole Rasmussen sah unruhig auf seine Uhr.

„Und was machen diese seltsamen Demonstranten da draußen?"

„Demonstranten?" Ole Rasmussen lachte. „Das sind alles Millionäre. Eigentlich werden die auf dem Golfplatz in Rø erwartet."

„Die Schweinemäster machen mobil?", fragte Stig ungläubig.

„Nicht nur die." Ole Rasmussen zählte auf: „Auch die Reporter und die Armee. Und dann hat unser Kollege Oluf auch noch seine Heimwehr einberufen. Die schützen jetzt die größten Güllevorkommen der Insel, während wir Verwirrte verhaften und von nun an Umweltaktivisten abhören sollen."

„Die Armee? Willst du mir wirklich erzählen, dass die hier das Kommando übernimmt, weil zwei Bauern gestorben sind? Erstaunlich. Ganz erstaunlich!"

„Nein, natürlich nicht. Nicht unmittelbar, jedenfalls. Das könnte doch in unserer Demokratie nie passieren!" Ole Rasmussen wies auf das gerahmte Schwarz-Weiß-Foto von Dronning Margrethe an der Wand. Die Monarchin hing in so mancher Amtsstube, aber das Bild hier zeigte sie patschnass bei einer Wanderung im Djursland. „Die Jungs trainieren eben zufällig gerade heute außerhalb ihrer Übungsplätze. Die Heimwehr kann ja schlecht alle 1031 Bauernhöfe der Insel schützen. Das größere Problem ist die Presse. Wie ich hörte, hast du ihnen geraten, zu schreiben, was sie wollen. Und genau das haben sie getan."

„Pyt med det." Stig ließ sich in seinen Schreibtischstuhl plumpsen und rollte damit ein Stück über den Veloursboden.

„Ach, lass die nur spielen. Das wird keinen Mitbürger vom Frokost abhalten, höchstens unseren Täter. Vielleicht ist das nur ein Gefühl, aber ich glaube, dass es nur einen gibt, und dass wir ihn auf einer Insel irgendwann fast automatisch fangen werden."

„Fragt sich nur, wann, und ob wir das noch als Polizisten erleben dürfen. Wir müssen ihn schnell fassen."

„Das stimmt allerdings." Ole Rasmussen nahm einen tiefen Lungenzug. „Da hast du allerdings verdammt recht."

Stig bediente sich ausgiebig am Kaffeespender und rührte ein paar Löffel Trockenmilch in die schwarze, heiße Brühe. „Milch gibt es hier nicht?", wollte er wissen.

Ole Rasmussen sah auf und schüttelte den Kopf. „Wenn du gerne Milch hättest, musst du mit diesem Astronautenpulver Vorlieb nehmen. Oder du bringst dir selbst Milch mit. Die soll übrigens auf unserer Insel besonders gut sein. Es gibt eine sehr gute Molkerei, und das Softeis dieser Firma gewinnt eine Goldmedaille nach der anderen."

„Mir ist gerade nicht nach Softeis", murmelte Stig in den Kaffeebecher.

„Was hast du gesagt?", fragte Ole Rasmussen.

Stig trank, dann sagte er: „Du bist sicher noch anderen Kaffee gewohnt, Café grand crème oder so."

„Das stimmt." Ole Rasmussen seufzte schwer. „Obwohl ich gar nicht viel zum Kaffeetrinken gekommen bin. Ja, ja. So ist das."

Stig hatte inzwischen eine ziemlich genaue Vorstellung davon, was sein Vorgesetzter in Paris getrieben hatte, und keine besondere Lust, ihn nach knallharten Ermittlungsergebnissen zu befragen. Er begnügte sich mit der Tatsache, dass die vormals Verdächtige den zweiten Mord nicht verübt haben konnte, da sie unter Beobachtung eines herausragenden dänischen Kriminalisten stand. Ob sie das allerdings vom ersten Mord freisprach, überließ er der Kompetenz seines derzeit ziemlich apathischen Kollegen.

Stig stand auf und füllte sich noch einen Becher mit Kaffee, den er wieder mit reichlich Trockenmilch verrührte. Wie Wolken stiegen die braunen Kräusel in der Flüssigkeit auf, um zum Strudel zu werden, zum Hurrikan, und letztlich völlig in der Soße aufzugehen und ihr eine insgesamt schöne Farbe zu geben. Vorsichtig führte Stig den heißen Becher zum Mund. Abgesehen davon, dass die Trockenmilch nicht so gut schmeckte wie frische, kühlte sie das Getränk nicht. Obwohl das auch ein Vorteil sein konnte, überlegte er. Was, wenn das Getränk trotz Thermotank schon stark abgekühlt war und man kalte Frischmilch hinzufügte? Trotz des besseren Geschmacks würde der lauwarme und so gerade noch trinkbare Kaffee eventuell völlig erkalten.

„Irgendetwas machen wir falsch", sagte Ole Rasmussen plötzlich und seufzte tief.

Gemeinsam horchten sie auf den Nachklang, den diese fundamentale Erkenntnis in ihrem gut gewärmten Büro auslöste. Der Satz stand da wie ein Fels. Ole Rasmussen schämte sich nach einer Weile fast dafür, und auch Stig hielt es bald nicht mehr aus und wollte den Satz verscheuchen.

„Damit hast du sicher recht", sagte Stig, aber dann wusste er nicht weiter und überließ es seinem Kollegen, für sich auszumachen, was er falsch machte. Oder noch falsch zu machen plante. Zur Not konnte man ja beim nächsten Dienstagstreffen darüber reden. Er selbst hatte entschieden zu schlecht geschlafen, um eine Liste seiner eigenen Fehler auch nur zu beginnen. „Oder meinst du das jetzt etwa ermittlungstechnisch?", hakte er nach.

„Nein, nein. Natürlich nicht. Da machen wir alles richtig. Wir haben ein paar Häuser von Umweltschützern durchsucht, Unschuldige verhört, Telefone angezapft, sind mit Hubschraubern herumgeflogen, haben bei der Gülle-Lagune den Schnee aufgetaut und sind trotzdem noch keinen Schritt weitergekommen."

„Nichts also", stellte Stig wenig überrascht fest.

„Sauberer Tatort. Keine Spuren. Die beiden Bauern sind jeweils ohne Gewalteinwirkung mit dem Fahrrad weggefahren und tot zurückgekommen. Reifenspuren sind im frischen Schnee geblieben, wenn überhaupt welche da waren, und die Leichen nicht später selbsttätig in den Gülletank geflogen sind. Dagegen sprechen allerdings leichte, fleckenartige Verfärbungen auf der jeweiligen Rückseite der Leichen."

„Sie sind nicht weit vom Fundort ermordet worden", sagte Stig.

„Ach!", antwortete Ole Rasmussen. „Oder die Fahrräder sind später in ein Auto verladen worden. Mit dem Fahrrad kommt man leise vom Hof, ohne dass Ehefrauen etwas hören."

Stig glaubte plötzlich eine Spur Bitterkeit in Ole Rasmussens Stimme zu hören.

„Ich wühle mich hier übrigens durch Fälle der letzten Jahrzehnte", fuhr Ole Rasmussen geschäftsmäßig fort. „Vielleicht ist es ja wirklich eine alte Rachegeschichte oder so etwas. Aber beide Bauern haben außer extensiver Landwirtschaft und wiederholten Verstößen gegen das Baurecht keinen Schmutzfleck auf ihrer weißen Tracht."

„Wenn es sich nicht um einen okkulten Mord oder um Ökorache handelt, dann vielleicht um den Auftakt zu den Bauernkriegen. Oder meinst du vielleicht, die Sache könnte etwas mit dem Mord in Vestermarie von 1833 zu tun haben? Der ist schließlich immer noch nicht aufgeklärt."

„Haha", sagte Ole Rasmussen trocken. „Ein bisschen weiter sind wir während deiner Abwesenheit schon gekommen. Jedenfalls haben wir Informationen bekommen, die Pernille und mich zu einer spontanen Bastelarbeit angeregt haben." Stolz führte Ole Rasmussen Stig an die Pinnwand des Büros. „Das da sind Nylars und seine schöne Umgebung", erklärte er die vergrößerte Fotokopie der alten Karte. „Beziehungsweise Nyvest, wie es jetzt heißt. Aber egal. Hier ist der Hof von Knudsen und hier der Hof von Madsen. Da ist die Schule, und da hat unser guter alter Sven-Aage Larsen gewohnt, der sich früher auch gerne S. A. oder Sturmbannführer rufen ließ."

Interessiert betrachtete Stig die Karte.

„Knudsen, Madsen und Larsen hatten eine gemeinsame Schulzeit, und dass sich der alte Nazi so für seinen ehemaligen Schüler interessiert hat, kann etwas zu bedeuten haben", schloss Ole Rasmussen orakelhaft.

„Toll", rief Stig begeistert aus. „Erstaunlich. Ganz erstaunlich!"

„Ja, nicht wahr?", sagte Ole Rasmussen nicht ohne Stolz. „Jetzt schaue ich mir mal die Klassenlisten an. Vielleicht finden wir ja noch einen Prominenten, und mit dem reden wir dann, bevor er seinen … wie hieß es noch?"

„Schwedentrunk nimmt", komplettierte Stig den Satz und trank den Rest seines mit Trockenmilch zubereiteten Milchkaffees. „Hatte Bauer Madsen eigentlich auch Milchpartikel in den Poren seiner Kopfhaut?", fiel ihm plötzlich ein.

Ole Rasmussen kratzte sich am Haaransatz, suchte das Gutachten auf dem Schreibtisch und blätterte darin herum. Dann sah er angestrengt durch die Bifokalbrille. „Ja", sagte er schließlich. „Ja. Das hatte er. Bist du jetzt glücklich? Die beiden haben offenbar gerne Milch getrunken. Soll ja gesund sein."

„Ausgezeichnet", sagte Stig, stand auf und zog seine Jacke an. „Das beruhigt mich. Ich gehe jetzt erst einmal mit dem Hund spazieren. Danach schaue ich bei der

Witwe Madsen vorbei. Vielleicht kann sie uns ja doch noch einen Hinweis geben."

„Ja", sagte Ole Rasmussen aufgeräumt. „Tu das. Geh mit deinem Hund spazieren, wenn du einen hast. Viel Vergnügen! Du musst hier nicht im Büro herumhängen, bis der Fall gelöst ist. Du kannst ihn auch draußen lösen, nur lösen musst du ihn. Diese verdammten Bauern fressen mir und Pernille die Smørrebrøds weg. Die sind schlimmer als diese Nimmersatte von der Inneren Mission."

„Ich bin ich, weil mein Hund mich erkennt", sagte Stig zum Abschied. „Weiterhin einen schönen Tag und god arbejdslyst!"

Stig war auf seinem Weg nach Nyvest noch nicht einmal beim Flughafen angekommen, als er schon von einer Rotte Heimwehr angehalten wurde. Uniformierte mit gelben Warnwesten trieben ihn undänisch hastig in eine Parkbucht. Søbranda, die sich gerade noch unglaublich gefreut hatte, war jetzt äußerst ungehalten. Die Uniformierten – es waren hauptsächlich ältere Frauen – verlangten nach Ausweispapieren und wollten den Kofferraum kontrollieren. Von allen Seiten kamen sie und leuchteten mit starken Akkumulationsscheinwerfern durch die morgendliche Dunkelheit ins Wageninnere.

Stig packte den Hund fest am Halsband. Er konnte für nichts garantieren. Wenn er Søbranda jetzt losließe, könnte Blut fließen. Heimwehrblut. „Ich bin Polizist, und dieser Hund ist gefährlich", sagte er nachdrücklich. Søbranda knurrte. „Sehr gefährlich!"

„Das sind wir auch", gab die Wortführerin zurück und schob ihr Kinn vor. Sie hatte trainiert und auf den Ernstfall gewartet, seit die Russen die Insel verlassen hatten. Wenn hier eine das Recht hatte, bissig zu sein, dann sie.

Stig versuchte mit einer Hand seine Polizeimarke hervorzukramen und mit der anderen seinen Hund zu halten, dessen Nacken so kräftig war, dass er Äste damit tragen konnte, die Stig selbst niemals zur Hochstrecke hätte bringen können.

„Lass das! Hände ans Lenkrad!", sprach die Obermajorin leichthin ihr eigenes Todesurteil.

Stig wurde langsam sauer, denn ihm wurde bewusst, dass er nur die Wahl zwischen zwei Übeln hatte: den Hund loszulassen und ein Blutbad zu riskieren oder von der alten Gumpen massakriert zu werden. Dann hatte er die rettende Idee. „Okay, meine Damen und Herren", sagte er. „Ihr habt doch alle sicher die Pressekonferenz über die Bauernmorde auf *TV 2 / Bornholm* gesehen, richtig? Dann leuchtet mir jetzt mal ins Gesicht!"

Er wartete einen Moment, während er ungläubig betrachtet wurde.

„Und? Aha! Ja, ja!", fuhr er fort, als er die Reaktion in den Gesichtern sah. „Das ist ja der dumme Kopenhagener, der die ganze Insel lächerlich gemacht hat! Danke, Kommissar Papuga! Vielen herzlichen Dank! Aber, wenn ihr mir jetzt immer noch nicht glaubt, dass ich bei der Polizei bin, lasst mich in Allahs Namen meine Marke zücken!"

Angeekelt betrachtete ihn nicht nur die Majorin. Alle drückten ihre Nasen an den schmalen Scheiben des Amazons fest. Søbranda bellte wütend.

„Darf ich weiterfahren?"

Die Majorin nickte. „Fahr weiter!"

Stig ließ den Amazon mit kreischenden Reifen anfahren. Die Leute sprangen zur Seite. Søbranda hüpfte nach hinten und bellte die Silhouetten der Heimwehr noch an, als sie beide schon längst Richtung Nyvest weitergefahren waren.

Madsens hatten es anders gemacht als Knudsens. Sie hatten Geld ausgegeben. Inmitten der Industrieanlagen des Hofes, ein Stück entfernt vom historischen Hofgebäude, hatten sie einen hässlichen Neubau errichtet. Stilistisch den 90er-Jahren zuzuordnen, war es ein symmetrischer Gelbklinkerbau mit hohen Fenstern, aus denen grelles Licht schien. Obwohl es nur ein einstöckiges Gebäude war, wirkte es vor dem Blaugrau des Himmels und umweht von dicken Schneeflocken wie ein Tempel. Eine gewaltige Satellitenantenne schien für den Kontakt mit himmlischen Mächten zuständig zu sein.

Stig ließ den Amazon stehen und ging ein paar Schritte auf das Gebäude zu. Von draußen konnte er auf den riesigen Flachbildschirm im Wohnzimmer sehen. In schneller Folge tauchten funkelnde Schmuckstücke auf dem Bildschirm auf und wurden von anderen, nicht minder prächtigen abgelöst.

„Frau Madsen!", rief Stig in das Haus, nachdem er die Tür einen Spalt geöffnet hatte. Beim Eingang standen rosa Gummistiefel. An der Garderobe hing Reitzeug. „Frau Madsen! Hier ist Stig Tex Papuga von der Kriminalpolizei!"

Die laute Stimme des Fernsehverkäufers wurde leiser und schließlich unhörbar. „Komm rein!", rief Frau Madsen.

Stig zog sorgfältig seine Schuhe aus und betrat den hellen Teppichboden.

„Setz dich doch", sagte Frau Madsen, als Stig lautlos im Wohnzimmer erschien. Sie blickte kurz auf ihn und sah dann wieder auf die Schmuckstücke.

„Es tut mir leid, wenn ich störe", begann Stig. „Ich hätte da noch einige Fragen."

„Was wollt ihr denn noch wissen?", fragte die Frau und stöhnte. Sie war eine aufrechte, alte Frau und wirkte sportlich. „Ich habe doch schon alles gesagt."

An der Wand tickte eine alte Amerikaneruhr. Ihr kurzes Pendel schien regelrecht gegen die Zeit anzukämpfen. Wie auf einem Kaugummi, der nicht weich werden wollte, kaute die Uhr auf der Zeit. Frau Madsen atmete dazu hörbar.

„Hatte dein Mann Feinde? Ist er bedroht worden?", wollte Stig wissen.

Frau Madsen schüttelte langsam den Kopf. „Wir waren immer zusammen. All die Jahre. Kann man denn jemanden besser kennen, als ich ihn? Jede Sekunde waren wir zusammen." Das Atmen schien ihr immer schwerer zu fallen.

Stig erhob sich. „Es tut mir leid", sagte er.

Frau Madsen schwieg.

„Ach ja, wie war eigentlich sein Verhältnis zu Børge Knudsen?", fragte Stig, schon in der Tür zum Flur.

„Sie waren befreundet. Seit ewigen Zeiten. Sie sind sogar in der Schule in dieselbe Klasse gegangen."

„Hat Palle einmal den Lehrer Sven-Aage Larsen erwähnt?"

„Nein." Frau Madsen schüttelte entschieden den Kopf. „Über die Schule haben wir nie gesprochen. Warum auch? Wenn man so einen Großbetrieb führt, gibt es immer etwas zu tun, und abends haben wir ferngesehen."

„Wie ist denn dein Verhältnis zu Loretta Knudsen?"

Frau Madsen sah durch Stig hindurch und schüttelte langsam den Kopf. „Das war doch Børges Frau, oder?"

Stig nickte und atmete tief durch. Ihm fielen keine gescheiten Fragen mehr ein. „Hat Palle gern Milch getrunken?", fragte er daher leichthin.

„Milch?", fragte Frau Madsen kopfschüttelnd. „Wir trinken hier nicht viel Milch. Und Palle hasste Milchprodukte. Was wollen Sie noch alles wissen? Womit er sich die Zähne putzte?"

„Nein, nein, schon gut", sagte Stig enttäuscht und wunderte sich darüber, dass Frau Madsen so wütend wurde. „Dann gehe ich mal wieder", sagte er freundlich. „Aber es kann gut sein, dass ich noch einmal kommen muss. Es wäre nett, wenn du die Insel vorerst nicht verlassen würdest."

Als Stig sich die Schuhe wieder anzog, fing auch der Fernsehverkäufer wieder zu sprechen an. Seine Stimme klang ungemein sympathisch und verständnisvoll.

Es schneite dicke Flocken, als Stig mit Søbranda über den Strand spazierte und sich fast den Arm auskugelte, als er für das Tier einen riesigen Baumstamm ins Wasser warf, den es ihm, wie immer, viel zu schnell zurückbrachte.

Milchspuren in den Kopfhautporen! Was sollte man mit so einer Information anfangen? Vielleicht waren die Gutachten heutzutage einfach zu umfangreich. Mit Tausenden von Details wurde man zugeschüttet, um dann die paar relevanten Spuren herauszufiltern. Vielleicht war ohne diesen technischen Schnickschnack alles viel einfacher. Wenn man erst einmal den Sachverhalt kannte und einen Täter dingfest gemacht hatte, halfen die tausend Details bestimmt bei der Beweisführung. Aber bis es so weit war, vernebelten sie einem die Sicht.

Die Eckpfeiler des verbrannten Hof-Neubaus am Borrelyngvej wiesen auf noch babylonischere Dimensionen von Landwirtschaftsarchitektur hin als der graue Hof von Børge Knudsen. Die verkohlte Ruine stand in der hügeligen und von schmelzenden Schneewehen durchsetzten Landschaft wie ein Mahnmal gegen den Krieg. Halb offene Riesenkonstruktionen waren der letzte Schrei im Maststallbau. Wahrscheinlich, weil man so nicht nur auf die Wände, sondern auch noch auf eine sachgemäße Entlüftung verzichten und sogar behaupten konnte, dass die Tiere im Freiland grasten. Soweit Stig wusste, war dieser Stall nicht für Schweine, sondern für Kühe geplant gewesen. Da die Spurensicherung schon alles untersucht hatte, duckte er sich einfach unter der Absperrung hindurch und ging zwischen den Stahlpfeilern hindurch. Aber anders als sonst oft bei Tatortbegehungen bekam er hier keinen Hinweis auf ein Motiv oder eine Absicht. Nichts außer der Gestank vom Haupthof, der in unmittelbarer Sichtweite der Ruine lag, drang zu ihm vor. Stig wollte nicht parteiisch sein, aber er fand es nicht besonders schade, dass der Erweiterungsbau nicht fertig und in Betrieb genommen worden war. Auch so stank es vom Hof her schon infernalisch.

Als Stig mit Søbranda bei Andersine ankam, stand sie, nackt bis auf ein paar Holzschuhe, draußen vor ihrem Fenster und streute mit einer Holzschaufel Getreide in die Gegend, das begierig von einer riesigen Vogelschar aufgepickt wurde. Sie schwang die Schaufel wie eine gigantische Demeter, und ihr rundlicher Körper war so weiß wie der Schnee.

„Huch, ich bin ja nackt", rief sie aus und stellte sich dabei in Positur, während Søbranda grußlos und wild den Baum hochkletterte, an den Andersine Speckschwarten für die Raubvögel, ihre Adler, wie sie sagte, genagelt hatte.

Andersine winkte ab, ohne ihre Scham oder ihre Brüste zu bedecken, als Stig den Hund zurückpfeifen wollte, und bot ihm Kräutertee an.

Nachdem alle erreichbaren Speckschwarten vom Baum gerissen und verschlungen waren, folgten Søbranda und Stig Andersine ins Haus. Søbranda wedelte wild mit dem Schwanz und klassifizierte Andersine, die sie klar als die Herrin des Speckparadieses identifiziert hatte, ganz offensichtlich als Topdog.

„Hej, Vovser", wurde der Hund von Olsen begrüßt, der Stig, wie üblich, keines Blickes würdigte. Doch Søbranda schnappte nur indifferent in seine Richtung.

„Guter Hund. Beißt nicht", sagte Olsen und verschwand in der Dunkelheit des Hauses.

„Kommst du wegen Jesper?", wollte Andersine wissen. „Er ist auf der Flucht. Oder habt ihr Büttel ihn etwa schon verhaftet?"

„Wer sollte sich wohl für ihn interessieren?", fragte Stig gereizt. „Oder meinst du, er hat was ausgefressen?"

„Du hast ihn bestimmt denunziert, du verdammter Marsianer!"

„Quatsch", sagte Stig. „Aber ich will hoffen, dass ihn weder die Armee noch die Heimwehr schnappt."

„Ihr tickt doch alle nicht richtig", stellte Andersine fest und öffnete verträumt ein Bier.

„Schimpft er, wenn er nicht bei dir ist, genauso über die Bauern?", fragte Stig.

„Natürlich", brummte Andersine. „Und er hat recht!"

„Das will ich nicht abstreiten. Aber glaubst du, dass er mit dem Gerede auch nur einem Schwein hilft? Oder glaubst du, dass er auch zu Taten fähig ist?"

„Lass mich doch in Ruhe!", antwortete Andersine. „Bornholm ist der schönste Platz auf der Welt. Aber wenn wir hier keine Bauern und keine Polizisten hätten, wäre es eine noch glücklichere Insel!"

„Søbranda, komm!", befahl Stig.

Der Hund, der inzwischen alle Katzennäpfe leer gefressen hatte, kam brav angetrottet.

„Das wird schon wieder", sagte Stig im Gehen. „Wer soll schließlich sonst die Damenfußballmannschaft von Allinge trainieren?"

16

Ole Rasmussen schaute fast schüchtern zur Tür, als Stig das Büro betrat, und ließ nicht einmal seinen üblichen Spruch hören. Schnell legte er eine Boulevardzeitung, die er gerade gelesen hatte, auf den Tisch, damit Stig die Schlagzeile nicht sehen konnte, aber es war schon zu spät.

Arschlöcher stand in fetten Lettern als Zitat neben einem Foto auf dem Stig den Journalisten aggressiv seinen Mittelfinger zeigte. Ein hervorragendes Foto. Die Kollegen vom Hauptbahnhof würden ihn vermutlich dafür lieben.

„Haben wir etwa unlängst den Marsianer verhaftet, der die Damenfußballmannschaft, wenn man das überhaupt so sagen darf, von Allinge trainiert?", wollte Stig wissen. „Oder sagt man Damenfrauschaft? Immerhin stammen sie ja allesamt von der Venus."

Ole Rasmussen ignorierte die Frage. „Da ist jemand für dich", sagte er und nickte mit dem Kopf in eine Ecke ihres Büros.

Dort saß eine etwas unscheinbare, junge Frau, die Stig beim Eintreten übersehen hatte.

„Das ist Kommissar Stig Tex Papuga", stellte Ole Rasmussen vor. „Dorthe, nicht wahr?"

„Ja, Dorthe." Die junge Frau stand auf und ging auf Stig zu. Sie war blond, Ende dreißig vielleicht, und sie sah aus, als hätte sie schlecht geschlafen.

„Stig."

Sie schüttelten einander die Hände, während Ole Rasmussen seine Pfeife anzündete.

„Sie ist besorgt wegen ihres Freundes, Holger Mikkelsen", erklärte Ole Rasmussen. „Sehr besorgt."

„Mein ehemaliger Freund", sagte Dorthe leise. „Wir sehen uns nicht mehr oft, und als er auch Weihnachten nicht anrief …"

„Vielleicht hättest du ihm einen Stollen schicken sollen", gab Stig zu bedenken.

„Da hab ich es selbst immer wieder versucht." Dorthe reagierte nicht auf Stigs Scherz.

„Kannst du völlig ausschließen, dass er einfach nur Urlaub macht?", fragte Stig.

Ole Rasmussen schaute besorgt.

„Der!" Dorthe schnaubte stoßweise.

Vielleicht war es eine Art Lachen, dachte Stig. Das Lachen einer Durchsichtigen.

„Der kann nicht weg. Der ist allein auf seinem Hof!"

Stig wurde bei dem Wort *Hof* leicht schwindelig. Erst hielt er sich an der Schreibtischkante fest, dann ließ er sich langsam in seinen Stuhl sinken.

„Er ist doch immer dort und kümmert sich nur darum. Vielleicht konnten wir deswegen nicht zusammenbleiben … Er hat immer so viele Sorgen wegen seines Hofes." Dorthe schluchzte trocken.

„Und jetzt ist er weg?" Stig sah den nächsten Gülle-
schwimmer schon vor sich und war froh, dass es noch
nicht dunkel war.

„Er meldet sich einfach nicht", sagte Dorthe verzweifelt.

„Sie traut sich nicht allein zum Hof zu fahren", erklärte
Ole Rasmussen. „Vielleicht könnt ihr zusammen mal
nachschauen. Vielleicht ist er ja nur krank."

„Ja." Dorthe nickte heftig. „Ja. Das wäre schön."

„Na, denn mal los", sagte Stig mutig. „Oder hast du
Angst vor Hunden?"

„Nein." Dorthe schüttelte den Kopf. „Ich hatte selbst
mal einen."

„Gut", sagte Stig.

Søbranda, die brav vor Dorthe im Fußraum saß, als sie die
Straße nach Aakirkeby entlangfuhren, hatte eine Menge
Sorgenfalten auf dem Gesicht der Frau zu erkunden. Dorthe saß nur da, beachtete den Hund nicht und blickte auf
die Straße. Søbranda schnappte laut und fixierte sie dabei.
Leider war nicht genug Platz, um mit dem Schwanz auf
den Boden zu schlagen wie ein wütender Biber. So fuhren
sie schweigend immer weiter.

„Ich hasse diese Insel", sagte Dorthe nach etlichen
Kilometern tonlos.

„Oh!", sagte Stig. „Erstaunlich. Ganz erstaunlich." Er
hatte die Nebelscheinwerfer eingeschaltet, aber sie halfen
nicht viel. Dichter Nebel versperrte die Sicht, und nur
mühsam konnte Stig die Reflektoren am Straßenrand ausmachen. Wie diese aussahen, hatte er sich seit der Sache
mit der Schneewehe nur zu gut merken können.

„Was machst du denn so?", fragte er Dorthe. Trotz der angespannten Situation und ihrer Verzweiflung konnte er nicht umhin, sich zu fragen, ob er sie irgendwie attraktiv fand. Er, ein Marsianer wie er im Buche stand, fragte sich, ob es wohl schön wäre, mit dieser Venusstämmigen ins Bett zu gehen.

„Ich bin Krankenschwester ...", begann Dorthe.

Wer wusste, ob sie sich nicht Ähnliches fragte, während sie so steif dasaß? Und zu welchem Ergebnis sie wohl kam? Stig wusste, dass er nicht nach Frau roch. Kein Mann war unattraktiver als einer ohne Partnerin, und Frauen konnten so etwas riechen.

„Aber jetzt bin ich selber krank", fuhr Dorthe fort. „Wäre ich bloß Floristin geworden!" Sie fuhren schweigend weiter. Ihre stumme Verzweiflung wirkte langsam ansteckend. Plötzlich zeigte sie nach rechts.

„Scheiße!", sagte Stig und machte eine Vollbremsung.

Sie fuhren einen Feldweg hinab, und Dorthe zeigte Stig, wo es langgehen sollte. Das war nicht leicht. Dorthe hatte das Fenster geöffnet, als wäre es möglich, den Weg zum Hof unter Zuhilfenahme des Gehörs besser zu finden. Aber alles, was zu hören war, waren der Motor und das Fallen von schweren Tropfen aus den Kronen der nassen, kahlen Bäume.

Endlich fanden sie den Hof. Auf dem Platz vor den Gebäuden stand ein ramponierter Mitsubishi Pajero Geländewagen, der geisterhaft grau durch den Nebel schimmerte. Kein Laut war zu hören, kein Licht erhellte die Nebelwand.

„Das ist sein Auto", sagte Dorthe. Stig stellte den Motor ab und drückte auf die Hupe. Sein sonores Mehrklanghorn schrie traurig in den Nebel. Nichts rührte sich.

„Komm, lass uns mal nachsehen", sagte Stig forscher, als ihm zumute war. „Deswegen sind wir doch gekommen."

Dorthe nickte zaghaft.

Søbranda musste im Wagen bleiben, Stig und Dorthe gingen langsam auf das düstere Haus zu.

„Bitte!", sagte Dorthe und hakte sich bei Stig ein.

Gerade noch rechtzeitig konnte er die Pistole einstecken, mit der er heimlich gespielt hatte.

„Da ist was nicht in Ordnung. Da ist was nicht in Ordnung", stammelte Dorthe immer wieder. „Nein, nein, nein …" Sie hatte sich in Stigs Arm total versteift.

Die graue Fassade des Hofes hatte Risse. Nur der riesige Stall und das Futtersilo strahlten in braunem Glanz. Hinter grauen Wellblechplatten waren die alten Mauern verborgen.

Die Stille war beängstigend. Kein Brummen von Pumpen, Belüftungen oder Fütterungsmaschinen ertönte. Nur Wassertropfen, die von Bäumen fielen. Als sie näher an den Stall herankamen, hörten sie wilde, fast menschliche Schreie, verhalten aus tausend Kehlen.

„Oh Gott, oh Gott", jammerte Dorthe und wollte nicht weitergehen. „Oh, mein Gott. Holger hat sich etwas angetan!"

„Willst du nicht lieber im Auto warten?", fragte Stig fürsorglich. Eigentlich wollte er erst im Haus nach dem Bauern sehen, da der aber nicht auf das Hupen reagiert hatte und die Schreie aus der Scheune kamen, machte es wohl mehr Sinn, erst dort nachzusehen. Stig hatte Angst und nicht die geringste Lust, allein weiterzugehen, aber so konnte er wenigstens die Pistole in der Hand halten, ohne dass es ihm peinlich war.

Dorthe nickte.

Stig führte sie zum Volvo zurück. Er nahm eine große MAG-LITE-Taschenlampe, mit der man zur Not auch zuschlagen konnte, aus dem Kofferraum. Dorthe stieg ein, und Stig sah noch, wie Søbranda ihr kurz das Gesicht leckte und dann wild gegen die Scheibe sprang und dazu wütend ihr Tür-auf-Bellen ausstieß.

Stig musste an einen schlecht ausgeleuchteten Schwarz-Weiß-Film denken, als er, in der einen Hand die Lampe und in der anderen die entsicherte Pistole, auf den Stall zuging. Im Inneren des Stalls rumpelte, rumorte und polterte es. Als er die Tür auch nur einen Spaltbreit geöffnet hatte, schlug ihm ein infernalischer Gestank entgegen. Dann wurde ihm die Tür aus der Hand geschlagen. Ein paar riesige, blutige Schweine drängten sich an ihm vorbei und schoben, wild schreiend, ihre massigen Leiber ins Freie.

Stig hatte noch nie ein Schwein gesehen, aber jetzt sah er Hunderte. Die stärksten, die offenbar ihren Koben überwunden oder zerstört hatten, bewegten sich überge-wichtig in den verödeten Garten. Stig sah sie kaum, da er sich schützend den Arm vors Gesicht hielt. Der ganze gewaltige Stall war ein einziges blutiges Inferno. Im Licht der Taschenlampe und des fahlen Tageslichts, das durch die Stallfenster fiel, schoben sich Schweineleiber übereinander und bildeten eine wabernde Masse. Sie lagen übereinander oder waren ineinander verkeilt. Tote Schweine, riesige Schweine, blutige Schweine, überall nur Schweine. Sie wälzten sich in einem tiefen Sumpf ihrer eigenen Exkremente, in denen Teile von Leibern ihresgleichen lagen, die sie angefressen hatten. Kaum ein Schwein, schien es Stig, hatte noch Ohren oder Ringelschwänze. Der Strom war wohl ausgefallen und damit auch das Futter, das Wasser, die Belüftung und die Reinigung. So war Kannibalismus die einzige Rettung gewesen. Und die Schweine hatten es zumindest versucht.

Jene Schweine, die noch einigermaßen bei Sinnen waren, sahen Stig an. Tausend Schweineaugen voller Schrecken, voller Irrsinn waren auf ihn, den Menschen, gerichtet wie auf Satan in der Hölle. Er, ein Luzifer, der die Kreaturen aus der Hölle befreien konnte. Die Schweine brüllten um ihr Leben, während sie weiter aneinander fraßen.

Stig leuchtete in dem Stall umher. Er suchte den Bauern. Zuerst leuchtete er den Boden zwischen den wogenden Schweineleibern und dann die Betondecke ab, während die Schweine in ihren Koben vollends der Raserei anheim fielen. Sie waren so klug, dass seine Anwesenheit ihnen Hoffnung machte. Koben für Koben wurde die Botschaft weitergegeben, und die Schweine drängten an die Ränder der Gatter. Das Quieken und Grunzen steigerte sich zu einem höllischen Lärm.

Da schoss ein schwarzfelliger Blitz an ihm vorbei und überwand mit einem gewaltigen Satz den letzten Koben.

Die meisten Bornholmer hatten wohl noch nie ein Schwein gesehen, dachte Stig. Das würde sich wahrscheinlich bald ändern. In Kürze würden sie vermutlich sogar jede Menge Schweine sehen, mehr als ihnen lieb wäre. Was die Schweine offenbar noch nie gesehen hatten, war ein Hund. Einigen gelang es, in Panik die Gatter zu überwinden. Søbranda, das zähnefletschende Horrortier, hetzte die Schweinebande mit Wadenbissen zu einer riesigen Schweine-Pyramide, die als wogende Schweinewelle in wilder Panik jede Barriere überwand und über das Gatter der Koben zum Stalltor strebte. Søbranda zischte dabei mit angelegten Ohren zwischen den Schweinen herum und bellte wie wahnsinnig.

Stig stand auf dem Gang vor den Koben. Die Tiere drängten wild an ihm vorbei und gingen auf ihn los. Bevor sie ihn beißen konnten, drosch er mit der MAG-LITE auf sie ein. Er fühlte Panik aufsteigen und suchte Schutz an der Wand. Die Schweine drängelten an ihm vorbei ins Freie. Zum ersten Mal in ihrem Leben sollten sie Licht sehen. Das Licht der Liebe. Waren die Tiere in den Koben schon vorher wild gewesen, waren sie durch den Hund völlig irrsinnig geworden.

„Verdammt noch mal! Drehen Sie nicht durch! Ekelhaft! Schamlos!", sagte Stig in Abwesenheit des Kapitänleutnants zu sich selbst. Noch nie war er dem Grauen so nah gekommen wie in diesem mörderischen Stall.

Søbranda rannte im Zickzack über die Roste des Schweinestalls. Sie suchte etwas. „Søbranda, verdammte Scheiße", brüllte Stig los, als ihm klar wurde, was der Hund da tat. „Lass die Knochen liegen, das ist Beweismaterial!"

Aber der Hund wollte nicht hören und hatte sich bereits einen eigentümlich langen Knochen geschnappt.

Ohne viel zu überlegen, öffnete Stig alle Koben und schoss mit seiner Pistole einmal in die Luft. Koben für Koben öffnete er wie im Rausch und trieb die restlichen Tiere mit Pistolenschüssen nach draußen. Keine Seele sollte in dem Inferno gefangen bleiben. Als offizielle Begründung würde er vorbringen, dass die Überreste des Bauern auf den Rosten des Stalls gefunden werden mussten. Und er war sich ziemlich sicher, dass genau das geschehen würde. Mochte er nun betrunken über das Gatter gefallen oder von jemandem niedergeschlagen und zwischen die Schweine geworfen worden sein. Alles war möglich, alles außer Selbstmord durch Schweinebiss!

Als die letzten Schweine in wilder Panik aus dem Stall rannten, konnte Stig seine dreckige Hündin stellen. Er nahm ihr den Knochen ab, den sie immer noch im Maul hatte, und warf ihn achtlos auf den Boden. „Søbranda, komm!", befahl er. Erst als alle Schweine, die noch am Leben waren, den Stall verlassen hatten, ging auch Stig, um die Kollegen zu informieren. Dabei musste er Søbranda am Halsband packen und aus dem Stall führen, damit sie sich keinen weiteren Knochen schnappen konnte.

Alles war voller Schweine. Sie grunzten im Nebel und buddelten, suhlten und wälzten sich. Dorthe blickte entsetzt aus dem Auto auf die Schweineinvasion im Nebel.

„Blöder Hund!" Stig öffnete die Tür und klappte den Fahrersitz um. „Hopp!", befahl er. Der Hund sprang in den Fond. Das Tier stank nach Schwein.

Stig klappte den Sitz zurück, stieg ein und gab einen Funkspruch durch. Dann wandte er sich an Dorthe. „Schaffst du es, mir das Haus zu zeigen? Im Stall war er nicht. Bald kommen die Kollegen. Kommst du mit, oder hast du Angst vor Schweinen?"

„Nein", sagte Dorthe. „Ich habe keine Angst vor Schweinen. Aber ich bin sicher, dass es Holger nicht recht wäre, dass du sie frei gelassen hast. So etwas habe ich noch nie gesehen."

Stig zuckte die Achseln. „Ich habe meine Gründe", sagte er.

„Komm rein!" Dorthe hielt ihm die Tür auf. Sie war vorgegangen und hatte die Schuhe ausgezogen. Stig tat es ihr gleich.

Im Haus war es penibel aufgeräumt. Es war mit wenigen billigen, aber gepflegten Gegenständen möbliert. Etwas kroch Stig an, etwas, das in Ausweglosigkeit münden musste: Den Status halten, schien die armselige Einrichtung zu flüstern. Den Status halten! Niemand darf etwas merken! Niemand darf helfen! Ich schaffe es allein!

Angesichts der zwanghaft anmutenden Ordnung, die hier herrschte, musste Stig auf einmal an Andersine denken. Das hier war weit schlimmer als ihr unordentlicher, aber lebendiger Hof. Wie gerne hätte Stig sie beauftragt, mit ein paar Möbelwagen voll Unbrauchbarem die Wohnräume dieses verbissenen Marschierers in ein kreatives Chaos zu verwandeln. Dann hätte er vielleicht etwas Abwechslung von der sauberen Logik, die ins Nichts führen konnte. Von der Illusion, eine ausweglose Sache doch noch in den Griff zu bekommen. Vielleicht war es sogar eine Geschäftsidee, die Stig seiner Tante vermitteln könnte. Die Chaostheorie zu visualisieren und zu leben.

Hier fehlte das Chaos jedenfalls gänzlich. Ein paar schlechte Drucke hinter sauberem Glas versuchten über lange Distanzen miteinander zu kommunizieren, verloren ihre Botschaft aber irgendwo auf der Strecke in grellem Neonlicht. Ordnung, Sauberkeit, Klarheit.

Stig öffnete den Kühlschrank. Das unterste Regal war voll mit Letmælktüten. Vermutlich war es billiger, wenn man zwei Tüten gleichzeitig kaufte. Letmælk war in den letzten Jahren in Dänemark modern geworden. Ein Produkt, das dem Schlankheits- und Jugendwahn entgegenkam. Dabei handelte es sich doch seines Wissens einfach nur um verdünnte Milch.

Der Tisch in der Wohnküche war überhäuft mit Rechnungen, Mahnungen, einstweiligen Verfügungen und allem, was ein Bankrott so mit sich brachte. Von Holger Mikkelsen selbst gab es keine Spur. Irgendwie hatte Stig das Gefühl, dieser Bauer würde nie mehr lernen, dass man T-Shirts auch verkehrt herum anziehen konnte.

„Wo ist er denn hin? Wo ist er denn hin?" Dorthe lag im Auto in Stigs Armen, Søbranda leckte ihr das Gesicht und versuchte die Rückenlehne zu überwinden.

„Er muss weggegangen sein", sagte Stig und wünschte, dass es wirklich so war.

Als die Kollegen endlich kamen, fuhr Stig zurück nach Rønne und brachte die schluchzende Dorthe ins Krankenhaus. Er drängte sich vor einem kleinen Jungen, dem ein Angelhaken in der Kopfhaut steckte, und einer betrunkenen Depressiven in einen Behandlungsraum, in dem zwei junge Ärzte über ein Ballerspiel gebeugt waren.

„Kripo Rønne", sagte er unwirsch und schob Dorthe vor. „Meine Freundin hier steht unter Schock", fügte er hinzu. „Gebt ihr etwas, damit es ihr garantiert besser geht!"

Beide Ärzte wühlten Einwegspritzen, Tupfer und Ampullen hervor und machten sich an Dorthes Oberarm zu schaffen. Stig sah interessiert zu.

Dorthe seufzte leicht, als die Nadel aus ihrer Vene gezogen wurde, sie sah an allen vorbei in den Bornholmer Frühling mit Lerchengesang, aber keiner außer ihr konnte den Vogel hören. Die Sonne wärmte hoch am Himmel. Irgendwo brüllte friedlich eine Kuh.

„Das Leben ist vielleicht ein Witz, aber bestimmt kein verdammtes Ballerspiel!", raunte Stig und sorgte dafür, dass die Ärzte den Griff der Pistole unter der Jacke sehen konnten.

Einer der Ärzte hielt ihm einen Streifen Tabletten hin, der andere ein Wasserglas. „Nimm zwei davon und lass ihr die anderen. Du fährst sie doch nach Hause?"

Stig schluckte die Tabletten und trank das Wasser. Dann nickte er. „Alles klar." Er half Dorthe vom Stuhl.

Dorthes Hof lag in Poulsker, also einen verdammt langen Flug durch den düsteren Nebel quer über die Insel entfernt. Immer wieder wurde die Flugbahn von Schweinen durchkreuzt, die seltsam bleich durch die Luft flatterten, wie die berühmten Flügeltoasts als Bildschirmschoner.

Die Tabletten hatten Stig in eine seltsame Stimmung versetzt.

„Warum?", sagte er langsam und bedeutungstief zu seiner Frontscheibe. „Ja, warum?" Er atmete tief aus. Er streckte seine rechte Hand weit von sich weg – zwischen Dorthes Blondschopf und die Kunstlederkopfstütze. Er fühlte die Aura von frischem Conditioner und sah gelassener in den Nebel als zuvor. Wie schön das grüne Licht seiner Tachobeleuchtung strahlte!

„Ach …", probierte er nochmals seine auf einmal sonore Stimme. „Ach …"

„Ach, ach", kam leise vom Blondschopf unter seiner Hand wie von einer Olympia, die lange stumm gewesen war. „Ach, ach."

Stig ließ den Wagen am Zaun entlangrollen, bis ihr Ziel in den Bereich der Frontscheibe rückte. Dorthes Hof war so riesig wie eine Lagerhalle und vielleicht auch genauso hässlich, aber das war in dem Nebel nicht so genau auszumachen. Jedenfalls stand der Volvo auf einer gewaltigen, mit Betonplatten gepflasterten Ebene. Das Wasser tropfte von den Neonröhren, die unter dem Dachvorstand des Einganges angebracht waren. Alles war nass. Die Welt war ein einziger Nebel, der sich auf allem niederließ. Das elektrische Licht war zu schwach, um den Nebel wirklich zu durchdringen. Es schuf nur illuminierte Kreise von technischer Dämmerung mit newtonschen Ringen, in denen sich Menschen bewegen konnten, die ja nicht über ein so ausgeklügeltes Instrumentarium von Sinnesorganen verfügten wie etwa ein Hund, der in jede Dunkelheit hetzen würde, immer dem Bewegten hinterher.

„Ich muss nach dem Pelletfeuer sehen", flüsterte Dorthe. Sie tappten über den nassen Hofplatz, der kein Ende zu nehmen schien, und ihre Bewegung ließ weitere Lichter aufflammen. In einem Stall brummte eine große, rot lackierte Anlage. Aus einem gewaltigen Reservoir prasselten kleine Holzkugeln in ein Rohr und wurden schließlich in einen Brenner gesogen.

„Das ist neu", sagte Dorthe. „Aber es funktioniert gut." Sie blickte auf Søbranda. „Der Hund bleibt draußen", befahl sie und meinte damit den Vorraum.

Obwohl Søbranda mit dem Schwanz auf den Boden schlug und mit den Zähnen schnappte, schloss Stig die Tür und folgte Dorthe in ihre Behausung. Sie hatte genügend Platz. Die Wohnung hätte für vier Stadtfamilien gereicht, aber sie lebte allein hier.

„Hier kann man ja ohne Schwierigkeit die Krümmung der Erdachse wahrnehmen", sagte Stig anerkennend und kratzte sich in der linken Armbeuge. „Fast wie ein Hangar für Flugzeuge", fügte er noch hinzu.

Dorthe sagte zwar nichts, aber wenigstens umarmten sie sich zum Abschied. Trotzdem hatte Stig das deutliche Gefühl, es ginge ihr ohne ihn besser.

„Ich rufe dich an, sobald wir etwas wissen", sagte er. „Wenn wir deinen Freund finden, meine ich."

Er holte den Hund ab, segelte mit dem grünen Licht der Tachobeleuchtung durch den schweinedurchsetzten Nebel zurück auf sein Sofa und in seinen Daunenschlafsack. Er schaltete den Fernseher ein und ließ ein Magnetband durch den Rekorder laufen. Das hatte ihn immer gerettet. Aufmerksam starrte er in den Bildschirm.

In totaler Dunkelheit wachte Stig auf. Als er das Licht einschaltete, stellte er erstaunt fest, dass Søbranda neben seinem Bett stand, ihre Schnauze nur wenige Zentimeter von seinem Gesicht entfernt. Vielleicht war er durch ihren Atem aufgewacht. Sie hatte womöglich schon wer weiß wie lange vor ihm gestanden und sein schlafendes Gesicht hypnotisiert.

Sie ging zur Tür und bellte ihr kurzes Tür-auf-Bellen. Stig ließ sie in die Nacht hinausrennen. Er ließ die Tür offen und setzte sich in einen der spakigen Sessel. In der Nacht hatte er aus seiner Videothek des Schreckens *Die üblichen Verdächtigen* angesehen. Irgendwo im Hintergrund einer Szene war ihm ein Zettel aufgefallen, auf dem *Lost Dog* stand. Sofort hatte er sich mit diesem Attribut identifiziert. Ein Lost Dog war etwas anderes als ein Lonesome Wolf, der übrigens auch im Tierreich nichts Großartiges, sondern nur ein geduldeter Versager war. Ein Lost Dog dagegen war etwas anderes. Er war einmal ein ganz gewöhnlicher, sozial integrierter Mensch gewesen, bevor er aus allem herausgefallen und irgendwie verloren gegangen war, und jetzt war er nur noch ruppig, vielleicht sogar räudig. Ein verlorener Hund. Natürlich hatte der Zettel im Film etwas anderes bedeutet, irgendwelche Leute hatten einfach nur ihren Hund verloren, völlig unsentimental, aber das hinderte Stig nicht daran, plötzlich und nach Jahren zum ersten Mal zu weinen.

Und dann passierten, wie so oft, mehrere merkwürdige Dinge kurz hintereinander. Søbranda kam, nachdem sie sich wohl im Garten versäubert hatte, freiwillig zurück und begann Stigs Gesicht zu lecken.

„Du alter Hund", sagte Stig. Dann vergrub er sein Gesicht im dichten Fell ihrer Kruppe und atmete tief durch. Der Duft ihres Felles, ein Geruch, zu dem es im Leben keine Entsprechung gab, beruhigte ihn. „Du warst nie ein Lost Dog – du alter Hund", sagte er. Søbranda stupste ihm ins Gesicht und leckte seine Tränen ab. Und da sie plötzlich eine Chance witterte, Stig zum Spazierengehen zu bewegen, wurde sie immer wilder.

„Nein", sagte Stig und stand auf. Er öffnete die Ofenklappe und warf ein paar wurmstichige Bretter hinein. „Wir wollen jetzt schlafen. Geh in deinen Korb!"

Widerwillig strebte Søbranda ihrer Schlafstelle zu, drehte sich aber immer wieder um und blickte Stig aufmerksam ins Gesicht. Schließlich war sie im Korb angekommen und kratzte darin herum, bis die Kissen herausflogen. Dann setzte sie sich mit einem tiefen, ärgerlichen Brummen, rollte sich zusammen und fixierte Stig weiterhin.

Stig spulte den Film zurück, schaltete den Ton ab und startete ihn erneut. Er legte sich aufs Sofa, sah auf die stummen Bilder und dachte an den Fall. Holgers Verschwinden musste nicht unbedingt etwas mit den Mordfällen zu tun haben. Außer er war von Ökoterroristen entführt worden. Aber warum sollten die, wenn es sie wirklich gab, was Stig bezweifelte, ausgerechnet einen kleinen, heruntergekommenen Hof überfallen? Selbst die Heimwehr hatte es nicht für notwendig befunden, ihn in die Liste der zu schützenden Bauern aufzunehmen. Die Täter, und die gab es bestimmt, auch wenn sie fürs Erste unbekannt waren, würden vermutlich wieder einmal ohne Strafe davonkommen. Sie gehörten zum System Bauernmafia, ja ohne sie gäbe es wahrscheinlich gar keine Bauernmafia. Um an das viele schöne Geld aus Brüssel zu kommen, machten sich die Bauern abhängig von Baufirmen, Maschinen-, Dünger-, Futtermittel- und Wer-weiß-was-noch-alles-Lieferanten. Dahinter standen die Banken, die all das giftige Zeug finanzierten, und die Bauern benötigten immer größere Kredite. Wenn die Geschäfte nicht mehr so gut liefen, wurde immer mehr Geld in einen hohlen Betrieb gepumpt. Dann ging der Kampf gegen die Schulden los. Holger hatte seine Verpflichtungen und Verträge bestimmt sehr ernst genommen, war protestantisch und ehrlich bis auf die Knochen. Warum hatte er seinen Hof nicht rechtzeitig auf ökologischen Landbau umgestellt? Ökoprodukte machten in den Supermärkten schon stolze zehn Prozent aus. Oder warum hatte er nicht ganz aufgegeben und mit Dorthe einen Blumenladen aufgemacht? Jetzt übernahm die Bank; und wenig später würde einer der Großbauern sich den Hof unter den Nagel reißen.

Aber das war nicht Stigs Problem. Seine Opfer waren nicht mit Geld ermordet worden, sondern mit Gülle. Alles kam jetzt darauf an, ob wieder jemand aus einer Gülle-Lagune auftauchen würde. Und wenn es geschähe, hoffte Stig, dass er diesmal nicht der verstörte Finder wäre.

Auf jeden Fall aber bekäme er am nächsten Tag tierischen Ärger, weil er die Schweine freigelassen hatte. Trotzdem bereute er es nicht. Mit diesem Gedanken schlief er schließlich ein.

Plötzlich war er wach. Er hatte Licht und Fernseher angelassen. Søbranda saß aufrecht da und horchte. Sie hörte wohl ein Geräusch, das Stig entgangen war. Er lud die Pistole durch. Es klopfte, und der Hund begann wie wild zu bellen. Stig packte sie am Halsband. „Komm rein", schrie er gegen das Gebell. Die Haustür quietschte, dann öffnete sich die Zimmertür. Es war Gurli. Søbranda hörte auf zu bellen und wedelte heftig mit dem Schwanz. Stig ließ sie los, sie sprang auf Gurli zu und versuchte ihr das Gesicht zu lecken. „Setz dich schnell hin. Dann hört sie vielleicht damit auf", sagte Stig. „In deinen Korb!", befahl er Søbranda. Gurli setzte sich vorsichtig auf einen Stuhl und Søbranda ging brummend zum Korb.

„Ich hab es heute schon mal versucht, aber du warst nicht da. Es ist wegen Jesper", sagte Gurli. „Ich weiß nicht, was mit ihm los ist. Sonst hat er sich immer schnell gemeldet, aber diesmal hat er mich, seit er verschwunden ist, nicht ein einziges Mal angerufen."

„Seht ihr beide euch oft?", fragte Stig. Er wusste nicht so recht, was er aus dieser halbprofessionellen Situation machen sollte. Überdies schämte er sich für das Chaos in seiner Behausung. Andererseits war es schon um einiges wohnlicher geworden.

„Ja", sagte sie. „Im Winter ist er nur tagsüber auf seinem Hof und schläft jede Nacht bei mir. Wenn wir getrennt sind, ruft er mich fast jede Stunde an."

„Willst du eine Vermisstenanzeige erstatten?", fragte Stig, nachdem sie beide eine Weile geschwiegen hatten. Er hatte sich dafür entschieden, professionell aufzutreten.

„Ja, ich glaube, das würde ich gerne", sagte Gurli erleichtert. „Er tut bestimmt niemandem etwas. Aber allein dort draußen könnte ihm etwas passieren. Vor allem seit diese Uniformierten überall herumschnüffeln."

„Stimmt", sagte Stig. Daran hatte er seit Jespers Verschwinden noch gar nicht gedacht. „Er ist ja schon seit dem ersten Weihnachtstag weg und hat die neueste Entwicklung nicht mehr verfolgen können, falls er da, wo er jetzt ist, keinen Zugang zu den Medien hat."

Gurli nickte. „Er war so anders an dem Tag. Und als es Abend wurde, ist er gegangen."

„Wir finden ihn schon", versprach Stig. „Ich glaube, er redet nur gern und will die Leute schockieren. Aber er wird niemandem etwas tun. Trinkt er übrigens gerne Milch?"

Gurli nickte. „Wir trinken beide jeden Morgen einen halben Liter Letmælk. Das ist gesund." Sie stand auf.

„Sollte ich vielleicht auch tun", sagte Stig. Er erhob sich und begleitete sie zur Tür. Als sie draußen standen, fiel ihm noch etwas ein. „Hat er eigentlich ein Gewehr?"

„Ja", gab Gurli zu. „Zwischen all dem Kram in seinem Haus hat er auch ein Gewehr. Aber er hat es nicht mitgenommen. Als er ging, trug er nur einen kleinen Rucksack."

„Hej-hej", sagte Stig. „Ich melde ihn als vermisst und rufe dich an, wenn ich ihn gefunden habe. Hav det godt."

„Hej-hej", sagte Gurli. „Tak for denne gang."

Nachdem Stig die Vermisstenanzeige telefonisch durchgegeben hatte, kroch er wieder in den Schlafsack und dachte über Jesper nach. Wie konnte ein Mensch derartig unzufrieden sein, wenn er eine so liebevolle Freundin hatte. Jesper musste verrückt sein. Und das war beunruhigend. Wenn man ihn nämlich nicht zufällig liebte, so wie Gurli es tat, konnte man ihn einfach als einen Fanatiker sehen, der vielleicht sogar mit einem Gewehr bewaffnet war und seit Tagen und Nächten in der Dunkelheit umging. Stig musste wieder an den Schuss denken, den er gehört zu haben glaubte.

17

28. Dezember, 7 Uhr 30
Politistation Zahrtmannsvej, Rønne
Schwach windig. Temperaturen um den Gefrierpunkt.

„Habt ihr ihn gefunden?", fragte Stig wenig zuversichtlich.

Ole Rasmussen schüttelte den Kopf. „Armee und Heimwehr haben alle maßgeblichen Gülleansammlungen der Insel kontrolliert. Keine Spur von einem toten Bauern."

„Ich habe ohnehin nicht das Gefühl, dass der Bauer Holger der Dritte in unserer Sammlung wird. Zu unbedeutend, zu anders als die anderen", entgegnete Stig.

„Gefühl? Du bist wirklich ein Gewinn für die Insel, Stig", sagte Thorben finster. Es war noch dunkel draußen, und Thorben, Ole Rasmussen und Stig standen im Besprechungszimmer über einen Tisch mit Schwarz-Weiß-Fotos gebeugt. „Ein Hauptgewinn. Die ganze Insel hat die helle Freude an dir. Vor allem die Schweine."

Stig schwieg.

Ole Rasmussen klopfte seine Pfeife an der Schreibtischkante aus. Der Abraum aus der Brennkammer prasselte leise in den darunter aufgestellten Papierkorb. „Vergiss nicht, Thorben, irgendeiner musste das ja machen. Jemand musste Holger im Kreise seiner Tiere suchen", erinnerte Ole Rasmussen den Kollegen Thorben ernst.

„Und über tausend Schweine freilassen? Da bist du aber einer von ganz wenigen, die das so sehen, Ole."

Unbeeindruckt stopfte Ole Rasmussen Tabak aus der blauen Dose in seine Pfeife.

„Vor allem der Bank, die bei Holgers Hof Kreditgeber ist, passt die Sache gar nicht", sagte Thorben. „Wir hatten schon gestern Nacht einige Anrufe von denen. Die verlangen, dass wir ihre Schweine einfangen."

Stig schwieg. Die Fotos waren nicht dazu geeignet, Appetit aufs Frühstück zu machen. Sie zeigten die leeren Schweineställe – und vor allem detailliert, was auf den Rosten lag, in die normalerweise die Gülle lief: Reste von Schweinen, Knochen und Kot.

„Haben die Vermisstenanzeigen irgendetwas ergeben?", fragte Stig.

Ole Rasmussen starrte auf den fotografierten Fußboden des Schweinestalls. Keiner sagte mehr etwas. Eine unbehagliche Atmosphäre verbreitete sich in der vertrauten Amtsstube. Sie schwiegen eine Weile. Sie sahen sich die Fotografien an. Ein Stapel mit weiteren Fotografien lag verkehrt herum vor Thorben auf dem Tisch.

„Ich glaube, deinen Freund Holger brauchen wir nicht groß zu suchen", sagte er. „Ich habe gestern die ganze Nacht dort gearbeitet und mich genau umgesehen." Thorben zeigte mit seinem Bleistift auf einen langen, abgenagten Knochen. „Das sieht nicht nach Schwein aus, oder was sagt ihr dazu? Ist dir das auch aufgefallen, Hauptgewinn? Das ist eindeutig ein menschlicher Os femoris oder Femur", sagte er arrogant und fügte herablassend hinzu: „Also ein Oberschenkelknochen – und zwar eines ausgewachsenen Mannes."

Ole Rasmussen nickte. „Sie haben den armen Tieren extra Rippen angezüchtet, aber hochbeinig sind sie, soweit ich informiert bin, noch nicht, oder?"

„Wäre vielleicht ganz praktisch", murmelte Stig. „Für Eisbein."

Thorben sah ihn angeekelt an. Dann sagte er: „Jedenfalls wären sie dann, solange sie lebendig sind, deutlich mobiler. Das müsste ja ganz in deinem Sinn sein."

„Hast du schon eine DNA-Analyse vorliegen?", wollte Ole Rasmussen wissen.

„Ich habe ein paar Schamhaare von Holger in seinem Staubsauger gefunden. Ansonsten war die Wohnung clean wie das Iglu eines Allergikers. Was tue ich nicht alles für euch, obwohl Weihnachten ist?" Thorben fixierte Stig und zog eine Augenbraue hoch.

„Und? Ist er es?", fragte Stig gespannt.

Thorben wiegte den Kopf und genoss es sichtlich, Stig und Ole Rasmussen auf die Folter zu spannen. „Mit einiger Wahrscheinlichkeit", sagte er schließlich. „Wir haben noch ein wenig mehr von ihm als das abgenagte Eisbein." Er zeigte auf die umgedrehten Fotos. „Ich bin rücksichtsvoll genug, euch nicht alles zu zeigen. Ein richtiges Puzzlespiel. Und wir suchen ja noch."

„In den Schweinen?", fragte Ole Rasmussen.

„Sobald wir sie haben, auch das. Inzwischen hatten sie ja Zeit genug, sich sternförmig über die Insel auszubreiten und gewaltigen Flurschaden anzurichten. Dabei verteilen sie auch DNA-Spuren, die uns weiterhelfen können." Thorben sah Stig vielsagend an, als er von den Flurschäden sprach.

Der winkte aber gelassen ab. Die Tablette, die er am Vortag geschluckt hatte, half ihm, seinen Seelenfrieden zu wahren. „Seid froh, dass wir überhaupt noch was gefunden haben!", sagte er selbstbewusst. „Wenn ich diese Allesfresser nicht befreit hätte, gäbe es vielleicht nicht mal das Eisbein." Insgeheim dachte er auch daran, was Søbranda beinahe mit den Knochen gemacht hätte. Dann zeigte er auf die umgedrehten Fotos. „Wenn dein Puzzle da wirklich die traurigen Überreste des Bauern zeigt, wissen wir aber immer noch nicht, ob er einem Verbrechen zum Opfer gefallen ist. Und wenn es ein Verbrechen war, ist noch lange nicht gesagt, dass derselbe Täter dahintersteckt wie bei Børge und Palle."

„Tja …", sagte Thorben und schaute einen Moment lang genauso bekümmert drein wie Ole Rasmussen. „Nicht unmittelbar, jedenfalls!"

„Jemand könnte ihn betäubt oder umgestoßen haben", sagte Stig. „Auch Selbstmord würde ich nicht ganz ausschließen."

„Selbstmord durch Schweinefraß? Wie pervers bist du denn?", protestierte Thorben.

„Fälle solcher Art sind gar nicht so selten", verteidigte sich Stig. „Wenn das Bürgertum absteigt, tut es das tonlos und verzweifelt, bis zum Mord an der Familie oder Selbstmord. So gehen sie schmallippig und klaglos, nach guter Protestantenart, ins Jenseits."

Thorben schüttelte den Kopf. Dann sah er Ole Rasmussen an. „Noch einmal Glückwunsch zu deinem neuen Kollegen. Ich hoffe, er wird nie langweilig."

Ole Rasmussen sah nachdenklich durch ihn hindurch. Wieder schwiegen sie eine Weile.

„Und Jesper?" Stig stand auf.

„Nichts", sagte Ole Rasmussen. „Der alte Querulant fällt inzwischen wohl anderen auf den Wecker. Zum Glück."

„Guten Tag, meine Herren", murmelte Stig förmlich und verließ das Büro.

Es dämmerte, und Stig hatte sich vorgenommen, zusammen mit seiner Hündin einen Marsch am Arnager Strand zu machen. Zwei Stunden Auslauf pro Tag waren das Minimum für Søbranda. Langsam fuhr er die düstere Küstenstraße entlang und dachte an die ermordeten Bauern. Beide Bauernhöfe lagen ganz im Süden von Bornholm. Beide Morde waren also vermutlich auch im Süden von Bornholm verübt worden – und würden die Vorurteile mancher Nordbornholmer sicher bestätigen. Kein Nordbornholmer fuhr, wenn es sich irgendwie vermeiden ließ, nach Südbornholm. Das war überflüssig und gefährlich, denn der Süden war anders, fast exotisch. Die Südbornholmer wiederum mieden das als rau geltende Nordbornholm. So war das eben. Allenfalls traf man sich auf neutralem Boden, in Rønne. Selbst die Bevölkerungen der zu Bornholm gehörenden Erbseninseln, Christiansø und Frederiksø, waren einander nicht geheuer, obwohl die Einwohnerzahl unter 100 lag.

So gesehen hatte sich seit der Zeit von Kutschen und Pferdefuhrwerken nicht viel an der Mobilität der Bornholmer geändert. Nur zum Einkaufen verließen die Menschen ihre Biotope und gebrauchten ihre Autos. Lediglich ein paar Lastwagen fuhren auf der gesamten Insel herum. Sie belieferten die Supermärkte oder sammelten die Milch von den Gehöften ein und brachten sie zur Andelsmejeri in Klemensker. Dort wurde die preisgekrönte Milch abgefüllt, um dann im ganzen Land verteilt zu werden. Die Letmælk zum Beispiel. Das beliebte und gesunde Bauerngetränk.

Stig schaltete zurück, gab Gas und fuhr lustvoll eine Kurve aus. Søbranda peilte über das Armaturenbrett und legte sich sachgerecht in die Kurve. Stig musste abbremsen. Vor ihm fuhr ein orange lackierter VW Pritschenwagen des Amtes für Straßen und Natur, *Vej & Park Bornholm*. Auch die kamen wohl auf der ganzen Insel herum. Ein Parkplatz kam in Sicht, der Wagen vor ihm blinkte und bog ab. Im Rückspiegel sah Stig, wie das Amtsauto neben den Mülltonnen hielt und zwei mit orangefarbenen Overalls bekleidete Arbeiter ausstiegen. Sie schickten sich an, die über Weihnachten sicher prall gefüllten Mülltonnen zu leeren. Plötzlich hatte Stig eine Eingebung, er machte eine Vollbremsung, legte den Rückwärtsgang ein und fuhr, so schnell er konnte, mit jaulendem Getriebe rückwärts auf den Parkplatz.

Die Klappe des Müllwagens war offen, und einen Müllsack hatten die Arbeiter bereits aus der Stahlbefestigung gezogen.

„Lasst das!", brüllte Stig und drehte das Seitenfenster herunter. „Lasst den Müll da stehen! Ja! Genau da!" Er sprang aus dem Wagen, knallte der bellenden Søbranda die Tür vor der Schnauze zu, stolperte und rappelte sich wieder hoch, während einer der Arbeiter kopfschüttelnd den Müllsack zum LKW schleppte, um ihn auf die Lade-fläche zu unzähligen anderen zu werfen.

„Das ist nur Müll", brummte der Arbeiter. „Und der Müll muss weg."

„Nein!" Stig rannte mit erhobenen Händen auf ihn zu.

„Bei dir ist wohl eine Sicherung rausgesprungen!", fluchte der Arbeiter und holte mit dem Müllsack aus, der gleich auf der Ladefläche landen würde.

„Lass das, du Idiot!", brüllte Stig und brachte mit seinem Geschrei den anderen Müllarbeiter in Rage.

Beide Arbeiter gingen, nachdem der eine den Müllsack fallen gelassen hatte, auf Stig zu.

„Hau ab!", knurrte einer und drohte mit einer Schaufel.

„Geh wieder ins Bett oder in die Anstalt, wo du hinge-hörst! Wir machen hier bloß unseren Job", schimpfte der andere, nahm den Müllsack wieder auf und hob ihn über die Kante der Ladefläche.

Stig hatte plötzlich die Pistole in der Hand und gab einen Warnschuss in die Luft ab. Im Nebel war der Knall der Pistole überraschend laut.

„Kripo Bornholm", brüllte Stig. „Kriminalbetjent Papuga. Stehen bleiben und das Beweismaterial ablegen!"

Wie vom Donner gerührt, standen die Müllmänner in ihren orangefarbenen Overalls da und fürchteten, von einem Wahnsinnigen niedergemäht zu werden. Einer ließ den Müllsack auf den nassen Asphalt sinken. Er blickte zum anderen, dann sahen beide Stig an und schüttelten langsam ihre Köpfe.

Stig hielt sie mit dem rauchenden Colt in Schach und versuchte dabei mit dem Handy zu telefonieren. „Verstärkung!", brüllte er. „Der Müll, der Müll! Sie räumen den Müll weg! Hilfe!"

Mit einer für ihn selbst unerklärlichen Beklommenheit, die nur von der Intuition des Alters herrühren konnte, hatte der alte Lehrer Sven-Aage Larsen dafür gesorgt, dass er als Erster die Zeitung in die Hände bekam. Gerade noch rechtzeitig hatte er es geschafft, vor der verdammten Hexe Gunilla zuzuschnappen und die druckfrische Zeitung vom Stapel zu nehmen, den die dicke Pflegerin Britta, der er sonst immer so gerne den Po betatschte, im Aufenthaltsraum auf dem Teetisch ausgelegt hatte.

„Oh, Entschuldigung", hatte er mit geheuchelter Freundlichkeit zu Gunilla gesagt. „Ich will ja nicht unhöflich sein, meine Gute, aber ich war zuerst da." Dann strebte er mit der Beute seinem Zimmer entgegen.

„Dabei haben wir hier doch alle viel Zeit", unternahm Gunilla einen halbherzigen Versuch, ihm die Zeitung abzuschwatzen und humpelte sogar ein Stück neben ihm her. „Oder tickt deine Uhr schon die letzte Runde?"

Schnell knallte Sven-Aage die Tür hinter sich zu. Er konnte das Kichern nicht ertragen, das explosionsartig jeder boshaften Bemerkung Gunillas folgte. Endlich in Sicherheit, gönnte er sich nicht einmal die Zeit, in seinen gemütlichen Ohrensessel zu fallen und wie gewohnt die Füße hochzulegen. Noch im Stehen blätterte er die Zeitung auf – und richtig: *Mordserie in Südbornholm immer noch nicht aufgeklärt* lautete die Schlagzeile.

Das hatte er befürchtet. Seit er gelesen hatte, dass seine früheren Schüler Knudsen und Madsen ermordet worden waren, war er schwer beunruhigt. Knudsen und Madsen gehörten nicht zu denen, die Unfälle hatten – schon gar nicht so kurz hintereinander. Ihr Leben war ebenso einfach wie berechenbar und drehte sich ausschließlich um Land, Ställe, Vieh, Maschinen und Geld. Vor allem um Geld. Das Einzige, was sie schon als Schüler von anderen unterschieden hatte, war ein gewisser Hang zur Grausamkeit. Jetzt waren beide tot, und wenn er, Larsen, keine Vorsichtsmaßnahmen traf, konnte er vielleicht der Nächste sein. Vor allem, falls das frühere Lieblingsopfer der beiden wieder auf der Insel sein sollte. Er wusste zwar nicht genau, warum er das befürchtete. Es war nur ein Gefühl, aber ein starkes. Mit der Polizei wollte er trotzdem nicht darüber sprechen. Schon gar nicht mit einem Flegel wie diesem Stig Tex Papuga, dessen Foto in der Zeitung abgebildet war. Solche Typen gehörten in ein Arbeitslager!

Sven-Aage Larsen warf die Zeitung auf den Boden, ging zum Schrank und wühlte seinen alten Koffer hervor. Bevor er ihn auspackte, kontrollierte er noch einmal, ob er seine Zimmertür auch wirklich abgeschlossen hatte, und spähte durch das Schlüsselloch nach Gunilla. Dann holte er sorgsam die Reminiszenzen seines bewegten Lehrerlebens heraus. Was war das doch für eine schöne Zeit gewesen! Ein bedauerlicher Einschnitt war allerdings die Abschaffung der Prügelstrafe gewesen. Mit Schlägen für Zucht und Ordnung zu sorgen, hatte ihm immer großen Spaß gemacht. Einige Kollegen hatten sogar Selbstmord begangen, als sie nicht mehr prügeln durften und nicht wussten, wie sie die Rotzbengel sonst bändigen sollten. Verächtlich schüttelte Sven-Aage den Kopf. Es gab so viele andere Methoden! Der frechen Connie hatte er damals fast ein Ohr abgerissen. Bei dem Gedanken daran musste er lachen. Er wusste noch, wie wütend er gewesen war, als er sie aus der Bank zum Pult nach vorne gezogen hatte – und mit einem Ruck hatte das abstehende Ding plötzlich nachgegeben. Er musste sich setzen, weil ihm vor Lachen Tränen übers Gesicht liefen. In der Hand hielt er einen schweren Gegenstand, der in einen Lappen eingewickelt war. Er lachte und lachte und dachte, dass er sich zu verteidigen wüsste. Schließlich war er kein Bauerndepp.

Am Parkplatz am Sosevejen trafen gleichzeitig drei Polizeiwagen mit Blaulicht ein, und zum Glück entstieg als einer der ersten Ole Rasmussen dem Fond eines Dienstwagens.

„Halløjsa, Kollege Papuga. Wie geht es dir?", fragte er freundlich, während er mit geschultem Blick die von Blaulicht irisierte Situation erfasste.

Stig stand immer noch mit der Pistole in der Hand da, der Hund kläffte im Auto.

Die Müllmänner hatten sich auf die Ladefläche ihres Pritschenwagens gesetzt und betrachteten Stig mit einer Mischung aus Mitleid und Feindseligkeit. „Gut, dass ihr kommt", sagte einer. „Nehmt euren Kollegen am besten gleich wieder mit, damit wir wieder arbeiten können."

„Der Müll bleibt liegen", schrie Stig. Er war müde, hatte kalte Füße, und der Hund tat ihm leid.

Die anderen Polizisten stiegen aus den Dienstwagen und versammelten sich locker am Rand der Szenerie.

„Hm", sagte Ole Rasmussen leise zu Stig. „Ich will dich nicht kritisieren, du bist ja neu bei uns. Aber könnte es sein, dass du hier etwas falsch angefangen hast? Oder ist dir nicht gut? Wäre ja kein Wunder nach dem, was du gestern alles erlebt hast."

„Mir geht es hervorragend. Ich hatte bloß eine Eingebung."

Ole Rasmussen nickte den Arbeitern freundlich zu.

Einer verdrehte die Augen, der andere blickte apathisch auf die eigenen Fingernägel.

Stig steckte die Pistole ein. „Der Müll ...", begann er. „Alles andere haben wir doch schon untersucht. Keine Spuren an den Tatorten. Aber wenn sich der Täter hier in der Nähe aufgehalten hat, und vieles spricht dafür, dann hat er vielleicht im Müll seine Spuren hinterlassen, und der ist hier seit Weihnachten nicht mehr abgeholt worden, also potenzielles Beweismaterial." Stig wandte sich an die Arbeiter. „Oder habt ihr über die Festtage was abgeholt?"

„Nee", sagte einer. „Wir waren seit einer Woche nicht mehr hier."

„Meinst du wirklich, dass es Sinn macht, im Müll herumzuwühlen?" Ole Rasmussen bemühte sich trotz des Windes, seine Pfeife zu entzünden.

„Aber hallo!", sagte Stig. „Müll birgt oft die besten Spuren. Aber natürlich nur, wenn er rein ist. Wenn die auch nur einen Sack von hier zwischen die Säcke aus Rønne geworfen hätten, könnten wir das Ganze vergessen. Verstehst du?"

Ole Rasmussen ging zu den Arbeitern und blickte über sie hinweg auf die schwarzen Säcke auf der Ladefläche. „Wo sind diese Müllsäcke her?", fragte er.

„Rønne", antwortete ein Arbeiter. „Hat sich ziemlich was angesammelt über die Feiertage."

„Gut", sagte Ole Rasmussen leise. „Was haltet ihr von einem dritten Weihnachtstag und einem Kasten Bier?"

„Tja …" Ein Arbeiter sah den anderen an. „Was sagen wir da?"

„Da sagen wir natürlich nicht nein. Klingt hyggelig."

Ole Rasmussen drückte einem Müllmann einen 500-Kronen-Schein, einen sogenannten *Plovmand,* in die Hand. „Könnt ihr schweigen? Ich kläre das mit eurem Chef. Der da", er wies mit dem Daumen hinter sich auf Stig, „ist eigentlich ein ganz guter Mann. Nur etwas nervös, wie viele aus der Stadt."

„Das merkt man", sagte einer der Arbeiter.

„Geben wir ihm noch eine Chance, was?", sagte Ole Rasmussen wie ein guter Onkel. „Bei euch haben wir ja auch oft beide Augen zugedrückt, nicht wahr?"

„Schon vergessen", sagte einer der Arbeiter, und der andere nickte.

„Poulsen", rief Ole Rasmussen einem Kollegen zu. „Fahr die beiden nach Hause!" Zu den Müllmännern sagte er: „Lasst den Schlüssel im Wagen stecken!"

„Kofoed", rief er dann einen anderen Kollegen herbei. „Scheuch uns einen Kriminaltechniker her und bestell einen Siebeneinhalbtonner von der Spedition Ole Holm oder Bech-Hansen. Papuga und ich wollen heute freiwillig den Müll einsammeln."

Die Polizisten verschwanden mit den Müllmännern in den Dienstwagen, und bald standen Ole Rasmussen und Stig allein auf dem windigen Parkplatz. Inzwischen war es zwar heller geworden, aber es blieb ein düsterer Tag. Überall lag pappiger Schnee, und der Wind heulte.

„Jetzt musst du dir nur noch was fürs Wachbuch einfallen lassen. Und für die Munition, falls du wirklich geschossen haben solltest, was ich nicht hoffe", sagte Ole Rasmussen.

„Nur in die Luft", verteidigte sich Stig. „Aber gestern habe ich im Schweinestall ein ganzes Magazin verschossen." Stig konnte nicht verhehlen, dass es ihm peinlich war.

Ole Rasmussen stöhnte. „So etwas kannst du hier nicht machen! Ist das klar? Du musst die Müllmänner noch einmal besuchen und dich bei ihnen entschuldigen!"

Stig nickte.

„Das ist eine Insel. Schon ein grimmiger Blick kann hier jemandem den Tag versauen oder der Auftakt für eine Fehde sein." Ole Rasmussen blies Qualm in den Wind. „Wir behandeln einander hier mit Hochachtung und mit größter Freundlichkeit. Das kostet nichts und macht außerdem noch Spaß."

Stig fröstelte. Die Anspannung war von ihm gewichen, aber die Sache mit dem Müll hielt er für einen bahnbrechenden Gedanken, und seiner Meinung nach wäre Ole Rasmussen kein Zacken aus der Krone gefallen, wenn er darüber ein lobendes Wort verloren hätte. Stattdessen schwiegen beide.

Plötzlich wurde die Stille von herannahenden Motorengeräuschen unterbrochen. Stig und Ole Rasmussen sahen angestrengt in die Richtung, aus der sie kamen. Über die Kuppe eines Berges, auf einem schmutzig braunen Feld mit einzelnen Schneeflecken galoppierten Schweine in ihre

Richtung, dicht gefolgt von einem mit Camouflagenetzen behangenen Geländewagen der dänischen Armee.

Der Straße ansichtig teilte sich die Schweinerotte, der Geländewagen brauste dem größten Schwein hinterher und die Insassen nahmen es aus dem fahrenden Wagen mit MP-Feuer unter Beschuss. Als das riesige Schwein blutend zusammenbrach, drehte der Wagen ab und nahm die Verfolgung der restlichen Tiere auf, die gerade die Straße überquerten und auf ein ausgedehntes Waldgebiet zustrebten. Der Geländewagen schoss an Stig und Ole Rasmussen vorbei und verlor sich hinter dem nächsten Hügel. Erneut ertönten einige kurze Salven MP-Feuers.

Stig und Ole Rasmussen konnten nicht anders, als dem großen Schwein bei seinem Todeskampf zuzusehen. Endlich verebbten seine letzten Zuckungen.

„Also", sagte Stig leise und fühlte sich an dem Tod des Schweins irgendwie schuldig. „Ich bin nicht unfehlbar. Aber ich werde mir Mühe geben. Sieh mal, ich habe lange in der Stadt gelebt, und da geht es eben doch etwas heftiger zur Sache, wenn du verstehst, was ich meine. In Auseinandersetzungen mit hartgesottenen Kriminellen geht es manchmal um Sekunden, und da macht man eben lieber etwas falsch als gar nichts, verstehst du?"

„Ich mein ja auch bloß", sagte Ole Rasmussen und entzündete seine Pfeife mit einem Streichholz. Mit einer Hand schützte er den Kolben vor dem Wind und nutzte die volle Schwefelladung seines Streichholzes. Dann inhalierte er und lächelte Stig durch den Rauch zu.

„Die ist aber niedlich", sagte der dicke Mann und zeigte mit seiner gepflegten Hand auf die kleine, doppelläufige Vorderladerpistole, die Søren Hunæus gerade aus einem der Kartons gekramt hatte, die sich neben dem Küchentisch stapelten. Der Küchentisch stand hinter dem Tresen in der riesigen Halle eines Antiquitätengeschäftes. Was auf diesem Küchentisch lag, hatte noch keinen Preis und stand auch noch nicht zum Verkauf.

Søren war es unangenehm, wenn ihm jemand beim Auspacken zusah. Genau genommen hielt er sich ohnehin lieber in seiner mit unverkäuflichen Möbelresten vollgeräumten, gut geheizten Werkstatt auf als in dem kalten großen Laden. Da stand sonst immer seine Frau, die aber über die Weihnachtstage krank geworden war. Vermutlich, so hatte er gewitzelt, als er ihr das Frühstück ans Bett gebracht hatte, weil ihr über Weihnachten die vertraute Frische des Ladens gefehlt hatte. Es tat ihm leid, dass sie krank war, und er bedauerte sie wirklich oft, wenn sie in Thermokleidung und Moonboots ihren Dienst im kalten Laden antreten musste. Aber so war das nun einmal. Er, der Mann, war der Jäger, der die Ware aus den Haushaltsauflösungen – den Totenwohnungen, wie man in Dänemark sagte – zusammenklaubte und sie mit Preisschildern versah, und sie war diejenige, die Kaffee kochte und mit den Kunden sprach. Das war auch besser, da man mit ihr nicht so gut handeln konnte wie mit ihm. Er war sich bei den meisten Preisen unsicher und neigte dazu, zuerst einen hohen Betrag zu fordern, um dann schnell einzuknicken, wenn jemand ihm Paroli bot.

„Putzig", sagte der dicke Mann freundlich. „Darf man mal schauen?"

Søren war die Sache nicht geheuer, beschloss dann aber sich darüber zu freuen, dass morgens um elf jemand im Laden war, der unter Umständen etwas kaufen würde. Zögernd reichte er dem Mann die Waffe über den Tresen.

„Die ist sehr, sehr alt", sagte er und meinte damit: sehr, sehr teuer.

„Ja, ja", sagte der dicke Mann fachmännisch und betrachtete das vom Rost schon etwas porig gefressene, aber immer noch glänzende Metall. „Das sehe ich", fügte er hinzu und streichelte die sechskantigen Läufe. Er spannte die Hähne und ließ einen nach dem anderen zuschnappen, wobei er die Mündung zum Boden hielt.

„Putzig", sagte er beim letzten Schnappgeräusch. „Wie viel kostet sie?"

„Was sagst du selbst? Was bietest du?", fragte Søren herausfordernd und lehnte sich mit seinem großen Wanst gegen den Tresen. Er wusste wieder einmal nicht, wie viel er für dieses alte Ding verlangen sollte. Am liebsten hätte er die Pistole eigentlich behalten. Aber so ging es ihm mit den meisten Dingen, und deswegen quollen seine Lager schon über. Was er hier auf zwei Etagen großzügig präsentierte, war minderwertiger Plunder, der sich außerhalb der Touristensaison kaum verkaufen ließ. Stattdessen wollten die Leute am liebsten die Dinge kaufen, die ihm selbst am besten gefielen. Das war vertrackt. Man musste sich trennen können. Und ein wenig Bargeld am Morgen war sehr willkommen. Vor allem nach Weihnachten.

„Ein Plovmand?", bot der dicke Mann fröhlich.

„Nein." Søren schüttelte gelassen den Kopf und streckte die Hand aus. „Nein, nein. Das ist zu wenig."

Der dicke Mann gab die Pistole nicht zurück. Das war für Søren ein gutes Zeichen dafür, dass er sie wirklich besitzen wollte und daher auch bereit war, etwas mehr dafür auszugeben.

„Tausend?", bot der dicke Mann freundlich an.

Søren schüttelte langsam den Kopf. „Mindestens 1500!"

„1300?"

„Ja, in Ordnung." Søren nickte.

„Hast du eine Plastiktüte?", fragte der dicke Mann und hielt Søren die Waffe mit dem Griff zuerst hin.

Søren nahm sie, wickelte sie in altes Zeitungspapier ein und steckte sie dann in eine gebrauchte Plastiktüte, während der dicke Mann ihm fünf bankneue Scheine auf den Tresen legte. Drei Hunderter und zwei Plovmänner. Der Tag fing nicht so schlecht an. Die Kisten, die er gerade auspackte, hatten ihn somit keine Øre gekostet.

„Hej-hej", sagte der dicke Mann. „Og tak for handelen."

„Hej-hej", gab Søren zurück. „Danke gleichfalls."

18

In einer Lagerhalle des Zolls im Sydhavn von Rønne hatte man Tische für den gesammelten Müll aufgestellt. Auf jedem Tisch stand eine Tafel mit der genauen Bezeichnung des Fundortes. An der Wand hing eine Karte. Kriminaltechniker in weißen Ganzkörperanzügen schütteten den Inhalt der schwarzen Tüten langsam auf die Tische. Es stank erbärmlich.

„Das ist fast alles normaler Haushaltsmüll", erklärte Stig seinem Vorgesetzten, was dem keineswegs unbekannt war.

Wer BOFA, das Entsorgungsunternehmen der Insel, nicht bezahlen wollte, verbrannte seinen Müll, fuhr ihn selbst auf die Mülldeponien oder entsorgte ihn einfach in den Mülltonnen auf Parkplätzen, die eigentlich nur für sogenannten Reisemüll aufgestellt wurden.

Sie gingen zwischen den Tischen umher und registrierten gespannt, was die Tüten so hergaben. Oberflächlich besehen, enthielten die schwarzen Müllsäcke kleinere vollgestopfte Beutel und Einkaufstüten, in denen sich der eigentliche Müll befand. Windeln, Küchenabfälle, Konservendosen, Tetrapaks, Zeitungen, Schalen von Südfrüchten, Geschenkspapier, Nussschalen und benutzte Papiertaschentücher bestimmten das Gesamtbild. Es gab auch reichlich Illustrierte und Tüten mit Ofenasche. Und dann natürlich Unmengen an Undefinierbarem. In dem Durcheinander war nicht auszumachen, was am meisten stank. Ole Rasmussen ließ seine Pfeife ordentlich qualmen. Vereinzelt kroch Ungeziefer aus dem oft schon schleimigen Müll hervor.

Die Techniker zerlegten die Tüten so ordentlich, dass man einen guten Überblick vom Inhalt bekommen konnte. Einer der Männer hielt ein Metallsuchgerät darüber.

Die Techniker machten angewiderte Gesichter, während Ole Rasmussen und Stig gespannt um die Tische strichen und darauf starrten, als handelte es sich bei dem Müll um verspätete Weihnachtsgeschenke, die weißröckige Knecht Ruprechts aus den Säcken schüttelten. Sie blickten wie durch Weitwinkelobjektive, denn sie wussten nicht, was sie suchen sollten. Vielleicht ein Gefäß, das die tödliche Gülle enthalten haben könnte, oder ein Tau zum Fesseln, oder, oder, oder …

„Da kommt ordentlich was zusammmen", sagte Ole Rasmussen anerkennend. „Tüchtig, tüchtig, unsere Bornholmer!" Plötzlich lächelte er, als würde er an etwas Schönes denken. „Nur ich habe hier in der fraglichen Zeit keinen Müll verursacht", sagte er, und es klang fast stolz.

„Nein, das hast du nicht", bestätigte Stig. „Du hast ja im Ausland ermittelt, nicht wahr?"

Ole Rasmussen nickte und sah durch den Müll in die Ferne.

„Nichts", sagte Thorben Nielsen, der die Techniker anleitete, final. „Jedenfalls nichts Strafrelevantes. Keine Geschosshülsen, Waffen, Drogen oder Ähnliches. Das Zeug hier scheint ganz normaler Müll zu sein. Sehr zweifelhaft, die ganze Aktion. Wenn ihr trotzdem weitersuchen wollt, tut euch keinen Zwang an. Die Detektive seid ihr."

„Danke", sagte Stig und schaute fröhlich in die Runde. „Lasst mich bitte alle mal mit dem Zeug allein. Ich muss nachdenken. Auch du, Ole."

„Tusind tak", sagte der Angesprochene überrascht und machte sich so schnell davon, dass alle ihm erstaunt nachblickten.

„Sag Bescheid, wenn du weißt, was du suchst", sagte Thorben zu Stig und hob die rechte Augenbraue. „God arbejdslyst!"

„Danke, dir auch", sagte Stig und hob die mit einem weißen Gummihandschuh bekleidete Hand. Er fühlte sich besser, als alle gingen. Solange niemand da war, brauchte er sich nicht für seine verrückte Aktion zu rechtfertigen.

„Ach …" Thorben drehte sich noch einmal um. „Bevor ich es vergesse: Die Gülleprobe, die ihr mir gegeben habt, kommt mit ziemlicher Sicherheit von einem Hof in Seeland. Unweit von Lyngby."

„Oh, danke", sagte Stig. „Kannst du das auch noch Ole Rasmussen mitteilen, damit er eventuell die Alibis der Leute dort überprüfen lässt? Ich habe jetzt erst mal hier zu tun."

„Na ja", sagte Thorben missmutig. „Ganz Dänemark hat sich für euch Helden ins Zeug gelegt und die größte nationale Gülleuntersuchung aller Zeiten durchgeführt. Da könntest du schon etwas mehr Enthusiasmus an den Tag legen!"

„Toll", sagte Stig. „Ausgezeichnete Arbeit, lieber Thorben. Ich freue mich!"

„Schon besser", sagte Thorben. „Das klingt schon viel besser."

„Und das ist noch nicht alles", sagte Stig triumphierend und zog eine in einer Plastikfolie steckende Weihnachtskarte aus seiner Jackentasche. „Eine Karte von Holger Mikkelsen an Holger Mikkelsen. Sie wurde einen Tag vor Weihnachten abgeschickt, und die Post hat sie erst heute gebracht. Ich war noch einmal am Tatort und habe sie bei ihm aus dem Briefkasten geholt. Den hattet ihr wohl ganz vergessen, was?"

Angeekelt betrachtete Thorben die Karte. „Und was steht da?", fragte er. „Frohe Weihnachten oder so?"

Stig nahm die Karte hoch und las vor: „Kein Geld für Schweinefutter. Kein Geld für ein Begräbnis."

„Das ist alles? Das hast du doch selbst geschrieben, oder? Kleiner Scherz von dir?"

Generös reichte Stig die Karte an Thorben weiter. „Vielleicht findest du neben den Schamhaaren ja noch ein Poesiealbum. Dann kannst du grafologische Studien betreiben. Für mich ist das ein Abschiedsbrief."

Kopfschüttelnd nahm Thorben die Karte und trottete aus der Halle. Stig sah ihm nach. Beinahe empfand er so etwas wie Mitleid für den Kriminaltechniker.

Allein wanderte Stig wie absichtslos zwischen den Tischen umher und ließ alles auf sich wirken, ohne Sinn und Zweck. Er versuchte, alle seine Gedanken zu verbannen. Den Gestank nahm er schon lange nicht mehr wahr. Das

Bewusstsein schaltete solche Empfindungen nach einer Weile ab, wenn sie nicht mehr als Warnung taugten. Stig ließ sich treiben. Er war der Herr des Mülls, der unter dem Neonlicht ruhte. Nur seinetwegen war er nicht verbrannt worden. Und er konnte ermittlungstechnisch wichtig sein. Stig tat alles, um sich in eine Euphorie hineinzusteigern. Müll wurde andauernd unterschätzt. Auch jetzt hatte nur er daran gedacht, dass er wichtige Hinweise enthalten konnte. Er war aufmerksam gewesen, als er den Müllwagen auf dem Parkplatz gesehen hatte. Der Mensch war entweder aufmerksam, wenn er Angst hatte oder wenn er spielte. Aber kreative Aufmerksamkeit verlangte großen Selbstrespekt. Selbstliebe. Stig machte sich bewusst, dass er ein erfahrener Polizist war. All die Einsamkeit, seine gescheiterte Beziehung, seine vielen Fehler und die Angst vor der Winterdepression – all das war nicht mehr wichtig.

Er schritt zwischen den Mülltischen umher und war genial. Jeden Moment konnte er die entscheidende Spur finden. Er würde sie finden, ganz bestimmt. Und dafür einen Orden bekommen, denn immerhin ging es um Mord. Er nahm einen Stuhl und setzte sich vor einen Tisch, wie ein Kind vor seinen Geburtstagstisch. Mit einem Lineal stocherte er zwischen den Gegenständen herum. Wenn ihn etwas interessierte, besah er es sich von Nahem. Er faltete Taschentücher auf, schüttelte Getränkedosen, stand wieder auf und ging erneut an den Tischen entlang.

Die Täter achteten oft nicht auf den Müll, den sie hinterließen. Wie die meisten anderen Menschen hatten sie eine magisch animistische Vorstellung von Müll. Sie glaubten, dass etwas, das sie wegwarfen, verschwand, einfach nicht mehr da war. Aber das stimmte natürlich erst, wenn es im Ofen der Müllverbrennung landete. Vorher lag oder stand es in unzähligen Behältern oder Containern herum. Klar, eine Tatwaffe, die versteckte man, aber oft nicht die Coladose, aus der man nach dem Mord getrunken hatte. Man versteckte auch nicht die alte Rechnung vom Supermarkt oder einen Werbebrief mit der eigenen Adresse. Auch Joint- und Zigarettenfilter waren erstklassige Visitenkarten. Trotzdem glaubten die Leute, was im Müll war, sei weg. Irgendwie gebot das der Anstand.

Aber Ermittlungen mussten sich über Anstandsgrenzen hinwegsetzen. Sie krempelten das Leben aller ins Visier geratener Personen hervor und durften nicht vor der intimsten Privatsphäre haltmachen. Stig war erregt. Er war der Big Brother, der alle beobachtete, ohne dass sie ihn sahen. Er wusste alles über jeden. Zeige mir deinen Müll, und ich sage dir, wer du bist. Unermüdlich ging er zwischen den Tischen umher. Er fühlte sich wie der erste Kunde beim Ausverkauf oder auf einem interessanten Flohmarkt. Darüber vergaß er die Zeit.

Irgendwann stellte er sich auf einen Stuhl und ließ, wie ein Kunstkenner, den Blick mit zusammengekniffenen Augen über die Überreste der Zivilisation gleiten. Und plötzlich hatte er es, das fehlende Puzzleteilchen. Ein Hochgefühl stieg in ihm auf. Ja, jetzt war er sich sicher. Jetzt hatten sie einen Anfang. Jetzt musste der Täter sich in Acht nehmen. Von jetzt an würde er dem Mörder auf den Fersen sein. Nur noch wenige Tage würden ihm in Freiheit bleiben.

Sorgsam packte Stig das Corpus Delicti ein. Er war stolz auf sich, und gleichzeitig schämte er sich. Er hätte die Spur schon viel früher finden müssen, aber er beschloss, diesen Teil der Wahrheit erst einmal für sich zu behalten.

„Zu putzig, die Leute von der Heimwehr", sagte der dicke Mann, als er wieder anfuhr. Am Haslevej, auf dem Parkplatz vor Rønne, hatten sie ihn gestoppt. „Zu putzig!" Sie hatten ihn schon einmal angehalten, sich sein Auto angesehen und die Innenausstattung bewundert, weil sie so praktisch war. Ein paar von ihnen hatten sich sogar auf die Liege gesetzt, auf der die Bauern ihren Schwedentrunk erhalten hatten. Im Gegensatz zu denen hatte er sie allerdings mit Nescafé und Sødmælk bewirtet. Dazu hatte er ihnen die Weihnachtskekse angeboten, die er am Tag vor seiner Abfahrt aus Lyngby gebacken hatte. Richtig wohl hatten sie sich bei ihm gefühlt. Sie hatten ihm von ihrer großen Aufgabe erzählt, und er war so beeindruckt, dass er dem Verein am liebsten beigetreten wäre, hätte er noch auf Bornholm gewohnt. Es war ja so notwendig und wichtig, was diese Heimwehr leistete! Eine neuerliche Okkupation der Insel hätte nicht die geringste Chance. An der Heimwehr würden sich die Deutschen selbst bei einem Blitzkrieg die Zähne ausbeißen, und die Russen – oder was noch von ihnen übrig war – würden sicher nicht einmal das Innere der Insel erreichen, etwa Aakirkeby, da sie schon vorher im waldigen Gelände von den schnellen Eingreiftruppen der Freiwilligen zermalmt würden.

Ortskenntnis, Menschenkenntnis und Mut. Das seien die Ingredienzien eines sicheren Sieges, hatten sie ihm gesagt. Unglücklicherweise hatte er keine Zeit mehr, so einer guten Sache zu dienen. Über seine Zukunft machte er sich nicht mehr allzu große Gedanken. Da er nicht gerne fernsah und literweise Milch zum Überleben brauchte, konnte er nicht zulassen, dass man ihn ins Gefängnis steckte. Nein, da war er im Himmel viel besser aufgehoben. Und dass er dahin kommen würde, bezweifelte er nicht. Sein Vater hatte es mit Gott, dem Teufel und dem Himmelreich immer sehr ernst genommen und ihm alles darüber erzählt. Auch sein eigener Name stammte aus der Bibel. Melchior, wie der Schwarze der Heiligen Drei Könige. Weil er als Baby ganz blau auf die Welt gekommen war, fast schwarz.

Sein Vater … Bei dem Gedanken an ihn musste Melchior sofort wieder Milch trinken. Er hatte Rønne erreicht, fuhr am Hafen entlang Richtung Zentrum und fand glücklicherweise einen Parkplatz vor dem Lampenladen *Lichtmeister*. Hätte er den Parkplatz beim Schneckenbrunnen am Torvet benutzen müssen, hätte er jetzt mit seinem großen Wagen sicher Schwierigkeiten bekommen.

Sein Ziel, der Spielzeugladen *Fætter BR*, war schnell erreicht. Er drängelte sich lächelnd zwischen die Kinder, die etwas umtauschen oder geschenktes Geld in Spielsachen anlegen wollten, und kaufte eine in hartem Plastik auf einer Pappe eingeschweißte Schreckschusspistole.

„Ich kann nichts dafür", entschuldigte er sich lächelnd beim Verkäufer, „aber der kleine Bjørn will so etwas einfach haben. Da kann ich ihm noch so viele Krankenwagen oder Pflüge schenken … Wenn er keine Pistole bekommt, ist er enttäuscht."

„Jungs sind eben Jungs", sagte der Verkäufer tröstend. „Da kann man nichts machen. Später wird er vielleicht doch noch ein guter Bauer oder ein Doktor."

„Richtig." Melchior nickte. „Nur eine Phase. Da mussten wir alle mal durch, nicht? Und Danke schön!"

„Weiterhin einen schönen Tag!"

„Danke, dir auch." Melchior lächelte selig. Was waren die Leute doch alle nett! Es gab auf der ganzen Welt nur wenige, die nicht nett waren. Nur ganz wenige. Und zwei davon waren schon tot. Das war putzig. Aber nun musste es weitergehen. Die ganze Welt sollte nett sein. Viel fehlte nicht mehr, bis es so weit war. Er kicherte leise.

Bei *Netto* kaufte er noch einmal hemmungslos Sødmælk und Sahne ein. Hexenheuler gab es im Sonderangebot. Es war ja bald Silvester, und da war so eine Tüte Hexenheuler ein prima Spaß für die Nacht. Melchior wollte sie allerdings anders einsetzen. Er schleppte die schwere Einkaufskiste zum Auto, parkte umständlich aus und fuhr dann über das Almindings Runddel in Richtung Gudhjem. Lange würde er sich den Luxus eines solchen Autos nicht mehr leisten können, dachte er wehmütig. Umso mehr freute er sich über den kleinen Tannenbaum, der lustig an der Windschutzscheibe leuchtete, und legte eine alte Kim Larsen-Kassette ein. Das Leben war doch schön. So viel war mal sicher.

„Hier haben wir den Inhalt eines typischen Bornholmer Müllsacks."

Stig schüttelte ihn effektvoll auf einem jungfräulich weißen Tisch aus und blickte in verständnislose Mienen. Naserümpfen und Kopfschütteln. Nur Thorben, Oluf, Ole Rasmussen und Pernille waren gekommen. Asbjørn und seine beiden Juristen hatten für die Vorführung keine Zeit gehabt. Stig führte sie an einen anderen Tisch, auf dem der Inhalt eines weiteren Müllsacks lag, der in der Nähe der Leichenfundorte eingesammelt worden war.

„Und hier der Inhalt eines Sacks, der mir verdächtig vorkommt. Fällt euch irgendetwas auf?"

Alle trugen Handschuhe. Mit Stöcken stocherten sie vorsichtig in dem Dreck herum.

„Ja", sagte Thorben. „Es sind viele Tetrapaks in diesem Müllsack, mehr als in dem anderen."

Stig nickte.

„Aber der Hauptunterschied ist, dass die auf diesem Tisch fast alle sorgfältig gefaltet sind", fügte Thorben hinzu.

„Und es sind nur Sødmælk- und Sahneverpackungen, die so gefaltet sind", fiel Pernille auf.

„Richtig", sagte Stig. „Diese kunstvollen Faltwerke habe ich nur in den Müllsäcken gefunden, die in der Nähe der vermuteten Tatorte eingesammelt wurden. Auf drei Parkplätze verteilt. Ich habe auch bei den Verwaltungen von Køge und Ystad angerufen, damit sie den Müll an den Fähranlegern untersuchen. Zwar haben wir den Täter noch nicht gefunden, aber ich glaube, das hier sind seine Milchtüten."

„So, so", brummte Ole Rasmussen. „Beachtlich. Das überdurchschnittliche Auftreten von Milchprodukten in diesem Fall ist wirklich faszinierend."

Stig legte eines der Faltwerke auf einen sauberen Tisch. „Schauen wir uns das mal genauer an", sagte er und baute ein paar der Verpackungen vor den Kollegen auf. „Dann suchen wir weiter. Wo diese Dinger sind, da ist der Täter nicht weit!"

„Ich weiß ja nicht, wie lange sich der Müll schon stapelt, aber kann ein einzelner Mensch so viele Milchprodukte zu sich nehmen?", fragte Thorben.

„Zuletzt wurden die Müllsäcke vor Weihnachten eingesammelt", sagte Stig. „Wir haben es hier also mit dem Müll von höchstens vier Tagen zu tun."

„Vielleicht hat er ja Kinder dabei", sagte Pernille sorgenvoll.

„Ein fanatischer Milchtrinker … seltsam", sagte Ole Rasmussen. Er mochte keine Milch. „Ist diese Falttechnik Origami? Was geht in jemandem vor, der seine Milchtüten so entsorgt? Wirklich seltsam! Könnte es vielleicht sogar ein Asiate sein?"

„So ein säbelschwingender Samurai?" Oluf holte sein Outdoorhandy aus der Tasche. „Da muss ich unbedingt meine Leute warnen!"

„Das wird nicht nötig sein", sagte Stig und sah Oluf geduldig an.

„Wieso?", ereiferte sich Oluf. „Das sind unverschämt gute und disziplinierte Kämpfer! Und brutal bis zum Gehtnichtmehr!"

„Ja. Aber Origami gehört nicht zu ihrer Grundausbildung."

„Wohl nicht unmittelbar", pflichtete Ole Rasmussen Stig bei.

„Als Kind habe ich auch Origami gemacht", erinnerte sich Pernille. „Oder war das Ikebana? Ach, es ist schon zu lange her."

„So lange nun auch wieder nicht." Ole Rasmussen zwinkerte der Kollegin zu.

„Wie lieb von dir", sagte Pernille.

Stig atmete tief durch. „Das ist der Pariser Charme, der da immer wieder durchkommt. Auf jeden Fall stammen diese gefalteten Milch- und Sahnetüten von einem Zwangsneurotiker", sagte er. „Der Psychologe wird es bestätigen. Wir müssen nach diesen Dingern suchen, aber unauffällig! Unser Mann soll sich ungestört fühlen." Während er sprach, fuchtelte er mit einer aufgespießten Packung vor Pernilles Gesicht herum.

„Ekelhaft", sagte Pernille und schnupperte.

„Kriminalistik ist nichts Sauberes, sie ist dreckig und sie stinkt", dozierte Stig. „Vielleicht gibt es ja bald Bilder von Google Earth, auf denen man zeitgenau sehen kann, welcher Bauer mit dem Fahrrad wann wo war und warum er nicht lebendig zurückgekommen ist. Dann sind wir überflüssig. Dann reichen auch Robocops aus. Aber jetzt müssen wir noch an den Parkplätzen ohne WC, an denen wir die Tetrapaks gefunden haben, nach Spuren und Exkrementen suchen. Und den Inhalt der Müllsäcke mit dem Mageninhalt der Opfer vergleichen."

Es war bereits dunkel, als sich die fünf in Ole Rasmussens Büro versammelt hatten. Allen war klar, dass es eilte. Jederzeit konnte ein weiterer Mord geschehen, und sie suchten ein skrupelloses Monster. Dass die Heimwehr die reichsten Bauernhöfe, vor allem die mit extensiver Schweinemast, schützte, war eine gewisse Beruhigung. Aber den beiden toten Bauern, die offenbar aus dem Haus gelockt worden waren und freiwillig den Hof verlassen hatten, hätte eine vergleichbare Maßnahme nichts genützt. Die Opfer hatten keine Angst vor dem Täter gehabt. So jedenfalls stellte Ole Rasmussen den Sachverhalt dar.

„Wir sind hinter einem milchsüchtigen Serientäter her", sagte er. „Jetzt müssen wir kreativ sein und notfalls Brücken in Moore bauen, damit wir Futter für den hier haben." Ole Rasmussen klopfte auf seinen Bildschirm. „Milch. Was haben wir zum Thema Milch? Wohin führt diese Spur, die Kollege Papuga entdeckt hat?"

„Ich mag keine Milch", sagte Oluf und kratzte sich am Kinn. Mit Besorgnis stellte er fest, dass sich Bartstoppeln bildeten. Er war schon seit zehn Stunden im Dienst. Zum Glück hatte er in der Mittagspause wenigstens Zeit gefunden, Andersine mit seinem Dienstwagen zu besuchen und sich an ihrem Obstwein zu delektieren. Blaulicht und Sirene hatten ihm geholfen, durch den ohnehin nicht besonders starken Verkehr zu kommen. Ein Gläschen von seinem geliebten Abendwhisky war allerdings längst überfällig.

„Milch? Nur im Kaffee", sagte Stig. „Ich habe schon lange keine mehr pur getrunken. Nicht mal die heute allseits so beliebte Letmælk."

„Vielleicht vermisst er seine Mutter", sagte Pernille mitfühlend. „Oder er hat nie genug Milch bekommen und muss das irgendwie kompensieren."

„Wieso erwähnst du gerade Letmælk?" Ole Rasmussen sah Stig fragend an.

„Ich musste gerade daran denken, dass bei Holger Mikkelsen der ganze Kühlschrank voll von diesen hellblauen Tetrapaks war und Jesper und Gurli das Zeug auch täglich trinken."

„So, so", murmelte Ole Rasmussen und dachte daran, was Loretta über den Milchkonsum ihres verstorbenen Mannes gesagt hatte. „Seltsamerweise scheint diese Plörre gerade bei Bauern beliebt zu sein", sagte er.

„Wie kommst du darauf?", fragte Stig.

Ole Rasmussen sah ihn etwas verstimmt an. „Knudsen soll auch täglich einen Liter Letmælk getrunken haben", sagte er. „Und er soll ständig darüber schwadroniert haben, wie gesund sie ist."

„Ach ja?", fragte Stig kampflustig. „Ist das das Ergebnis deiner umfangreichen Auslandsermittlungen?"

„Immerhin", brummte Ole Rasmussen und seufzte.

Die anderen schien es nicht zu stören, dass sie den Dialog zwischen Ole Rasmussen und Stig nicht verstanden. Thorben steuerte noch die chemische Zusammensetzung von Milch als solcher bei, und Ole Rasmussen hämmerte auf seiner Tastatur herum. Er war sichtlich unzufrieden.

„Jetzt haben wir diese schöne Spur, aber sie hilft uns immer noch nicht weiter", sagte er nach einer Weile kopfschüttelnd und zündete seine Pfeife an. „Milch und Kriminalität passen einfach nicht zusammen. Das heißt … Moment mal!" Er paffte dicke Rauchwolken in die Luft. „Da war doch was … Neulich dieser Fall von Milchpanscherei in der Molkerei von Nylars …"

Oluf legte den Kopf schief. „Neulich? Meinst du die Sache von vor zig Jahren?"

„Pyt med det", sagte Ole Rasmussen wegwerfend. „Eine Insel vergisst nicht."

„Wir können uns die Akte ja noch mal anschauen", schlug Oluf vor.

„Klingt nach ganz gewöhnlicher Wirtschaftskriminalität", knurrte Stig. „Was ist das schon in einer Zeit, in der man toxische Reststoffe aus der Pharmaindustrie lieber ins Futtermittel mischt, als sie teuer zu entsorgen?"

„Sag das nicht!", protestierte Ole Rasmussen. „Milchpanscherei galt früher als Kapitalverbrechen. Gleich nach dem Krieg, als es nichts gab und die Kleinkinder dann plötzlich nur mehr weißliches Wasser tranken, während andere mit der gestohlenen Milch fette Gewinne im Buttergeschäft machten ..."

„Das ist ja furchtbar", ereiferte sich Pernille. „Die armen Kinder!"

„Milchpanscher", murmelte Stig und hatte das Gefühl, er würde nie lernen, wie ein Insulaner zu denken. „Das ist nun wirklich kein modernes Täterbild."

„Du bist ja auch aus der Stadt, wo nur Kokain und Heroin und so etwas gestreckt wird. Auf dem Land ist das was anderes. Allerdings glaube ich nicht, dass wir es hier mit einem Milchpanscher zu tun haben. Eher mit einem Milchtester." Ole Rasmussen kam ins Grübeln. „Täterdateien von Milchpanschern können uns sicher nicht weiterhelfen."

„Höchstens, wenn wir auf deine alte Rachetheorie zurückgreifen und das eine mit dem anderen verbinden", sagte Stig. „Rachlust kann sich ja aus jedem Fall ergeben, in dem jemandem unrecht getan wurde, und mit der Zeit kann sie sich sogar noch steigern. Da ist es egal, ob es ursprünglich um Mord, Autodiebstahl oder Brandstiftung ging. Wenn die Milchpanscherei wirklich einmal ein schweres Verbrechen war … Warum nicht?" Aufgeregt begann er im Büro auf und ab zu gehen. Vor der Pinnwand blieb er stehen und betrachtete die Karte von Nylars. „Also da grenzen die Felder von Knudsen und Madsen an das Haus von Sven-Aage. Und was ist das schräg gegenüber für ein großes Gebäude?"

Ole Rasmussen stand von seinem Schreibtisch auf und betrachtete die Karte. „Ach das", sagte er langsam, und man konnte ihm ansehen, dass er sich auf einmal nicht mehr wohl in seiner Haut fühlte. Er nahm die Bifokalbrille ab und betrachtete sie eingehend. „Da muss Leberpastete drauf gekommen sein. Ich sollte sie vielleicht öfter mal putzen."

„Was ist plötzlich mit dir los?", fragte Stig.

Ole Rasmussen setzte die Brille wieder auf und zeigte auf die Karte. „Das …", begann er zögerlich, „das war einmal die Molkerei von Nylars. Die gibt es jetzt aber nicht mehr. Erst hat es dort gebrannt, und dann hat man sie abgerissen."

Stig stöhnte auf. „Und das sagst du erst jetzt? Das darf doch nicht wahr sein!"

„Eine Molkerei!", kreischte Pernille.

Ole Rasmussen kratzte sich bekümmert am Haarkranz. „Vielleicht sollte ich Gehirnjogging machen."

„Es soll hilfreich sein, eine Fremdsprache zu erlernen",
sagte Stig ätzend. „Wie wäre es mit Deutsch? Oder Schwedisch?"

„Vielleicht." Ole Rasmussen erhob sich und zog seinen
Parka über. Die anderen beobachteten ihn erstaunt.

„Gehst du fort?", fragte Stig bange, da er schon befürchtete, Ole Rasmussen zöge es wieder mal nach Paris oder an
einen sonst wie mythischen Ort.

„Ins Stadtarchiv. Und zur *Bornholms Tidende*. Ich war ja
nach dem Krieg nicht hier. Ich werde ein bisschen Papier
wälzen, das noch immer nicht digitalisiert ist. Vielleicht findet sich da was. Du, Pernille, gehst die Einwohner und
Klassenlisten durch. Wer hat die Molkerei wann betrieben?
Gibt es etwas Verbindendes zwischen den Mordopfern und
Lehrer Larsen, außer dass sie Nachbarn waren und Larsen
der Lehrer von Knudsen und Madsen? Jetzt müssen wir
schnell sein. Stig und Oluf, geht nach Hause und ruht euch
aus. Wir telefonieren. Haltet euch diese Nacht bereit!"

Stig blieb allein im Büro. Er versuchte noch einmal, die
Häfen der Bornholm-Fähren zu erreichen, um zu erfragen,
ob sie in ihren Abfallkisten kunstvoll gefaltete Tetrapaks
gefunden hatten, aber in Ystad ging niemand ans Telefon
und in Køge war angeblich alles schon in die Müllverbrennung transportiert worden. Auch die Kriminaltechnik
konnte noch keine Angaben über einen eventuellen
Zusammenhang zwischen den fraglichen Müllsäcken und
dem Mageninhalt der Opfer machen. Fürs Erste konnte
Stig nichts weiter unternehmen. Er schaltete sein Handy
ein und fuhr zurück in sein heruntergekommenes Haus.

Ein kalter Wind trieb graue Wolkenfetzen in mindestens zwei Höhenlagen über den Himmel. Wenn der Mond einmal frei war, strahlte er weiß auf die nasse Straße.

Der Hund sprang wie von Sinnen an Stig hoch, als er ins Haus trat. Er nahm die Leine vom Garderobenhaken, und die beiden gingen durch den kurzen Zufahrtsweg auf die Straße. Zuerst blickte Søbranda sich beim Laufen zögernd nach Stig um, aber als der einfach den Fuglesangsvej hinunterspazierte, hetzte sie wild voraus über die Felder.

Nachts wurde Stig von Søbranda geweckt. Wieder war ihre Schnauze dicht vor seinem Gesicht. Hatte ihr Atem ihn geweckt, hatte sie leise geschnappt, oder war es Telepathie? Søbranda war Stigs erster Hund. Als Welpe hatte sie neben dem Bett geschlafen, und Stig hatte ihr dabei die Hand auf den Rücken gelegt. Schon bald war er fasziniert von dem Verständnis und der Kommunikation, die zwischen Mensch und Tier möglich waren. Hatte er anfangs noch Angst vor ihren Tobsuchtsanfällen gehabt, war das bald nicht mehr nötig, weil er jederzeit wusste, was der Hund gerade empfand oder brauchte.

Jetzt wollte er raus. Und er wirkte angespannt. Offenbar musste er sich versäubern. Stig stapfte verschlafen zur Tür. Søbranda richtete die Ohren auf, wie sie es tat, wenn sich jemand Ungebetener in ihre oder Stigs Nähe wagte.

„Ist da jemand?", rief Stig durch die geschlossene Haustür.

Nichts rührte sich.

Da Stig viel zu müde war, um mit nach draußen zu gehen, machte er nur die Tür auf, und der Hund verschwand pfeilschnell in der Dunkelheit.

Stig nutzte die Zeit, um den Ofen zu befüllen. Als Søbranda aber nach zehn Minuten immer noch nicht zurückkehrte und auch nicht auf sein Rufen reagierte, nahm er die *Scheinwerfer*-Taschenlampe vom Netz, die er unlängst bei *Netto* in Rønne für fast 50 Kronen erstanden hatte.

Das Geld schien gut investiert zu sein. Der Scheinwerfer machte seinem Namen alle Ehre. Stig leuchtete über die Straße und, wie seinerzeit Albert Speer, in den Himmel. Dann machte er sich daran, den Garten zu durchsuchen. Tief im Dickicht hörte er ein merkwürdiges Schnaufen und richtete den Strahl der Lampe darauf. In den verzweigten Dornenbüschen war ein riesiges, einohriges Schwein damit beschäftigt, mit dem Rüssel Tulpenzwiebeln aus der angetauten, matschigen Erde auszugraben. Offenbar hatten Blumen den Rasen geziert, bevor er zu einem Brombeergestrüpp mutiert war. Das Schwein ließ sich nicht stören. Auch nicht von Søbranda, die es von hinten besprungen hatte und zu penetrieren versuchte.

„Aus!", rief Stig wütend. Er hasste es, wenn sie als Hündin dieses lächerliche Dominanzgehabe an den Tag legte. „Søbranda! Komm!"

Langsam rutschte Søbranda vom Schwein und trottete auf Stig zu. Dann blieb sie plötzlich stehen und richtete die Ohren auf. Stig war froh, sie bei sich zu haben. Nichts im Umkreis von einem Kilometer entging der Peilung eines Hundegehörs.

Kurz hintereinander krachten zwei Schüsse. Ein Projektil traf den Schornstein des Hauses. Der Querschläger pfiff über ihre Köpfe. Das Schwein flüchtete ins Unterholz. Søbranda legte die Ohren an, raste in die Richtung, aus der die Schüsse gekommen waren, und durchbrach mühelos eine Hecke. Stig wollte hinterher, musste aber um die Hecke herumrennen, um dem Hund von der Straße aus ins offene Gelände zu folgen. Søbranda war schussfest. Zu Silvester hatten sie das Tier in Kopenhagen immer einsperren müssen, da es versucht hatte, Raketen zu apportieren. Stig selbst war zu sehr vom Jagdtrieb gepackt, um Angst zu haben. Als er die Straße entlangrannte, sah er in der Ferne einen Mann stehen, der ein Gewehr in der Hand hielt und es auf den Hund in Anschlag brachte.

Søbranda näherte sich dem Mann so schnell, dass er nicht reagieren konnte, als sie an ihm vorbeirannte, ihm mit den Zähnen die Hose zerriss und dann einen Bogen lief, um ihn fröhlich ein zweites Mal zu attackieren. Bei der Attacke fiel dem Mann das Gewehr aus den Händen.

„Søbranda!", brüllte Stig, während er so schnell lief, wie er konnte. „Søbranda, aus!"

Kurz bevor das Tier den Mann ein drittes Mal angreifen konnte, warf sich Stig auf seinen Hund und umklammerte ihn.

„Zoom", sagte der Mann anerkennend und hielt seine zerfetzte Hose fest. „Zoom. Wie eine Rakete!"

„Bist du bescheuert, du verdammter Idiot?", brüllte Stig und hielt den Hund fest. „Was ballerst du hier mitten in der Nacht herum?"

Der Mann hielt seine Hose und betrachtete verwundert Herr und Hund. Er machte keine Anstalten, sein Gewehr aufzuheben.

„Und dann auch noch auf den Schornstein", fügte Stig schon etwas ruhiger hinzu. „Der ist sowieso schon total schief."

Da Søbranda sich schnell beruhigte, ließ Stig sie los und richtete sich auf. Søbranda lief auf den Mann zu und wedelte mit dem Schwanz.

„Hej, Vovser", sagte er. „Ich wohne da." Er wies mit dem Kopf in Richtung Schmiede. „Wenn ich nicht schlafen kann, gehe ich manchmal noch eine Runde mit dem Gewehr. Dann schieße ich oft auf den Schornstein. Nur so aus Spaß. Aber ich treffe nicht immer."

„Lass das ab jetzt bitte!", sagte Stig und hielt ihm die Hand hin. „Stig Tex Papuga. Dein neuer Nachbar."

„Claus", sagte der Nachbar und schlug ein. „Ich wusste nicht, dass da jemand wohnt. Entschuldigung."

„Ich muss mich entschuldigen", sagte Stig. „Erstens für meinen Hund und zweitens für meine Begrüßung. Sag mir doch bitte, welche Größe du hast. Dann bringe ich dir morgen eine neue Hose vorbei."

„Das ist nicht nötig, aber besuch mich doch mal! Auf gute Nachbarschaft!"

„Auf gute Nachbarschaft", sagte Stig.

19

29. Dezember, 4 Uhr
Lundshøj bei Rutsker
Strichweiser Regen oder Schneeregen. Temperaturen um den Gefrier-
punkt.

Es klingelte. Schlaftrunken suchte Stig nach dem Handy, fand aber erst nur die Pistole. Dann fiel ihm sein Mobiltelefon auch noch herunter, bevor er endlich abgehoben hatte.

„Ich glaube, ich hab da was", sagte Ole Rasmussen geheimnisvoll.

„*Jetzt wird's psychologisch, meine Herren!*", glaubte Stig den Kapitänleutnant sagen zu hören.

„Kannst du sofort kommen?"

Stig schob die Pistole unter das Sofa. Er wollte auch ohne sie keine Angst haben. Dann zog er sich etwas über, nahm den Hund an die Leine, der unbedingt Auslauf wollte, und ging schnell den Berg hoch, um an der alten Schmiede in den Volvo zu steigen. Der Mond war über den Himmel gewandert, sonst hatten sich das Wetter und die Beleuchtung nicht geändert. Wolken flogen wie schwarze Schafe über den Himmel, und ein scharfer, kalter Wind trieb immer neue Wolken vor sich her.

„Halløjsa", sagte Ole Rasmussen fröhlich. „Da ist zwar ein Stuhl, aber setz dich nicht hin. Wir haben ihn." Er stand im Büro und hatte Stig offenbar erwartet.

Stig ließ sich von Søbranda an der Leine durch das Büro zerren. Sie wedelte wild und schien Ole Rasmussen spontan ins Herz zu schließen.

„Sie mag dich", übersetzte Stig das Verhalten seines Hundes.

„Ich spreche leider kein Deutsch", sagte Ole Rasmussen und sah Søbranda verwundert an. „Schließlich habe ich keinen Hund." Er zeigte auf den Besprechungstisch. Dort lag die Kopie eines Zeitungsartikels von 1948. Stig befestigte die Hundeleine sorgsam an seinem Schreibtisch, ging zum Besprechungstisch, nahm die Zeitungskopie hoch und las aufgeregt.

Selbstmord im Haus der Milchpanscher lautete die Headline. Nachdem herausgekommen war, dass der ansonsten respektable Direktor der Meierei von Nylars in übler Weise die Milch gepanscht hatte und die Familie mit Schimpf und Schande davongejagt werden sollte, hatte seine Frau Selbstmord begangen. Von dem Geld, das der Meier für den Betrug erhalten haben sollte, hatte jede Spur gefehlt. Er hatte die Aussage verweigert und zusammen mit seinem 14-jährigen Sohn die Insel verlassen, um eine Gefängnisstrafe anzutreten.

Stigs Mobiltelefon klingelte, und er fragte sich, wer ihn um diese Zeit anrufen wollte. Er schaute auf das Display. Es war Mette. Mit einem gequälten Blick nahm er den Anruf an, hielt das Handy aber so weit von seinem Ohr weg, wie es ging.

Ole Rasmussen betrachtete diesen Vorgang mit Interesse.

Stig stand da, hielt das Handy armweit vom Kopf weg und hörte nichts. Zögernd führte er das Gerät zum Ohr.

„Hallo", sagte Mette. „Hallo, hallo, hallo ..."

„Ja", sagte Stig vorsichtig. „Hier ist Stig."

„Ich bin's", sagte Mette leise. „Ich weiß, es ist spät, aber ich konnte nicht anders. Schlimm?"

„Nein, kein Problem. Ich bin sowieso wach."

„Wie ... wie geht es euch beiden denn so?", fragte Mette mit zartem Schmelz in der Stimme. „Vertragt ihr euch gut?"

„Ach ja", antwortete Stig freudig überrascht. „Ich glaube, ihr gefällt es hier." Er wusste gar nicht, wie ihm geschah. Er hatte das Gefühl, langsam zu zerfließen.

„Und du?", hauchte Mette.

Stig überlegte. „Tja ... geht so."

„Schön", sagte Mette. „Dann muss ich mir ja keine Sorgen machen. Bis bald, okay?"

„Ja, gerne. Bis bald! Hej-hej."

„Hej-hej."

Stig schaltete das Gerät ab und befühlte etwas verwirrt seinen Unterkiefer.

„Er du med?", fragte Ole Rasmussen. „Weilst du noch unter uns? Also: Der vermeintliche Täter, also der ehemalige Molkereidirektor, ist jüngst verstorben. Er hat einen Sohn hinterlassen. Bei der Testamentseröffnung fand sich ein Brief, der an die Staatsanwaltschaft adressiert war. Darin beteuert er seine Unschuld in Bezug auf diese Panschgeschichte. Aus irgendeinem Grund hatte er sich damals nicht verteidigt. Jetzt hat die Staatsanwaltschaft den Brief einfach zu den Akten genommen. Der Fall ist ja mehr als verjährt."

„Merkwürdig", sagte Stig. Er hatte etwas Konkreteres erhofft.

„Es ist mit Abstand das Milchigste, was ich finden konnte, und es schreit nach Rache", verteidigte Ole Rasmussen seinen Archivschatz.

„Ja, eine tote Mutter und ein enthehrter Vater, das sind keine idealen Voraussetzungen für eine glückliche Jugend."

„Nicht unmittelbar", sagte Ole Rasmussen.

Stig versuchte sich Kaffee zu zapfen, aber die Kanne röchelte nur. „Scheiße", sagte er.

„Vielleicht gehst du einfach mal in unsere Teeküche und setzt Kaffee auf. Ich könnte auch einen vertragen."

Stig stöhnte, bewegte sich aber in Richtung Küche. Søbranda zog an der Leine und schnappte in die Luft.

„Nimm den Hund mit", sagte Ole Rasmussen. „Der macht mich nervös."

„Zu Recht", räumte Stig ein, befreite das Tier und ließ es an kurzer Leine vorgehen.

„Melchior Eilersen hat neben Sven-Aage Larsen gewohnt und ist mit Knudsen und Madsen nicht nur in eine Klasse gegangen, sondern naturgemäß auch noch gleichaltrig", sagte Ole Rasmussen von der Küchentür her, als Stig mit Kaffeekanne und Filter hantierte. „Ruf mal das Verkehrsamt an, ob dieser Melchior ein Auto hat, und wenn nicht, erkundige dich bei Autovermietungen."

„Hast du denn den ehemaligen Jungen schon befragt?", wollte Stig wissen. „Diesen Melchior?"

„Wir können ihn leider nicht ausfindig machen, aber ich habe schon einen Hausdurchsuchungsbefehl erwirkt.

Zwei Kollegen werden sich in Kürze Einlass verschaffen. Der Mann wohnt in einem Hochhaus in Lyngby."

Stig pfiff leise durch die Zähne. „Lyngby! Da kam doch auch die Gülle her."

„Richtig", sagte Ole Rasmussen. „Jetzt gibt es keine Zufälle mehr."

„Ich muss dir übrigens ein Geständnis machen", begann Stig zögerlich.

„Bitte nicht!" Ole Rasmussen machte eine abwehrende Handbewegung. „Wenn es etwas mit deinem Telefonverhalten oder deiner sexuellen Ausrichtung zu tun haben sollte, darfst du es gerne für dich behalten."

„Ich kenne, glaube ich, den Täter."

„So, so." Ole Rasmussen grinste. „Ist es deine Volkstanztante oder dieser Ökobauer?"

„Nein", sagte Stig und fixierte die ersten Kaffeetropfen, die in die Kanne klatschten. „Ich glaube schon, dass es dieser Melchior ist. Er ist stämmig und dick. Trägt sein blondes Haar mit einem fettigen Seitenscheitel."

„Hat er dir eine E-Mail mit eingescanntem Foto geschickt? Vielleicht auf Facebook?"

„Nein. Ich glaube, ich habe ihn am 23. Dezember bei *Kvickly* getroffen. Außerdem habe ich, kurz bevor ich den zweiten Toten fand, einen von ihm gefalteten Tetrapak gefunden. Ich habe mir aber nichts dabei gedacht."

„Trägst du Kontaktlinsen?", wollte Ole Rasmussen wissen.

„Nein", sagte Stig verwundert. „Warum?"

„Schade. Sonst hättest du schauen können, ob vielleicht Leberpastete darauf klebt." Damit trottete Ole Rasmussen in die Amtsstube zurück.

Viel zu langsam lief der Kaffee durch den Filter. Søbranda saß vor dem kleinen Kühlschrank und versuchte, Stig hypnotisch dazu zu bewegen, ihr dessen Inhalt zu überlassen.

„Aus!", befahl Stig.

Søbranda legte sich auf den Boden, brummte, und Stig streichelte ihr den Bauch, während er wartete. Dann gab er ihr ein getrocknetes Schweineohr, das sie laut knackend zu knabbern begann.

Irgendwann war die Kaffeekanne voll, Milchpulver und Zuckerstücke lagen bereit. Alles war startklar für eine erfolgreiche Fahndung. Stig fand in der Küche sogar eine Tasse, auf der *Ole Rasmussen* stand.

„Ich habe dich noch nie Kaffee trinken gesehen", sagte Stig kurz darauf, während er selbst ein Schlückchen nahm. Der Kaffee war ihm etwas zu kräftig geraten.

„Du hast mich bei ganz anderen Sachen noch nicht gesehen", gab Ole Rasmussen zu bedenken.

„Das ist mir auch lieber", gestand Stig.

„Kaffee trinke ich nur zu Hause", sagte Ole Rasmussen. „Und wenn ich merke, dass es hart auf hart geht."

„So sicher bist du dir?"

„Natürlich! Now shall you bare see!", mischte Ole Rasmussen Dänisch mit Englisch.

Melchior hatte nach einer ausschließlich flüssigen, aber äußerst genussreichen Mahlzeit an seinem Lieblingsparkplatz in Nørresand geschlafen. Haufenweise Tetrapaks lagen gefaltet um das Bett seines Wohnmobils herum. Jetzt war es Zeit aufzustehen. Schluss mit der Faulenzerei, sagte er sich. Er schaltete eine grelle Transistorleuchte ein und nahm einen weißen Anzug aus dem Schrank. Vorsichtig befreite er die Kleidungsstücke von ihrer schützenden Plastikhülle. „Pragtfuld!", flüsterte er und streichelte den weißen Stoff. Sorgsam kleidete er sich an.

Im weißen Anzug setzte er sich an den Tisch, schnitt die Hexenheuler auf und ließ das Schwarzpulver in eine flache Melaminschale rieseln. Bald war ein ordentlicher Haufen zusammengekommen. Melchior grinste und füllte die Läufe seines Taschenvorderladers. Dann stopfte er ordentlich mit ein paar alten Lappenstücken nach und pustete in beide Läufe, dass es pfiff.

„Putzig, putzig!" Jetzt hatte er sich einen Viertelliter Sahne verdient, den er auf einen Sitz ausschlürfte. Dann faltete er die Verpackung mit nur einer Hand kunstvoll zusammen.

Mit einer alten Kneifzange machte er sich daran, ein großes Spritzguss-Kreuz auseinanderzubrechen, um die Pistole mit den Metallstücken zu füllen. Noch ein Pfropfen aufgesetzt, die Zündhütchen von der Schreckschusspistole angebracht, die Hähne gespannt, dann konnte es losgehen. Melchior rieb sich die Hände. „Niedlich, niedlich!"

Sorgsam wickelte er die gespannte Pistole in Luftpolsterfolie ein und legte sie auf den Tisch. Unter der Pritsche zog er eine Teleskopleiter hervor und behandelte die Hülsen, in denen die Aluminiumrohre der Leiter zusammengeschoben waren, mit Silikonspray. Nun ließen sie sich leicht und leise auseinanderschieben. „Herrlich, herrlich!"

Melchior packte eine schwere Feuerwehraxt aus, wog sie in den Händen und ließ sie dann ebenfalls auf die Pritsche gleiten. Zuletzt spritzte er auch noch Silikonspray in den Mechanismus der großen, durchsichtigen Dachluke, bis sie sich widerstandslos öffnen und schließen ließ.

„Prost!", sagte er zu seinem Spiegelbild und hielt einen frischen Tetrapak mit Sødmælk hoch. „Prost, mein lieber, alter Junge, und auf gutes Gelingen!"

Kälte schlug ihnen vor der Wache entgegen. Die Bauern waren längst schlafen gegangen und hatten nur ihre Transparente und Traktoren zurückgelassen. Ole Rasmussen schlug die mit Fuchsfell besetzte Kapuze seines Parkas hoch. Sie gingen noch die Stufen zum Parkplatz herunter, als sie vom Almindings Runddel her Motorenlärm hörten und sich verwundert danach umdrehten.

Das Geräusch von vielen Motoren näherte sich. Eine ganze Armada von Geländewagen donnerte mit jaulendem Getriebe den Zahrtmannsvej entlang und bog auf den Parkplatz des Kommissariats ein. Kaum hatte der erste vor ihnen gebremst, riss eine Majorin der Heimwehr die Tür auf und sprang aus dem Wagen.

„Wir haben ihn!", brüllte sie triumphierend.

Die anderen Geländewagen gruppierten sich um ihren Wagen und blockierten die Einfahrt.

„Aus dem Weg!", befahl Ole Rasmussen. „Wir fahren einen Einsatz!"

„Was soll das noch?", fragte die Majorin verärgert. „Wir haben ihn!"

Aus einem größeren Auto schleppten Heimwehrer den an den Händen gefesselten Jesper heran.

„Wir haben ihn auf einem Hof erwischt! Mit einem Dolch!"

„Ich habe nichts getan", schrie Jesper. „Ich wollte doch nur die Reifen der verdammten Gülletransporter zerstechen! Bevor es Frühling wird …", fügte er fast flehend hinzu.

„Verschwindet! Alle zusammen!", befahl Ole Rasmussen. „Steckt ihn von mir aus ins Gefängnis. Wir haben jetzt keine Zeit." Damit klemmte er sich umständlich hinter das Lenkrad eines Dienstwagens.

Stig ließ Søbranda in den Fond des Wagens und kletterte dann auf den Beifahrersitz. Ole Rasmussen stellte Blaulicht und Sirene an und rangierte durch die Geländewagen, die nur zögerlich den Weg freigaben.

Lehrer Sven-Aage Larsen schreckte aus dem Tiefschlaf, setzte sich auf und schaltete schnell die Nachttischlampe ein. Er hatte einen schrecklichen Albtraum gehabt, der so realistisch gewesen war, dass er sein Bett abtastete, um zu überprüfen, ob es an Stellen warm war, auf denen er nicht gelegen hatte. Er hatte geträumt, dass ein korpulenter Mensch neben ihm auf dem Bett gesessen hätte. Ein Fremder.

Auf seinem Nachttisch lag eine geladene und entsicherte Walther PPK. Das machte er immer so, wenn er sich besonders über einen Mitbewohner geärgert hatte.

Die Vorstellung, seine Mitbewohner theoretisch erschießen zu können, beruhigte ihn ungemein. Er hatte sich längst damit abgefunden, dass er im Heim nicht besonders beliebt war, und die Walther war seine Antwort. Lehrer waren nun mal ein unbeliebtes Volk. Selbst unter den Alten, die langsam senil wurden und sich besser an lang Vergangenes erinnern konnten als an Dinge, die erst vor Kurzem passiert waren. Da die meisten einmal in ihrem Leben Schüler gewesen waren, galt er als ehemaliger Lehrer automatisch als Feind. So wie früher.

Das war aber nicht der Hauptgrund, weswegen man ihn nicht mochte. Früher genauso wenig wie heute. Mehr noch lag es daran, dass er *tyske ting* sammelte. Eigentlich bedeutete diese Phrase *deutsche Sachen*, aber im allgemeinen Sprachgebrauch bezeichnete sie jene Paraphernalien, die zu einer Zeit in Deutschland produziert worden waren, die eigentlich tausend Jahre hätte andauern sollen.

Stolz schaute Lehrer Larsen sich in seinem Zimmer um. Die meisten Stücke seiner Sammlung, die überall im Zimmer verteilt waren, wiesen an irgendeiner Stelle das indische Glückszeichen auf, das schon, bevor es von den Deutschen als Hakenkreuz verwendet worden war, an den Brauseflaschen der Carlsberg Brauerei prangte. Ein schlichter Urheberrechtsprozess hätte möglicherweise die Geschichte ändern können, zumindest in Bezug auf ihre Ikonografie.

Lehrer Larsen besaß eine erkleckliche Anzahl früher Armbinden, U-Boot-Flaggen, Dolche, Hieb- und Stichwaffen, für die er natürlich einen Besitzschein hatte. Er besaß optische Geräte, Ferngläser, eine seltene Doppel-

Leica, Hitlerbilder, wertvolle Aquarelle mit Kampfszena-
rien und ein altes Grammophon, auf dem er oft Platten
mit Märschen und Propagandaliedern abspielte. Er besaß
sogar die komplette Uniform eines Spähtruppführers der
Waffen-SS, die er einer Schaufensterpuppe angezogen
hatte.

Es war noch dunkel. Lehrer Larsen stand auf und zog
seinen Bademantel an, nahm sein U-Boot-Fernglas und
spähte aus dem Fenster. Die Pistole steckte er in die Tasche
des Bademantels. Trotz hervorragender Dämmerungs-
werte konnte er nichts Verdächtiges erkennen.

Eigentlich wäre er damals selbst gerne mit der SS nach
Russland gegangen. Mit glühender Begeisterung hätte er
damals die nordische Rasse verteidigt. Mit den Deutschen
war er immer gut ausgekommen. Oft hatte er mit ihnen
zusammengesessen und getrunken. Sie waren sehr interessiert, wie die Leute auf dem Lande dachten, und er
konnte ihnen viele wertvolle Hinweise geben. Schließlich
hatte er auf der Insel jeden gekannt.

Vor allem der Major, mit dem er oft sprach, hatte ihm
davon abgeraten, mit nach Russland zu gehen. „Lass mal,
Sturmbannführer", hatte er zwischen ein paar Schnäpsen
gesagt. „Ziemlich ungemütlich da, was man so hört. Aber
Schnauze halten! Du kannst auch hier gute Dienste für
das Großdeutsche Reich leisten, verstanden? Kindermund
tut doch Wahrheit kund – verstehst du?"

Ganz offiziell hatte die SS in Dänemark viele Freiwil-
lige angeworben. Aber als diese nach dem Krieg zurückgekommen waren, teilweise aus russischer Gefangenschaft,
waren sie sofort in dänische Gefängnisse gekommen.

Angeblich hätten sie wissen müssen, dass es verboten war, in die SS einzutreten. Nur hatte man es den jungen Männern früher nicht gesagt.

So war Sven-Aage Larsen im Krieg nicht an der Front gewesen, aber der Major hatte ihm seine Dienstpistole überlassen. Es war verrückt gewesen, das Ding zu behalten, aber er hatte sie im Nachbarhaus – der Molkerei – versteckt, solange die Russen die Insel beherrscht hatten. Ob die Patronen noch funktionierten, wusste er nicht. Aber es war schließlich deutsche Wertarbeit, und zur Not musste er eben ein paar Mal durchladen, um Blindgänger zu eliminieren. Bei dem Gedanken konnte er wieder lachen. Wenn er eines konnte, dann das! Überhaupt wäre es die ideale Berufsbeschreibung eines Lehrers: die Blindgänger zu eliminieren.

Blindgänger wie den kleinen Melchior. Auch dessen Schreie hörte er in den bösen Träumen. Die Schreie eines kleinen Jungen, den die anderen quälten. Er selbst hatte ihn den anderen Kindern ausgeliefert, denn er hatte diesen kleinen Schwächling gehasst. Am liebsten hätte er nachgetreten, wenn der Junge mal wieder am Boden lag und weinte. Immer wieder getreten. Bis er endlich zu jammern aufhörte. Diese Familie hatte verdient, was er ihr angetan hatte. Diese vermaledeiten Schwächlinge! Diese Sozialdemokraten! Sollte er ausgerechnet vor ihrem Spross Angst haben? Sollte er wegen dieses heulenden Versagers mit der Polizei über seine Vergangenheit reden? Niemals! Wie hatte dieser Schwächling es nur geschafft, seine beiden Lieblingsschüler zu ermorden? Das konnte doch nicht sein! Und was war der Grund dafür? Etwa diese lächerliche, alte Sache? Die paar Milchkannen, die ihm Børge und Palle jede Nacht gebracht hatten?

Sven-Aage suchte noch einmal das Areal vor seinem Fenster mit dem Fernglas ab. Es war dunkel. Der Wind pfiff um das Altersheim. Es würde ein grauer Tag werden. Wie viele grauen Tage noch bis zum Frühling?

Da hörte er den sonoren Dieselmotor eines Lieferwagens. Vermutlich eine frühe Lieferung frischer Nahrungsmittel. Das Essen hier war gut und über Satellit konnte man viele Fernsehprogramme empfangen. Und da war ja auch noch Brittas Hintern. Lehrer Larsen war sich sicher, dass er sie irgendwann rumkriegen würde, zur Not mit Geld. „Wir haben auch andere Methoden", versicherte er augenzwinkernd der Schaufensterpuppe. Er hatte Britta gegenüber schon einmal durchblicken lassen, dass es einiges zu erben gab, und seitdem war ihr Verhältnis deutlich besser geworden. Bestimmt würde er sie noch dazu kriegen, ihm Erleichterung zu verschaffen. Schön wäre es, wenn sie dabei die SS-Uniform anziehen würde. Nur die Jacke vielleicht. Er schmunzelte über seine Frivolität und murmelte: „Für einen 89-Jährigen bin ich noch ein ziemlich toller Hecht."

Im nächsten Moment färbte sich seine Fensterscheibe unter leisem Klatschen von außen weiß. Ihm lief ein Angstschauer über den Rücken. Wie paralysiert stand er da. Flüssiger Nebel, dachte er und trat einen Schritt zurück. Flüssiger Nebel. Aber es gab doch keinen flüssigen Nebel! Im Zimmer stand ein bleicher Mann. Sven-Aage Larsen schrie auf und griff sich ans Herz. Der Mann tat das Gleiche. Sven-Aage beruhigte sich ein wenig. Er hatte sich nur selbst in der Fensterscheibe gesehen! Wieder hörte er das klatschende Geräusch. Dann färbte sich die Scheibe noch weißer. War das etwa Milch? Larsen griff die schwere Pistole und richtete sie auf das Fenster. Woher kam das Weiß? Sein Zimmer lag doch im ersten Stock!

Es klopfte dreimal.

„Oh, mein Gott", schrie Larsen und griff nach dem Telefon. „Oh, mein Gott! Polizei, Polizei!", schrie er.

Das weiße Fenster explodierte mit einem so fürchterlichen Schlag, als tobte draußen das Inferno, als wäre eine Fliegerbombe detoniert oder der jüngste Tag angebrochen. Larsen taumelte, und bevor er vernünftig zielen konnte, stand eine weiße Gestalt mitten in seinem Zimmer, ein fetter, böser Rachegeist.

„Niedlich", sagte der Geist.

Lehrer Larsen schrie, so laut er konnte, und brachte endlich seine Waffe zum Anschlag, aber da hatte Melchior seine Pistole schon abgefeuert, und beide Läufe bliesen mit gewaltigem Krachen das zerhackte Kreuz in die Brust des alten Lehrers.

Das Dunkel der Nacht wich einem fahlen Grau. Vor dem Altersheim stand dicht am Haus geparkt ein weißer LT 35, und im Zucken des Blaulichts sahen Ole Rasmussen und Stig einen Mann mit einer großen Pistole in der einen und einer Feuerwehraxt in der anderen Hand aus einem Fenster klettern. Dann sprang er auf das Hochdach seines Wohnmobils, legte die Axt ab und kletterte angesichts seiner Korpulenz unglaublich schnell und behände durch die offene Dachluke in das Innere des Wagens. Unmittelbar darauf setzte sich das Fahrzeug mit quietschenden Reifen in Bewegung.

Bevor Ole Rasmussen begriff, dass er den Verdächtigen nur am Wegfahren hindern konnte, wenn er sich quer in die Einfahrt stellte, raste das große Auto an ihnen vorbei. Dabei detonierte etwas, und die Frontscheibe des Polizeiwagens zersplitterte. Der flüchtige Fahrer hatte auf sie geschossen.

Ole Rasmussen wollte den Täter verfolgen, riss das Lenkrad herum, gab Vollgas und krachte an die hintere Stoßstange des flüchtigen Wohnmobils. Die Stoßstange des Polizeiwagens glitt über die Anhängerkupplung des Wohnmobils und verhakte sich darin. So rasten sie ineinander verkeilt den Berg hinauf. Dann fiel ein schwerer Gegenstand vom Dach des Wohnmobils durch die kaputte Frontscheibe des Polizeiwagens und traf Ole Rasmussen und Stig. Gleich darauf fuhr das Wohnmobil eine scharfe Linkskurve und bekam so die Anhängerkupplung frei.

Bei Vollgas verlor Ole Rasmussen die Beherrschung über den so plötzlich befreiten Polizeiwagen. Sie kamen von der Straße ab und bohrten sich mit der Schnauze in den schlammigen Grund einer Böschung, bis der Motor absoff.

„Alles okay? Alles okay?", schrie Stig, stieg aus, rannte um den Wagen herum und riss die Fahrertür auf. Seine linke Schulter schmerzte fürchterlich. Erst jetzt sah er, dass das, was auf sie gefallen war, eine gewaltige Axt war, die sowohl ihn als auch Ole Rasmussen verletzt hatte.

„Warte! Warte! Warte!", murmelte Ole Rasmussen mechanisch und rang um Beherrschung.

„Eine Axt!", zischte Stig, wütend vor Schmerz. „Das ist doch der Hammer!"

„Warte!", wiederholte Ole Rasmussen und war immer noch nicht wieder ganz bei sich. Die Axt hatte seinen Kopf getroffen und ihn an Gesicht und Schulter verletzt. Die Bifokalbrille war heruntergefallen. Er blutete am Kopf. Hinten im Wagen bellte der Hund wie wild, konnte aber nicht raus, da Stig ihn an einer Kopfstütze angeleint hatte.

„Alles okay?", schrie Stig beschwörend. Er wusste nicht, wie er Ole Rasmussen, der angeschnallt war, zur Seite drängen konnte, um die Verfolgung des Wohnmobils wieder aufzunehmen.

„Geht schon, geht schon", brachte Ole Rasmussen hervor und probierte den Wagen zu starten. Der Anlasser leierte immer wieder.

Stig stieg wieder auf der Beifahrerseite ein und versuchte, das Funkgerät in Gang zu bringen.

Endlich startete der Motor, aber die Vorderräder waren tief in die Erde eingesunken. Weißer Rauch zischte aus dem zerschossenen Kühler. Nach und nach brachte Ole Rasmussen den Wagen aus dem feuchten Untergrund, ständig die Gänge wechselnd, hin und her schaukelnd, langsam und mit immer wieder durchdrehenden Reifen. Dann fuhr er an. Schlamm pladderte aus dem Reifenprofil gegen den Unterboden.

„Wo ist er hin?", fragte Ole Rasmussen, immer noch nicht ganz klar bei Sinnen. Er fuhr Schlangenlinien.

„Da lang!", brüllte Stig.

Ole Rasmussen tastete nach seiner Brille und fand sie schließlich. Das linke Glas fehlte, und das Titangestell war völlig verbogen. Er zwängte die Brille irgendwie auf sein blutendes Gesicht. Er spähte durch die kaputte Frontscheibe, konnte den großen Wagen auf dem gut einsehbaren Gudhjemvej aber nicht ausmachen.

„Dreh um! Der ist in den Sigtevej abgefahren", brüllte Stig.

Sie drehten. Mit nur einem Scheinwerfer rasten sie durch den grauen Morgen. Kalt pfiffen Wind und Regen in das Auto. Sie fuhren durch die Rø Plantage.

„Hallo, Zentrale!" Stig zwang sich zur Ruhe.

Nicht schlecht, Herr Specht! Wer viel schmeißt, hat bald nichts mehr!

„Hier Wagen zwölf, Kommissar Papuga. Flüchtiges Wohnmobil, Typ Volkswagen LT 35, Farbe weiß, auf dem Sigtevej in Richtung Klemensker unterwegs. Äußerste Vorsicht, der Fahrer ist bewaffnet und zu allem entschlossen. Krankenwagen und Ermittlungstechnik ins Altersheim von Gudhjem. Schweres Verbrechen mit Verletztem im ersten Stock, Nordlage."

„Verstanden", kam aus dem Lautsprecher. „Dein Standort, Kommissar Papuga?"

„Sigtevej, Rø Plantage."

Ole Rasmussen schaltete das Blaulicht ab, und sie fuhren durch den dämmernden Morgen eines Märchenwaldes.

„Kannst du nicht schneller fahren?", drängte Stig. „Diese scheiß Peugeots gewinnen doch immer bei allen Autotests! Da muss doch mehr rauszuholen sein!"

Doch Ole Rasmussen ließ sich nicht aus der Ruhe bringen. Obwohl er verletzt war und sie flott unterwegs waren, hatte er noch Augen für die Landschaft. „Hier musst du wirklich mal im Sommer herfahren", sagte er und wischte sich etwas Blut aus dem Gesicht. „Das ist es eben, was Bornholm ausmacht. Diese kleinen Straßen, diese abseitig gelegenen Waldhöfe. Sieh nur da!" Er zeigte auf einen von Bäumen umstandenen Weiher. „Das könnte auch in British Columbia sein."

Irritiert warf Stig einen Blick auf die wirklich pittoreske Landschaft, um gleich wieder auf die Straße zu schauen und nach dem Fluchtfahrzeug Ausschau zu halten.

„Das ist eben das Besondere an Bornholm", erklärte Ole Rasmussen. „Diese Natur, die so aussieht wie in einem Ritterfilm. Ohne uns würde die Natur binnen kurzer Zeit alles überwuchern. Sie würde sich die Insel innerhalb weniger Jahre zurückerobern. So wild und dabei doch … so süß." Ole Rasmussen war von seinem eigenen Vortrag ergriffen und ließ im Tempo etwas nach.

„Hallo?", sagte Stig laut und zeigte nach vorn auf die nasse Straße. „Wir sind hier mitten in einer Verfolgungsjagd. Also … bitte!" Ihm fehlten die Worte.

„Na und?", sagte Ole Rasmussen. „Deswegen sind wir immer noch Menschen, und wir verfolgen einen von uns."

Jedenfalls schien der, den sie verfolgten, weit voraus zu sein. Es gab keine Stichstraßen, nicht einmal richtige Forstwege, also konnte er nur geradeaus weitergefahren sein.

„Wenn wir ihn nicht schnappen, wird ihn ein anderer verhaften." Ole Rasmussen sah Stig gelassen von der Seite an. „Vergiss nicht, dass wir hier auf einer Insel sind. Außerdem solltest du nicht vergessen, dass wir hier nur unseren Job machen und uns nicht auf einem Kreuzzug befinden!"

Als sie den Wald endlich hinter sich hatten, nahm Stig ein Fernglas hoch und versuchte den Horizont abzusuchen, während Ole Rasmussen wieder mehr Gas gab. Es war ein gutes Glas, aber wegen der geborstenen Windschutzscheibe und des schneidenden Fahrtwinds, in den sich Schneeregen mischte, war der Beobachtungsposten nicht gerade ideal.

Es war kein Fahrzeug zu sehen, aber plötzlich brach eine riesige Sau aus dem Unterholz. Der Körper des Tieres hatte eine ähnliche Färbung wie schmutziger Schnee. Ole Rasmussen wäre nicht rechtzeitig zum Stehen gekommen, aber das Tier drehte geistesgegenwärtig ab und verschwand ein Stück weiter wieder im Wald. Søbranda bellte wild und verdrehte den Kopf nach dem Tier.

„Soll ich mal ranfahren?", fragte Ole Rasmussen. „Ich hätte Lust auf eine Pfeife", fügte er hinzu.

„Fahr weiter, verdammt!", befahl Stig. Das Gerede des Kollegen konnte sein Jagdfieber nicht stoppen. Auch Søbranda, die sich die ganze Zeit nach vorne in die erste Reihe zu drängeln versuchte, schob er immer wieder brutal zurück. Sie hätte Ole Rasmussen beim Schalten stören können.

Irgendwann kam das Getreidesilo von Klemensker in Sicht. Und nicht nur das. Von der Anhöhe, über die sie gerade fuhren, sah Stig auch das Wohnmobil. Es fuhr ohne Licht. Sein schmutziges Weiß war gegen den ebenso schmutzigen Schnee kaum auszumachen. Vielleicht hatte der Jagdinstinkt Stigs Sinne geschärft.

„Da ist er!" Erregt zeigte Stig in die Richtung. Da keine Windschutzscheibe vorhanden war, konnte er seinen Arm weit ausstrecken.

„Aha", sagte Ole Rasmussen. „Das habe ich mir doch fast gedacht."

Der LT 35 war vielleicht einen oder anderthalb Kilometer vor ihnen, er war weit und breit das einzige Auto, und er raste auf die Molkerei zu.

„Verdammt, die Molkerei!" Stigs Stimme schnappte fast über.

„Wie ich es mir gedacht habe", brummte Ole Rasmussen. „Die Quelle der Milch." Er schaltete das Funkgerät ein. „Wagen zwölf, Kommissar Rasmussen. Sofort die Molkerei Sankt Clemens evakuieren. Ich wiederhole: Alle Mitarbeiter sollen die Molkerei Sankt Clemens verlassen. Ein geistig verwirrter und schwer bewaffneter Täter fährt darauf zu und wird binnen Kurzem dort einzudringen versuchen. Over!"

Als Melchior endlich die Molkerei auf sich zukommen sah, atmete er auf. Er stellte die Kim Larsen-Musik auf volle Lautstärke. „Livet er ikke det værste man har – og om lidt er kaffen klar …", sang Kim Larsen. Melchior sah auf seinen kleinen Tannenbaum und atmete noch mal tief durch. Hier würde seine Geschichte einen würdigen Abschluss finden. Bestimmt waren die Polizisten, die ihn verfolgten, liebenswerte und nette Menschen, und es tat ihm in der Seele weh, dass er ihnen nicht den Gefallen tun konnte, sich von ihnen verhaften zu lassen. Aber dafür war jetzt keine Zeit. So lang war das Leben nicht, dass man zu allen lieb sein konnte. Schade eigentlich!

Jetzt war es leider gleich vorbei. Aus der Milch sind wir entstanden, durch die Milch werden wir aufhören zu existieren. Melchiors Nackenhaare stellten sich auf.

Die Klinkergebäude der Molkerei kamen schnell näher. Melchior konnte schon den Werbeslogan darauf lesen, die einzelnen Türen erkennen, und alles ging schnell, sehr schnell. Er fuhr direkt auf das große Gebäude zu. Er schnallte sich an, gab Gas, schaltete in den dritten Gang zurück und fuhr mit Vollgas von der Landstraße ab und auf den Betriebshof, nur noch 30 Meter vom Gebäude entfernt. Die Reifen quietschten, das schwere Fahrzeug wollte nicht in der Spur bleiben. Bremsend und mit vollem Körpereinsatz manövrierte Melchior den Wagen durch die Kurve, ließ den Zweiten mit Vollgas kommen, fuhr wieder geradeaus und lenkte den LT mit immer noch 40 Stundenkilometern neben einen Lkw in die freie der drei Ladeboxen.

Das Auto krachte direkt in die geklinkerte Fassade der Molkerei. Die Vorderachse machte es nicht bis dahin mit, sie brach an der Kante des Hauses. Der Rest des massigen Wagens wurde mit unglaublicher Wucht an die Wand und durch die Laderampe gepresst.

Als alles wieder ganz ruhig war, schälte sich Melchior aus dem Gurt und sah sich bewundernd um. Plastik, Glasscherben, Steine und verbogenes Blech.

„Putzig", murmelte er. „Putzig." Es war halbdunkel und ungeheuer still. Kim Larsen hatte aufgehört zu singen, und das Licht seines kleinen Weihnachtsbaumes war erloschen. War er schon im Himmel?

Seine Petromax-Lampe lag unversehrt im Fußraum der Beifahrerseite. Die Frontscheibe war zersplittert. In aller Ruhe drehte Melchior den Tank der Lampe auf, und das Petroleum spritzte ihm seltsam weich entgegen und lief über seine Hände. Er schüttete die Lampe einfach nach hinten, in den Wohnbereich, aus, und dann zündete er die letzte Ausgabe der *Bornholms Tidende* an, auf der ohrlose Schweine abgebildet waren, und warf sie nach hinten. Das Petroleum fing Feuer.

Melchior trat die Reste der Frontscheibe mit den Füßen ein, bis der Weg durch den Vorderteil des Wagens frei war. Hinter ihm wurde es warm. Über das Lenkrad hinweg kletterte er in die Räume der Molkerei, die sicher noch nie auf diese Art betreten worden waren. Der lange Gang vor ihm war dunkel.

„Milch", flüsterte er beschwörend. „Milch. Wo ist die Milch, die Sahne, der Joghurt, Ymer, Crème fraîche, Kvarg?" Er taumelte an den Paletten voller Tetrapaks vorbei durch die leeren, weiß gestrichenen Räume, taumelte wie ein Tänzer, wie eine Motte im Licht. Von irgendwoher hörte er ein fernes Brummen, er öffnete Türen, sah Rohre, chromglänzende Rohre, Rohre, die leise und beruhigend brummten. Es wurden immer mehr Rohre, die in große Hallen führten, und in den Hallen standen riesige glänzende Behälter, wie Dome aus Stahl, und auch die Dome brummten – nur lauter.

Melchior suchte sich den größten Dom aus, stieg ganz entrückt die Treppe an der Seite des Doms hoch, die ebenfalls aus blitzendem Stahl war. Dann stand er am Rand eines gewaltigen Bottichs, in dem sich die ersehnte weiße Flüssigkeit befand. Groß wie ein runder Swimmingpool und tief wie die Unendlichkeit. Langsam fuhr ein Rührarm durch die unschuldig weiße Oberfläche der magischen Substanz, die bei Lebewesen aus jenen erotischen Kontaktorganen floss, die für den Säugling das Leben bedeuteten.

Weiße Welt, weiße Flüssigkeit. Die immerwährende Bewegung dieses weißen Paradieses durch den Stahlarm, der wie das Glücksrad des Schicksals durch das sanfte Mutter-Magma fuhr, machte diesen Saft, aus dem die Menschen waren, noch heiliger.

„Milch", flüsterte Melchior und begann sich zu entkleiden. „Milch." Er legte die Pistole, die er am Gürtel getragen hatte, vorsichtig auf die Treppe.

„Milch", kicherte er. „Niedlich, so niedlich!" Sein Kichern ging in ein Schluchzen über.

Als er nackt war, glitt er über die Kante in die edle Flüssigkeit. „Mor, jeg kommer! Far, jeg kommer!", flüsterte er. „Es ist so schön. Es ist so schön."

Er stieß sich ab und schwamm. Bevor der Arm des Rührgerätes seinen Kopf traf, war er in der Milch verschwunden. Siegesgewiss streckte er nur noch den Daumen über die Oberfläche, und dann versuchte er, die Milch zu atmen.

„Mach den Hund los!", befahl Ole Rasmussen, als er mit quietschenden Reifen neben dem brennenden Wrack des Wohnmobils zu stehen kam.

Auf dem letzten Kilometer hatte er dem Dienstfahrzeug alles abverlangt, die sonst so unerschütterliche Ruhe verloren und war gerast wie ein Henker. Sie sprangen aus dem Auto, und Søbranda schoss wie ein schwarzer Pfeil voraus. Doch dann standen sie dumm da und konnten keinen Eingang finden, weil der brennende Wagen darin steckte. Stig versuchte ein Fenster einzutreten, aber das verdammte Thermopending platzte nicht.

„Schieß sie kaputt, Django!", befahl Ole Rasmussen.

„Wie denn?" Stig war völlig durcheinander. „Gib mir deine verdammte Dienstpistole!"

Ole Rasmussen rannte zum Polizeiwagen zurück, kam mit dem blutigen Beil wieder und schlug die Scheibe ein. „Ich habe während meiner ganzen Dienstjahre noch nie so etwas Blödes besessen wie eine Pistole, und glaube mir, ich habe sie auch noch nie vermisst! Merke dir das ein für alle Mal!", brüllte er, als die Scheibe unter seinen Axtschlägen zersprang und der Hund sofort durch das Loch kletterte.

„Voraus, voraus!", brüllte Stig und zertrat das Glas.

Ein maschinelles Brummen ertönte aus den Tiefen der Milchfabrik. Der Duft von schweren, fettigen Stoffen quoll ihnen butterig, sahnig, ranzig entgegen, als sie sich durch das Fenster zwängten.

Søbranda rannte los. Auch sie liebte Milch und vor allem Sahne. Neben Fisch war Sahne sogar ihr Leibgericht. Irritiert von den verschiedenen Gerüchen sprang sie in der Molkerei auf der Stelle herum und schnupperte. Dann lief sie hoch aufgerichtet durch die Räume und schnupperte weiter. Die beiden Polizisten rannten ihr nach.

„Such, such!", brüllte Stig immer wieder, obwohl er wusste, dass der Hund Befehle dieser Art weder kannte noch jemals befolgen würde.

Vor einem gewaltigen Behälter blieb Søbranda stehen, stellte die Ohren auf und ließ ein entschlossenes Kampf-bellen ertönen. Dann lief sie die verchromte Treppe des riesigen Milchkübels hinauf, heulte noch einmal auf wie ein Wolf und sprang hinein. Erst schwamm sie, dann pad-delte sie linkisch, und schließlich tauchte sie ab.

Stig folgte ihr die Treppe hinauf, während Ole Rasmussen geistesgegenwärtig auf eine rote Not-Halt-Taste drückte, die den Rührarm anhielt.

Stig schaute in den unergründlichen Milchsee und sah von seinem Hund immer nur etwas, wenn er auftauchte, um Luft zu holen. Beim vierten Mal hielt er etwas im Maul und versuchte es mit seinen unglaublichen Nacken-muskeln zu bergen. Stig erkannte Kopf, Nacken und Schulter des blonden Dicken, von dem es weiß herunter-triefte. Am Rand des Bottichs ließ Stig sich mit voller Bekleidung hinunter, packte den leblosen Melchior unter den Armen und manövrierte ihn an die Treppe, wo Ole Rasmussen ihn in Empfang nahm.

Auf dem Rücken lag Melchior inmitten einer Milchlache auf dem gekachelten Fußboden. Ole Rasmussen hatte die Pfeife neben seinen Kopf gelegt und beatmete den leblosen Körper ruhig und methodisch.

Sanitäter kamen, und kurz darauf traf auch die Feuer-wehr ein. Ein Hubschrauber landete. Das Fernsehen, *TV 2/Bornholm*, aber auch überregionale Sender stellten

Kameras auf. Fotografen entluden ihre Blitzlichter in den frühen Morgen. Ole Rasmussen rauchte wieder seine Pfeife.

Es war vorbei. Stig stand nass und milchig da. Seinen ebenfalls nassen und milchigen Hund hielt er an der Leine. Søbranda war vollkommen außer sich. Gierig leckte sie die Milch auf, die wie ein endloser Paradiesfluss von Stigs Kleidung und aus ihrem Fell rann.

20

31. Dezember, 8 Uhr 30

Politistation Zahrtmannsvej, Rønne

Wolkenlos. Nordostwind. Windstärke 6–7. 4–5 Grad minus. Tendenz:
steigend.

„Halløjsa", sagte Ole Rasmussen freundlich, als Stig um
8 Uhr 30 das Büro betrat. „Setz dich schon mal hin, dann
kriegst du auch gleich einen Stuhl."

Am Tag nach der Verfolgungsjagd hatte Stig freigehabt.
Die Axt hatte ihm, ohne dass er es besonders gemerkt hatte,
einen Finger seiner linken Hand gebrochen. Im Krankenhaus hatten die Ärzte auch noch einen Schock und ein
Schleudertrauma diagnostiziert. An seinem freien Tag
waren Stig und Søbranda auf einem langen Spaziergang im
Norden der Insel unterwegs gewesen. Sie waren den Strand
am Levkavej entlanggewandert. Die Sonne hatte durch duf-
tige, blaugraue Wolken geschimmert, und Søbranda hatte
im von den vielen Stürmen verbreiterten Spülsaum
geschnüffelt, während Stig auf das graue Meer geblickt und
ab und an einen Stock ins Wasser geworfen hatte. Auch
wenn die Ostsee nur ein Binnenmeer war, hatte der Blick
auf das Meer eine unglaublich tröstende Wirkung auf ihn,
und er fühlte sich mit der ganzen Welt verbunden.

Da niemand in unmittelbarer Nähe gewesen war, hatte
Stig Søbranda gefahrlos frei laufen lassen können. Plötzlich war der Hund mit angelegten Ohren losgerannt. Stig,
der gewusst hatte, was das zu bedeuten hatte, hatte schnell

reagiert und „Aus!" geschrien. Der Hund war stehen geblieben und hatte sich hektisch zu Stig umgeblickt. Stig hatte das Tier an die Leine gelegt, sich aber von ihr in die Dünen führen lassen, von wo ein tiefes Grunzen zu vernehmen war.

In einer Mulde hatte eine riesige Sau gelegen. Ein knappes Dutzend gerade erst geborener Ferkel hatte an ihren Zitzen gesaugt. Wohlig hatten sie sich von der Sonne wärmen lassen.

„Komm!", hatte Stig befohlen und den Hund von diesem Familienidyll weggezogen. Stig hatte sich für die Schweine gefreut, deren Anwesenheit er eigentlich hätte melden müssen. Stig und Søbranda waren durch die Dünen zurück an den Strand gegangen. Zwischen den Wolken war immer mehr blauer Himmel zu sehen gewesen, die Sonne hatte geschienen und das Wasser an den flachen Stellen klar und türkis geschimmert. Stig hatte beschlossen, sich irgendwann ein Boot zu kaufen. Schließlich war es absurd, auf einer Insel zu leben und kein Boot zu besitzen.

Sie hatten den Hammerknuden umrundet, Slotslyngen durchstreift, waren von Vang aus über die Hochheide bis nach Hammershus gewandert. Stigs Liebe zu der Insel war wieder im selben Maße erwacht wie damals, als er seine Ausbildung gemacht hatte.

Es war ein unglaublicher Unterschied, ob die Sonne schien oder der Himmel verhangen war. Vielleicht, hatte Stig gedacht, war das die Liebe Gottes: von der Sonne gewärmt zu werden und alle Gedanken und Hoffnungen in die endlos freie Weite schicken zu können.

In Slotslyngen hatte Stig Søbranda am kurzen Halsband führen müssen. Dort gab es Schafe und Rehe und
neuerdings auch Schweine. Stig wünschte, dass die
Schweine ihr neues Leben möglichst lange genießen könnten. Ihre Chance zu überleben war jedoch gering. Sogar
Hubschrauber wurden eingesetzt, um Jagd auf die Stall-
tiere zu machen. Stig vermutete, dass man sie mit Wärme-
kameras lokalisierte, um sie dann mit Sturmgewehren zu
töten. Vielleicht war das ja ein gutes Training für den Par-
tisanenkampf in pakistanischen Gebirgen – das Schwein
war ja das dem Menschen ähnlichste Tier. Er hoffte aber,
dass die Partisanen, wenn sie auch noch so radikalisla-
misch waren, nichts von diesen Übungen erfuhren. Das
würde ihre Erbitterung vermutlich steigern. Insgeheim
hoffte Stig, dass die Schweine einen möglichst großen
Flurschaden anrichteten. Sein Verhältnis zu Bauern war
inzwischen nachhaltig gestört, und nie wieder wollte er ein
Produkt erwerben, das nicht aus staatlich kontrolliertem,
ökologischem Anbau kam.

„Hvordan går det?", sagte Stig.

„Stille og rolig", erwiderte Ole Rasmussen und betrachtete Stig lächelnd. „Heute tue ich mal nichts. Ich habe
schon gestern damit angefangen, bin aber leider nicht fertig geworden." Bis auf ein paar Pflaster und einer dicken
Beule sah er aus wie immer. Lediglich seine durch die Axt
zu Bruch gegangene Bifokalbrille war einem altmodische-
ren Gestell gewichen.

„So, so", sagte Stig. „Das ist ja fantastisch."

„Und du? Hat es deiner Haut gutgetan, mal von Milch
statt Wasser durchnässt zu werden?", fragte Ole Rasmussen.

„Ja", sagte Stig und betrachtete seine Hände. „Wenn ich jetzt noch täglich in Essig aufgelöste Perlen trinke, bin ich bald der schönste Mann auf Bornholm."

„Das ist nicht besonders schwer", sagte Ole Rasmussen geringschätzig. „Da fast alle jungen schönen Männer in Kopenhagen studieren, musst du eigentlich nur gegen mich antreten." Er sammelte Zettel, Schnellhefter und Aktenmappen auf seinem Schreibtisch und stapelte sie ordentlich aufeinander. Dann legte er eine Hand darauf. „Und was sagst du nun dazu, dass der Fall gelöst ist?"

„Damit hätte ich nie gerechnet."

„Ich auch nicht." Ole Rasmussen zog die Stirn in Falten. „Wohl nicht unmittelbar, jedenfalls."

„Erstaunlich", sagte Stig. „Ganz erstaunlich. Leider haben wir nicht allzu viel dazu beigetragen."

Ole Rasmussen machte eine wegwerfende Handbewegung. „Pyt med det! Wir haben getan, was wir konnten. Und jetzt werden wir beide vom Polizeidirektor erwartet."

„Ah, unsere Helden! Setzt euch, Jungs!" Asbjørn Harmsen erhob sich leicht von seinem Charles Eames-Schreibtischstuhl und winkte mit beiden Händen. Dann sank er wieder zurück und stützte sich dekorativ auf die schwarze Platte des USM Haller-Schreibtisches. Das ganze Büro war mit diesem chromglänzenden Möbelsystem ausgestattet. Auf ein paar kleineren Charles Eames-Aluminiumstühlen saßen Pernille und Oluf. Beide nickten freundlich.

Stig und Ole Rasmussen stellten sich links und rechts neben einem Flipchart auf. Sie zwinkerten einander kurz zu, und Ole Rasmussen begann zu referieren: „Bei der Hausdurchsuchung von Melchiors Wohnung haben wir einen Brief des ehemaligen Molkerei-Direktors an seinen Sohn Melchior gefunden, in dem der Sachverhalt wesentlich deutlicher geschildert wird als in dem Brief, den er dem Staatsanwalt geschickt hatte. Hier werden die Schuldigen benannt. Børge Knudsen und Palle Madsen, damals beide noch minderjährig, haben jede Nacht Milch aus der benachbarten Molkerei gestohlen und dafür Wasser in die Bottiche gekippt. Ihr Klassenlehrer, Sven-Aage Larsen, hat die gestohlene Milch dann vermarktet."

„Habt ihr herausgefunden, wie lange das so ging?", wollte Asbjørn Harmsen wissen.

„So genau lässt sich das leider nicht klären", ergriff Stig das Wort. „Wenn man allerdings die regelmäßigen Qualitätskontrollen zu Rate zieht, die im Bornholmer Museum recht gut dokumentiert sind, dann ist die Qualität der Milch aus der Molkerei von Nylars etwa ab 1943 erheblich gesunken. Vielleicht hat der Direktor das der kriegsbedingt schlechteren Qualität der Futtermittel zugeschrieben, aber es könnte auch der Beginn der kriminellen Aktivitäten gewesen sein."

„Dann haben sie mehrere Jahre davon profitiert." Pernille pfiff durch die Zähne. „Und genau in der Zeit, in der man am meisten Geld damit machen konnte und unsere Kinder die Milch besonders dringend gebraucht hätten. Das ist wirklich skandalös."

„Nun", sagte Ole Rasmussen. „Nicht unmittelbar. Die Milch ist ja nicht vernichtet, sondern vermutlich von anderen Bornholmer Kindern getrunken worden. Unter der Voraussetzung, dass nicht alle die Milch zum Baden benutzten, so wie Stig und sein Vovser."

Bis auf Stig lächelten alle.

Doch Asbjørn Harmsen wurde gleich wieder ernst. „Ein abscheuliches Verbrechen", sagte er. „Viele haben etwas davon gewusst und trotzdem mitgemacht. Außerdem sind die Verbrecher bestimmt mit einer guten Rendite belohnt worden."

„Genau", sagte Stig wütend. „Später sind beide Täter Großbauern geworden und auch Sven-Aage Larsen besitzt ein erkleckliches Vermögen."

„Tja", Ole Rasmussen atmete tief ein, „es sind doch immer die Reichen …"

„Der Vater von Melchior entschuldigt sich in dem Brief bei seinem Sohn dafür, dass er sich damals nicht verteidigt hat", fiel Stig Ole Rasmussen ins Wort. „Er habe keine Beweise gehabt und sich außerdem mitschuldig gefühlt, weil er schwache Seelen in Versuchung geführt habe. Er habe den Leuten vertraut, und deswegen seien die Türen der Molkerei nie abgeschlossen gewesen. So konnten die Schüler einfach hereinspazieren und Wasser gegen Milch austauschen. Das taten sie nachts mit einem Handwagen, der tagsüber im Schuppen des benachbarten Lehrerhauses stand. Melchiors Vater war, wie man heute sagen würde, ein religiöser Fundamentalist. Er hat die Schuld für das Geschehen hauptsächlich bei sich selbst gesucht. Dass ein Lehrer daran beteiligt war, hat er erst herausgefunden, als es zu spät war."

„Wie hoch ist denn das Strafmaß für die Milchpanscherei ausgefallen?", wollte Pernille wissen. „Wie lange musste der Junge allein zurechtkommen?"

„Der Vater hat vier Jahre bekommen", sagte Ole Rasmussen. „Diese Zeit hat Melchior in einem Waisenhaus auf der Insel Lolland verbracht."

Alle sahen bekümmert aus. Sie konnten sich gut vorstellen, was Melchior zu erdulden gehabt hatte. Dass er auch noch so einen ungewöhnlichen Namen hatte, war dem Umgang mit den anderen Kindern bestimmt nicht gerade förderlich gewesen.

„In seiner Wohnung in Lyngby hat sich auch ein Abschiedsbrief von Melchior befunden. Darin fabuliert er in schwülstigen Worten von der Vollstreckung göttlicher Gerechtigkeit, von Reinheit, Milch und Schwedentrunk. Und er gibt genau an, wo er begraben werden möchte."

„Das Ganze war also von vornherein als Selbstmordaktion geplant?", fragte Asbjørn Harmsen interessiert.

„Sieht so aus", bestätigte Stig. „Vielleicht wirkt sich das ja strafmildernd für ihn aus."

„Eine seltsame Tat", resümierte der Polizeidirektor kopfschüttelnd. „Eine Tat, die für einige Verwirrung gesorgt hat und uns auf viele Schwachstellen in unserem demokratischen System hingewiesen hat. Ich gehe davon aus, dass wir alle tatkräftig daran arbeiten wollen, dass so etwas nie wieder passiert und dass wir auf friedliche Zeiten hoffen, mit denen wir auf unserer Sonnenscheininsel ja eigentlich überreichlich gesegnet sind."

„Genau", sagte Oluf, stand auf und übergab Stig ein in Seidenpapier eingewickeltes Geschenk. „Für dich, lieber Stig, und herzlich willkommen bei uns!"

Alle sahen gespannt zu, wie Stig das Geschenk auswickelte. Überrascht und peinlich berührt, entfernte Stig das

Seidenpapier. In der Hand hielt er einen großen und ziemlich düsteren Becher, der sicher in einer der Keramikwerkstätten der friedlichen Sonnenscheininsel hergestellt worden war. Mit einer Mischung aus Schrecken und Rührung sah er, dass sein Name auf den Becher glasiert war. *Stig Tex Papuga* stand in Schreibschrift darauf.

„Navnekrus. Eine alte Neu-Bornholmer Tradition", sagte Ole Rasmussen lächelnd.

„Schließlich gehörst du jetzt zu uns und wir sind stolz auf dich", fügte Pernille hinzu. „So ist es", sagte Oluf und nickte.

„Mit einem Spezialisten aus der Hauptstadt sind wir nun auch gegen jegliche Ausformung des modernen Verbrechens gewappnet", programmierte Asbjørn Harmsen die fortgesetzte Erfolgsbilanz der hiesigen Ordnungskräfte vor.

„Hier gibt es zwar eine ganze Menge schräger Vögel", sagte Ole Rasmussen kopfschüttelnd, als sie wieder in ihrem Büro waren und er seine Pfeife stopfte, „aber so einer wie dieser Melchior ist mir noch nicht untergekommen."

„Selbst Kopenhagen kommt da kaum mit", sagte Stig.

Ole Rasmussen sah einige Papiere durch, die auf seinem Schreibtisch lagen. „Inzwischen geht es ihm wieder recht gut. Er ist erst einmal in einer geschlossenen Anstalt untergebracht worden, in der Nähe von Silkeborg. Ein altes Villengrundstück im Wald, mit See und allem Drum und Dran, sehr schön. Bleibt nur zu hoffen, dass er auch genug Milch bekommt. Unsereiner dagegen muss wohl noch ein paar Jährchen warten, bis wir es so gut haben, nicht wahr?"

Stig ging zum Kaffeespender. „Bitte nicht röcheln!", beschwor er das Gerät und pumpte seinen neuen Namensbecher voll. Dann hielt er ihn hoch wie den goldenen Gral. „Ich trinke Kaffee im Büro, also bin ich!", rezitierte er und schaufelte Milchpulver in den Kaffee. „Wie ich schon sagte, war ich nie ein besonderer Milchfreund, und die jüngsten Ereignisse haben mich endgültig von den Vorzügen der Trockenmilch überzeugt. Wer wohl darauf gekommen ist, so etwas zu produzieren?"

„Bestimmt eine schwedische Erfindung", brummte Ole Rasmussen.

„So wie Volvo, Labradore, türkischer Pfeffer mit Wodka und Schwedentrunk?"

„Das Beste hast du vergessen", sagte Ole Rasmussen.

„Du meinst doch nicht etwa diesen ekligen Gammelfisch, diese … diese Strömlinge?" Stig schüttelte sich bei dem bloßen Gedanken daran, freute sich aber, Ole Rasmussen die Pointe vermasselt zu haben, denn er war sich ziemlich sicher, dass er auf die Strömlinge hinausgewollt hatte.

Doch Ole Rasmussen schüttelte den Kopf und sagte: „Nein, die Edelstahlspüle."

Stig verzog keine Miene, und Ole Rasmussen schlug einen Berichtsordner auf.

„Das letzte Opfer, Sven-Aage Larsen, ist noch nicht aus dem Gröbsten raus. Die beiden Schüsse aus der belgischen Vorderladerpistole, Baujahr circa 1880, haben ihm die Brust aufgerissen. Zusätzlich fegten ihm noch zwei Hartmantelgeschosse aus seiner eigenen Waffe durch die Brust."

Ole Rasmussen sah von dem Bericht auf. „Eine von denen hätte uns auch treffen können, ist dir das klar? Schöne

Pistole übrigens. Deutsche Wehrmacht. Die wird unsere Asservatenkammer zieren."

„Aber er lebt?"

„Ja, er liegt im Reichshospital im Koma. Eine der Pflegerinnen aus dem Altersheim, eine Britta Karlsberg, ist ihm nachgereist und pflegt ihn dort."

„Freiwillig?"

Ole Rasmussen nickte. „Vorhin sind endlich auch die Ergebnisse von Thorben gekommen. Kaviarreste wurden sowohl im Mageninhalt der Opfer als auch im Müll gefunden. Du hattest also recht." Er blätterte weiter. „Die Gülle-Lagune von Knudsen war illegal und wird jetzt zugeschüttet. Die Nachbarn konnten es trotz der massiven Geruchsbelästigung nicht übers Herz bringen, den Bauern anzuzeigen, weil sich die Familien schon seit Generationen kannten. Apropos Gestank: In Aakirkeby wird jetzt eine riesige Ethanolanlage gebaut. Da kannst du deine Gartenabfälle hinbringen und damit dann dein Auto betanken."

„Das lohnt sich für mich. Mein ganzer Garten ist Abfall. Ich kann genug für eine Weltreise abliefern."

„Das Gülle-Problem bleibt natürlich weiterhin bestehen", sagte Ole Rasmussen mit einem Seufzer. „Zwar sind die Bauern theoretisch verpflichtet, ihre Gülle zu bedecken, aber niemand kontrolliert das. Außerdem soll in Aakirkeby auch eine neue Gülle-Lagune gebaut werden. Angeblich zu Forschungszwecken."

„Gute Idee bei der Lage", sagte Stig. „Da so eine Lagune bis zu 30 Kilometer weit stinken kann, hat die ganze Insel etwas davon."

„Ja. Es wäre schöner, wenn sie in Poulsker gebaut würde. Dann würde es nur im Süden stinken", sagte Ole Rasmussen, und Stig war sich nicht sicher, ob es ein Scherz sein sollte.

„Auf jeden Fall ist damit Geld zu machen", sagte Stig. „Geld ohne Ende."

Ole Rasmussen nickte bedächtig. „Es sind doch immer die Reichen, die das Geld haben."

„Wohl wahr. Und wenn es mal wieder einen heißen Sommer gibt, bleiben die Touristen weg oder dürfen nicht baden, weil das Grundwasser von der Gülle vergiftet ist."

„Tja, so ist das. Man weiß allerdings nicht, was schlimmer ist."

„Na, ich für meinen Teil finde diese Massentierhaltung zum Kotzen", sagte Stig.

„Dann sei konsequent und kaufe ökologische Produkte", dozierte Ole Rasmussen, um milde hinzuzufügen: „Schon mir zuliebe. Für einen Bauernkrieg fühle ich mich einfach zu alt."

Das hatte Stig sich zwar schon selbst vorgenommen, aber bei dem Gedanken, etwas tun zu müssen, um die Welt zu retten, fühlte er sich unwohl. Wenn man ihn später einmal fragen würde, warum er nichts gegen die verheerenden Methoden der Bauern getan hatte, würde er behaupten müssen, er hätte von alledem nichts gewusst. Das wäre unangenehm. Deswegen versuchte er lieber an etwas anderes zu denken.

„Und was ist aus unserem Ökobauern Jesper geworden?", fragte er.

„Den hat seine Freundin Gurli schon am nächsten Morgen aus dem Gefängnis abgeholt. Er wird allerdings ein paar Treckerreifen zahlen müssen."

„Treckerreifen?"

„Du hast es ja an dem Abend gehört. Nachts ist er zu den Scheunen geschlichen und hat die Reifen von Traktoren und Gülleanhängern zerstochen. Hoffentlich hat jemand die Tatwaffe gesichert. Sonst wird jeder Bauer, dessen Traktor abgefahrene Reifen hat, sie selbst zerstechen, und unser guter Jesper muss die Zeche zahlen."

„Die sind schweineteuer, solche riesigen Reifen", sagte Stig mitfühlend. Aber was ihn am meisten interessierte, war, was Ole Rasmussen in Paris erlebt hatte. Wenn er ihn jetzt, zum Abschluss des Falles, nicht fragte, bekäme er womöglich nie wieder Gelegenheit dazu. Deswegen sagte er ohne Vorwarnung: „Und was wird aus Loretta Knudsen?"

Ole Rasmussen sah ihn mit großen Augen an und legte die heiße Pfeife auf den Schreibtisch. „Wie kommst du denn nun da drauf?"

„Na ja ... Als ich dich in Paris angerufen habe, war die Atmosphäre irgendwie ... Wie soll ich es beschreiben?" Stig schloss die Augen. „Rötliches Licht, ein breites Bett, Champagner, Austern ..."

„Du solltest dich als Blindenhund bewerben", knurrte Ole Rasmussen. „Wo du sogar Deutsch kannst. Was macht eigentlich dein Vovser?"

„Lenk nicht ab!"

„Und du sei nicht so vorwitzig!"

Eine Weile schwiegen sie. Dann sagte Ole Rasmussen: „Ich habe einen Brief von ihr bekommen. Darin autorisiert sie mich, ihr die Asche ihres Mannes nach Santorin zu schicken. Sie hat dort eine Grabstelle für ihn gekauft, unter Oleanderbüschen mit Blick aufs Meer. Damals hatte er ihr nämlich versprochen, eine Hochzeitsreise nach Griechenland zu machen. Zufrieden?"

„Klar." Stig lehnte sich im Sessel zurück.

Ole Rasmussen rollte mit seinem Bürostuhl näher an Stig heran, als für ihn normal war. „Eins musst du mir aber noch verraten", sagte er leise. „Warum hast du mich eigentlich krank gemeldet, als ich im Ausland ermittelt habe? Du musst doch zugeben, dass das mehr als seltsam war?"

Stig grübelte eine Weile. Es war ihm unangenehm, an diese Zeit zu denken. Jetzt, da der Fall gelöst war, ergab manches im Nachhinein einen Sinn, was zunächst selbst ihm verrückt vorgekommen war. Wäre der Fall nicht gelöst, bliebe es weiterhin verrückt. Und vielleicht war es das ja auch wirklich. Wie sollte er das erklären? „Lass uns das doch für das nächste Dienstagstreffen aufheben", sagte er ausweichend. „Sonst sitzen wir da vielleicht beide nur herum, drucksen und wissen nicht, was wir sagen sollen. Ich hätte da nämlich auch eine Frage. Warum hast du behauptet, ich hätte einen Gerichtstermin, als ich Søbranda aus Kopenhagen geholt habe?"

„Gut", Ole Rasmussen rollte mit dem Stuhl zu seiner Pfeife zurück. „Gut. Aber vergiss nicht: Das ist schon am ersten Arbeitstag nach dem Jahreswechsel!"

Stig nickte und wusste, dass nichts, aber auch gar nichts von all diesen Imponderabilien am Dienstag auf den Tisch käme. Dafür war die Gefahr viel zu groß, dass er, Stig, wieder von Loretta Knudsen anfangen würde. Außerdem hatte sich längst erwiesen, dass er und Ole Rasmussen auch ohne Dienstagsgespräche ein gutes Team waren. Vor allem ohne. Da war es ratsamer, auf den Fall zurückzukommen. Also fragte er: „Und was ist mit der Brandstiftung?"

„Welche Brandstiftung?"

„Na, dieser Brandanschlag auf ein neues Stallgebäude, den angeblich Ökoterroristen verübt haben sollen?"

Ole Rasmussen zuckte mit den Schultern und zündete seine Pfeife an. „Das weiß ich nicht", knurrte er. „Da kann genauso gut die nicht ökoorientierte Konkurrenz dahinterstecken. Keine Sorge: Beide Fraktionen bleiben uns erhalten und werden uns vermutlich noch viel Freude bereiten. Erst mal zahlt wohl die Versicherung. Ach ja. Du wirst übrigens staunen. Inzwischen habe ich nämlich Deutsch gelernt und das, obwohl ich keinen Hund habe: Tusind tak, mange tak, selv tak, montak, dienstak, mittwok ..."

„Toll, Ole", sagte Stig mit Grabesstimme. „Ganz toll. Heb dir diesen Witz unbedingt für Søbranda auf."

„Godt nytår!", sagte Ole Rasmussen. „Auch für deinen Vovser!"

„Dir auch. Godt nytår!"

„Halt bloß die Schnauze!", sagte Brian zu Marie. „Ich war eben unterwegs, oder hast du ein Scheißproblem damit? Ich scheiß auf Weihnachten und hab mich nicht mal mit meiner Familie oder meinem Scheißbetrügerbruder auf fucking Bornholm getroffen, alles klar jetzt, oder was?"

„Ja, ja", sagte Marie wütend. „Ist ja scheißegal, ob du mich betrügst und dass ich dir egal bin. Na und? Fahr doch zu deinen Scheißfreunden nach Hasle, wann du willst!"

Eine Weile schwiegen beide wütend, und nur noch die Musik aus dem Fernseher war zu hören. Dann sagte Brian: „Ich geh mal zum Kiosk. Bier holen." Etwas hinderte ihn daran, den Streit wie sonst zum Exzess zu führen. Irgendwie hatte er eine andere Einstellung zu sich selbst gewonnen, nachdem er den neuen Stall seines Bruders abgefackelt hatte.

Auf dem Weg zu Omars Kiosk dachte er darüber nach. Nicht, dass ihm das Feuer wirklich Vorteile gebracht hätte, aber er hatte sich gerächt. Und was das Wichtigste war: Endlich hatte er mal wieder was auf die Reihe gekriegt, einen Plan in die Tat umgesetzt, von A bis Z. Und das, ohne geschnappt zu werden! Was für ein prächtiges Feuer! Was für eine gewaltige Nacht im Schneesturm!

Er entschied sich für einen Kasten *Hof* von Carlsberg. *Hof er ikke det værste vi har* war einmal der offizielle Werbeslogan für dieses ohnehin beliebte Bier gewesen, und er stimmte allemal. Das konnte man ja wohl selten von Werbung behaupten.

Wortlos tauschte Omar ein paar Flaschen aus dem Kasten gegen kalte aus dem Kühlschrank mit der Glasschiebetür aus.

Zu Maries Wohnung zurückgekehrt, klopfte Brian mit dem Bierkasten an. Sie öffnete, schaute aber gereizt an ihm vorbei.

„Was machen wir denn nun heute Abend? Immerhin ist Silvester", maulte Marie, als Brian einen Horrorfilm eingelegt und ihr Chips angeboten hatte. „Etwa die ganze Zeit fernsehen?"

„Vielleicht fällt uns ja noch etwas Besseres ein", sagte Brian und legte seinen Arm um ihre Schultern.

21

31. Dezember, 11 Uhr 30
Geschlossene Heilanstalt Silkeborg

Helle Vorhänge wehten im Wind. Lächelnde, weiß geklei-
dete Wesen schwebten durch die Räume und Flure. Alles
Engel, dachte Melchior. Nur, dass sie seltsamerweise keine
Flügel hatten. Oder waren die unter den langen Kitteln
versteckt? Manchmal pieksten sie ihm lustig in den Arm,
und danach war er noch glücklicher als ohnehin schon in
seinem neuen schönen Leben.

Melchior lachte leise. „Putzig. Einfach zu und zu putzig!" Alles war auf einmal so weiß, so rein, so niedlich! Alle
waren so unglaublich freundlich, alle lächelten immerzu. Er
hatte gewusst, dass es im Himmel schön sein würde, aber es
war noch viel schöner, als er zu hoffen gewagt hatte. Das
Schönste war, dass er immer Milch trinken konnte. Nur,
dass es im Himmel keine Tetrapaks gab. Immer, wenn er
wollte, gab es Milch aus großen, sauberen Gläsern. Das war
so schön! Hier würde er nie wieder weggehen. Erst musste er
den Himmelwächtern zwar noch Rede und Antwort stehen,
aber davor hatte er nichts zu befürchten. Dafür hatte er sich
viel zu zielstrebig und freudig hierher bewegt.

Heute war es so weit. Der liebe Gott hatte ihn in sein
Büro gebeten. Er trug einen langen weißen Bart, genau
wie ihn sich Melchior immer vorgestellt hatte. Seine Haut
war allerdings braun gebrannt. Vielleicht schwebte er öfter
als die Engel über den Wolken.

„Du bist ein guter Junge", versicherte Gott ihm mit tiefer Stimme. Er sprach ein wenig Hellerup-Dialekt, das war nett. „Wir sind hier alle eine große, glückliche Familie." Lieb und verständnisvoll sah er Melchior an und lächelte.

Melchior war den Tränen nahe. Hätte er doch bloß geahnt, wie einfach es war, in den großen Milchhimmel zu gelangen! Dann wäre er bereits als Kind in einen Milchbottich gesprungen.

„Jetzt erzähle mir doch bitte alles, was du in den letzten Tagen auf der Insel gemacht hast. Erzähle mir von den Männern, die du getroffen hast. So genau du kannst! Wir haben viel Zeit."

„Sie waren böse", flüsterte Melchior. „Sie waren wie Teufel. Aber jetzt geht es ihnen wieder gut. Ich habe sie mit Milch gesegnet. Ich habe drei Finger mit Sødmælk befeuchtet und ihnen damit über die Stirn gestrichen. ‚Alles Böse gehe von dir', habe ich gesagt, und so war es auch." Plötzlich wurde er unruhig. „Sie sind doch nicht etwa hier?", fragte er bange.

Gott lächelte. „Nein", sagte er. „Mach dir keine Sorgen. Sie werden dir nichts mehr tun. Nun erzähle alles der Reihe nach, wenn du magst."

Melchior atmete auf und nickte. Er schloss die Augen und stellte sich alles noch einmal vor. Mit den Schweinebauern war es ganz einfach gewesen. Geld! Für Geld machten sie alles. Irgendein Geschwafel über eine Kooperation, die sich der Hof, für den er in Lyngby arbeitete, mit den Bornholmer Großmästern wünschte. Alles sehr fragwürdig, dafür aber mit umso mehr Schmiergeld. Wie gern waren die Bauern daraufhin mit dem Fahrrad zu einem konspirativen Parkplatz gekommen und hatten sich im Wohnmobil, die auf den Esstisch gestapelten Kronenscheine fest im Visier, Kaviar servieren lassen. Melchior lächelte bei der Erinnerung. Doch was dann genau geschehen war, wusste er nicht mehr. Nur, dass er beide mit Milch gesegnet und ihnen damit für das schreckliche Unrecht, das sie über seine Familie gebracht hatten, vergeben hatte. Und dass er sich Lehrer Larsen bis zum Schluss aufbewahrt hatte. In seinen Augen war Lehrer Larsen immer der Hauptschuldige gewesen. Aber nun hatte er all das Böse aus der Welt geschafft. Was für eine Erleichterung!

So, wie er sie erinnerte, erzählte er seine Geschichte. Ruhig und gelassen. Erst, als er endete, kam ihm ein beunruhigender Gedanke.

„War ich schlecht?", fragte er. „War ich böse? Komme ich dafür etwa in die Hölle?"

Gott lächelte. „Das wird das Gericht entscheiden", sagte er. „Fürs Erste bist du hier bei uns gut aufgehoben."

„Natürlich", sagte Melchior. Natürlich würde das Jüngste Gericht entscheiden. Auch im Himmel gab es ja Dienstwege, die es einzuhalten galt. Das war wirklich eine blöde Frage gewesen. Und Gott schaute ihn immer noch so milde an, dass er gewiss nichts zu befürchten hatte.

GLOSSAR

Aakirkeby – Stadt auf Bornholm

Almindings Runddel – Kreisverkehr in Rønne

Andelsmejeri – Molkerei

ARKEN Museum – Museum für moderne Kunst in Kopenhagen

Arnager – Hafen auf Bornholm

Biksemad – Resteessen mit Kartoffeln, Zwiebeln, Fleisch und Rote Bete

Bisseline – Bornholmer Fabelwesen; weiblich

Bornholms Tidende – Bornholmer Tageszeitung

Bornholms Trafikken – Bus- und Fährgesellschaft

Brugsen – Coop Supermarkt

Christiania – in den 60ern des vorigen Jahrhunderts von Hippies besetzter Stadtteil von Kopenhagen

Christianitter – Bewohner von Christiania

Christiansø – eine der Bornholm vorgelagerten Erbseninseln

Dannebrog – dänische Nationalflagge

Danske Bank – dänische Bank; kann auch dänische Schläge heißen

Di Fem Stuer – Die fünf Wohnzimmer; Restaurant in Rønne

Det er godt nok – Das ist gut genug

Det er rigtig fedt – super cool

Det var ikke godt nok – Das war nicht gut genug

Dronning Margrethe – Königin von Dänemark

Egeskov auf Fünen – ein altes Gut auf der Inseln Fünen

elskede – Geliebte

Er du dansker? – Bist du Däne?

Er du med? – Verstehst du?

Fætter Højben – Gustav Gans aus Donald Duck-Geschichten

fantastisk flot – fantastisch flott; ganz toll

fedt – das dänische Wort für „cool" in den 60er-Jahren des vorigen Jahrhunderts

fint – fein, gut

Folketing – dänisches Parlament

for helvede – zur Hölle

for helvedes lort – zur Höllenscheiße

Frederiksberg – Stadtteil von Kopenhagen

Frederiksø – eine der Bornholm vorgelagerten Erbseninseln

Frokost – dänisches Mittagessen, das zwischen 12 und 16 Uhr eingenommen und kalt serviert wird

Fuglesangsvej – Straßenname

Gæster forpester – vi vil have vores egne fester – Gäste verpesten – wir bleiben lieber allein bei unseren Festen

Gamle Ole, auch Alter Ole – Käsesorte

gift – Gift

gift – verheiratet

god arbejdslyst – frohes Schaffen

god jul – frohe Weihnachten

godt nok – gut genug

godt nytår – gutes neues Jahr

Gudhjem – Stadt auf Bornholm

Gudhjemvej – Straßenname

Halløjsa – Hallöchen

Hammerknuden – nördliches Klippengebiet auf Bornholm

Hammershus – Burgruine in Nordbornholm

Hav det godt – Mach's gut

Haslevej – Straßenname

Hej – Hallo

Hej-hej – Tschüss

Hellerup – Stadtteil von Kopenhagen

Hof er ikke det værste vi har – Hof ist nicht das Schlechteste, das wir haben

hold kæft – Halt's Maul

Hvordan går det? – Wie geht's?

hyggelig – gemütlich

Hyldegårdsvej – Straßenname

ikke hoppe op – nicht hochspringen

Julenisse – Weihnachtswichtel

Jyllands-Posten – jütländische Tageszeitung

Kastrup – Stadtteil von Kopenhagen, in dem der Flughafen liegt

Køge – Hafenstadt auf der Insel Seeland

kriminalbetjent – Kriminalbeamter

Krølle Bølle – Bornholmer Fabelwesen; männlich

Kvarg – Quark

Kvinde kend din krop – Frau kenne deinen Körper; Buchtitel

Letmælk – fettarme Milch

Levkavej – Straße bei Hasle

Livet er ikke det værste man har – og om lidt er kaffen klar – Am Leben zu sein, ist nicht das Schlechteste – und bald ist der Kaffee fertig. Geschrieben von Benny Andersen für Paul Dissing; später auch beliebter Song von Kim Larsen, dem ehemaligen Frontmann der Gruppe Gasolin

Lobbæk – Stadt auf Bornholm

Lundshøj – Hofname

Lyngby – Stadtteil von Kopenhagen

Lystskovgård – erfundener Bauernhofname

mange tak – vielen Dank

meget godt – sehr gut

Mor, jeg kommer! Far, jeg kommer! – Mutter, ich komme!
Vater, ich komme!

Navnekrus – getöpferte Namensbecher

Nej, hvor er det lækkert – Nein, wie ist das lecker

Nørrebro – Stadtteil von Kopenhagen

Nørresand – Hafen in Gudhjem

Now shall you bare see – Dänisch gemischt mit Englisch: Jetzt
kannste mal sehen

Nu skal du bare se – Jetzt kannste mal sehen

Nylars – Dorf auf Bornholm

Nyvest – Dorf auf Bornholm

Og fortsat god dag – Weiterhin einen schönen Tag

Og tak for handelen – Und danke für das Geschäft

Østkraft i Rønne Sydhavn – im Südhafen von Rønne
gelegenes Kraftwerk

pis og papir – Pisse und Papier; Fluch

Plovmand – So nannte man in Händlerkreisen einen
500-Kronen-Schein, auf dem früher einmal ein pflügender
Bauer abgebildet war. Auf allen anderen Scheinen waren
Tiere zu sehen – Schmetterlinge, Eidechsen und Spatzen.
Getier, das leicht fliehen konnte, so wie das Geld eben
selbst. Nur der Bauer, der stand für etwas Handfestes. Der
konnte und wollte nicht weg. Damals war es der größte
Schein. Jetzt gibt es auch Tausender.

Poulsker – Stadt auf Bornholm

pragtfuld – prachtvoll

Pyt med det – Macht nichts; vergiss es; ach egal

Risengrød – Reisgrütze aus Milchreis, Salz, Butter, Zimt, Zucker

Rø – Dorf auf Bornholm

Rønne – Hauptstadt von Bornholm

Rønne Havn – Hafen von Rønne

Rutsker – Dorf in Nordbornholm

Satans hundelort og for helvede – Teufels Hundescheiße und zur Hölle

selv tak – selber Danke, Danke auch

Selvfølgelig, min el-skede – Selbstverständlich, meine elektrische Scheide

Sigtevej – Straßenname

Silkeborg – Stadt in Mitteljütland

skål – Prost

Slotslyngen – Wald um Hammershus

Smørrebrød – hauptsächlich aus Belag bestehende „Schnittchen"

Sødmælk – Vollmilch (3,5 %)

stille og rolig – still und ruhig

tak for denne gang – Danke für diesmal

Tissemyregård – erfundener Bauernhofname

Torvet – Marktplatz in Rønne

tusind tak – tausend Dank

TV 2 / Bornholm – Bornholmer Fernseh-Lokalsender

tyske ting – Nazisachen (eigentlich: deutsche Sachen)

Uden mad og drikke duer helten ikke – Ohne Essen und Trinken taugt der Held nichts

Uhm, hvor er det lækkert – Mhm, wie ist das lecker

Vang – Hafen auf Bornholm

Vej & Park Bornholm – Straßen- und Naturpflege

Vesterbro – Stadtteil von Kopenhagen

Villum Clausen – Name der Schnellfähre zwischen Ystad und Rønne, benannt nach Villum Clausen. Villum Clausen erschoss den schwedischen Lehns- und Schlossherrn Johan Printzenskld mit einem silbernen Knopf, mit dem er mangels Blei seine Pistole geladen hatte.

vovser – Kläffer

Ymer – Dickmilch

Zahrtmannsvej – Straßenname

Susanne Ayoub

Mandragora

Roman eines Verbrechens

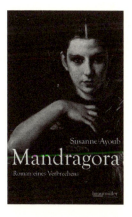

432 Seiten, Hardcover mit
Schutzumschlag, EUR 21,90
ISBN 978-3-99200-013-5

Pola Wolf hat überlebt: Gefängnis, Krieg, ihre eigene, zerstörerische Leidenschaft. Ohne Geständnis, scheinbar ohne Motiv ist die junge Lehrerin knapp vor dem „Anschluss" wegen versuchten Giftmordes verurteilt worden. 1945, im zerstörten Nachkriegs-Wien, fügen sich die Scherben der Vergangenheit zusammen: Was steckt wirklich hinter ihrem vermeintlichen Mordversuch an der Familie ihres Schuldirektors? Welche Rolle spielt der magisch-esoterische Geheimzirkel mit seinen bizarren sexuellen Ritualen, dem die überzeugten Nationalsozialisten hinter der bürgerlichen Fassade angehörten? Ist das angesichts von millionenfachem Leid und Tod überhaupt noch von Belang? Doch die Blume des Bösen gedeiht auch inmitten der Trümmer ...

Susanne Ayoub verspinnt in schillernder Sprache politische, historische und erotische Fäden zu einem spannungsgeladenen Roman und arbeitet dabei mit dem Kult der Ariosophen eine der ideologischen Wurzeln des Nationalsozialismus auf, die die Herrschaft des Dritten Reiches um Jahrzehnte überdauerte.

„Spannend, morbid und schaurig-schön
von der ersten bis zur letzten Seite."

(ZDF-Aspekte über Susanne Ayoubs Romane)

braumüller

Franz Winter

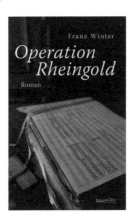

Operation Rheingold

Roman

224 Seiten, Hardcover mit
Schutzumschlag, EUR 21,90
ISBN 978-3-99200-041-8

Es ist der größte Krimi der Musikgeschichte. Originalhandschriften
von Wagners Opern *Rheingold* und *Walküre*, einst Teil von Hitlers
Privatbibliothek, werden 1943 in die „Alpenfestung" im Ausseerland in
Sicherheit gebracht. Mit dem Zusammenbruch des Dritten Reichs
verschwinden die Partituren spurlos – bis zum heutigen Tag. Soweit die
historischen Tatsachen.

Als in Franz Winters Krimi-Thriller ein Musikwissenschaftler rätselhaft
zu Tode kommt, beginnt Andreas Rothmann, Oboist der Berliner Phil-
harmoniker, nachzuforschen. Beginnend im Ausseerland führt die Jagd
durch ganz Europa und bringt Schritt für Schritt die langen Schatten von
Schuld und Verstrickung, den Missbrauch von Kulturgütern für ideologi-
sche Zwecke und die unheilvolle Rolle der katholischen Kirche bei der
Deckung von Kriegsverbrechern ans Licht.

„Er hatte sich schon viel zu lange in etwas hineinziehen las-
sen, das ihm zutiefst zuwider war, wie die Nazigeschichten
von dem See da unten, in den ausgerechnet der Bach
mündete, der sich hier oben noch unschuldig durch eine
idyllische Almwiese wand, ehe er als reißendes Wildwasser
Gottfried Kronsteins tödliches Verhängnis wurde."

Aus dem Roman

braumüller